传媒艺考 **实战** 辅导丛书

丛书组编：张华锋 江苏省传媒艺考联盟

文艺常识 辅导

主编 罗棒

丛书编委会
（按姓氏音序排列）

主任委员

陈　石　　刘慧泉　　乔　鹏　　唐鹏钧　　翟玉勇

张华锋　　朱正江

副主任委员

戴国庆　　李　蠡　　李泽铭　　刘　建　　柳太江

孙东海　　张金亮

编委

卜卫华	邓志汉	曹　夫	丁匡一	高　翔	郭家宏
稽永文	蒋蔓青	李炳耀	李德林	李思思	李腾飞
李震宇	马文耀	戚卫东	齐建亮	童　盛	王　湘
奚逸锋	项雷达	徐　超	许昌艳	雪漫江	杨清新
于丽丽	张　毅	赵海卫	赵　嫱	郑　阁	钟　玲

南京师范大学出版社
NANJING NORMAL UNIVERSITY PRESS

图书在版编目(CIP)数据

文艺常识辅导 / 罗棒主编. —南京：南京师范大学出版社，2016.10

ISBN 978-7-5651-2919-3

(传媒艺考实战辅导丛书)

Ⅰ. ①文… Ⅱ. ①罗… Ⅲ. ①文艺学－高等学校－入学考试－自学参考资料 Ⅳ. ①I0

中国版本图书馆 CIP 数据核字(2016)第 243236 号

书　　名	文艺常识辅导
本册主编	罗　棒
丛书策划	王　涛
责任编辑	李思思　于丽丽
出版发行	南京师范大学出版社
地　　址	江苏省南京市宁海路 122 号(邮编:210097)
电　　话	(025)83598919(总编办)　83598412(营销部)　83598297(邮购部)
网　　址	http://www.njnup.com
电子信箱	nspzbb@163.com
照　　排	南京理工大学资产经营有限公司
印　　刷	兴化印刷有限责任公司
开　　本	787 毫米×1092 毫米　1/16
印　　张	18.75
字　　数	267 千
版　　次	2016 年 10 月第 1 版　2016 年 10 月第 1 次印刷
书　　号	ISBN 978-7-5651-2919-3
定　　价	46.00 元
出 版 人	彭志斌

南京师大版图书若有印装问题请与销售商调换

版权所有　侵犯必究

前　言

现在的各类考试中，各行各业都非常强调考生的综合素质，尤其在我国的传媒影视类艺术高考中，要在众多考生之中脱颖而出，从整体上提高考生的人文艺术修养就显得尤为重要。为此，我们编写了这本《文艺常识辅导》，作为相关考生提高文化艺术素质的参考教材。

文艺常识是传媒影视类高考极为重要的考试科目之一。此科目的考试形式基本分为两种，分别是笔试和面试。在笔试环节中，文艺常识考查常见的形式有选择题、填空题以及名词解释；在面试环节中，它在回答考官提问、综合素质考查等随机口试中也大量涉及。所以考生要重点注意对此部分内容的掌握，尤其是对各个知识点的记忆。本教材的编写旨在帮助考生解决这一难题，让考生迅速掌握最多的考试要点和难点。

本教材涉及文艺理论与方针、影视基础常识、中外文学常识、艺术综合常识等，并附有模拟试题及答案，分类明确，结构合理，可以说是一本"文艺小百科"。在编写过程中，编者以历年文艺常识考题为基础，突出常考知识点，有利于考生把握考试重点，最大限度地满足了考生的备考需求。

本书编者具备多年辅导传媒影视类考生的经验，所以对此类专业的考试要求、动态及要点非常了解。为使本教材的内容尽可能充实和丰富，编写过程中参考并引用了大量的资料，谨在此向各位作者深表谢意。因编写者水平有限，本教材有许多缺点和不足，恳请各位读者批评指正，以期更加完善。希望本教材能为广大考生提供切实的帮助。

编　者

2016年8月

第一章 文艺理论与方针

第一节 文艺理论常识 …………………………………… 2
第二节 文艺方针常识 …………………………………… 12

第二章 影视基础常识

第一节 广播电视常识 …………………………………… 16
一、广播电视基本常识 …………………………………… 16
二、中外广播电视常识 …………………………………… 22

第二节 电影常识 ………………………………………… 27
一、电影基本常识 ………………………………………… 27
二、中国电影常识 ………………………………………… 42

三、外国电影常识 …………………………………………… 81

第三章　中外文学常识

第一节　中国文学常识 …………………………………… 106
　　一、古代文学 ………………………………………………… 106
　　二、现当代文学 ……………………………………………… 145

第二节　外国文学常识 …………………………………… 166
　　一、古希腊文学 ……………………………………………… 166
　　二、英国文学 ………………………………………………… 168
　　三、爱尔兰文学 ……………………………………………… 173
　　四、法国文学 ………………………………………………… 174
　　五、德国文学 ………………………………………………… 180
　　六、意大利文学 ……………………………………………… 182
　　七、西班牙文学 ……………………………………………… 183
　　八、中、东欧文学 …………………………………………… 183
　　九、北欧文学 ………………………………………………… 185
　　十、俄国、苏联文学 ………………………………………… 185
　　十一、美国文学 ……………………………………………… 189
　　十二、印度文学 ……………………………………………… 193
　　十三、日本文学 ……………………………………………… 194
　　十四、拉丁美洲文学 ………………………………………… 196

第四章 艺术综合常识

第一节 戏剧戏曲常识 ⋯⋯⋯⋯⋯⋯⋯⋯⋯⋯⋯⋯⋯⋯⋯⋯⋯⋯⋯ 198
    一、戏剧基本常识 ⋯⋯⋯⋯⋯⋯⋯⋯⋯⋯⋯⋯⋯⋯⋯⋯⋯⋯⋯ 198
    二、中国戏曲常识 ⋯⋯⋯⋯⋯⋯⋯⋯⋯⋯⋯⋯⋯⋯⋯⋯⋯⋯⋯ 202

第二节 音乐常识 ⋯⋯⋯⋯⋯⋯⋯⋯⋯⋯⋯⋯⋯⋯⋯⋯⋯⋯⋯⋯⋯⋯ 212
    一、音乐基本常识 ⋯⋯⋯⋯⋯⋯⋯⋯⋯⋯⋯⋯⋯⋯⋯⋯⋯⋯⋯ 212
    二、中国音乐常识 ⋯⋯⋯⋯⋯⋯⋯⋯⋯⋯⋯⋯⋯⋯⋯⋯⋯⋯⋯ 218
    三、外国音乐常识 ⋯⋯⋯⋯⋯⋯⋯⋯⋯⋯⋯⋯⋯⋯⋯⋯⋯⋯⋯ 222

第三节 美术常识 ⋯⋯⋯⋯⋯⋯⋯⋯⋯⋯⋯⋯⋯⋯⋯⋯⋯⋯⋯⋯⋯⋯ 227
    一、美术基本常识 ⋯⋯⋯⋯⋯⋯⋯⋯⋯⋯⋯⋯⋯⋯⋯⋯⋯⋯⋯ 227
    二、中国美术常识 ⋯⋯⋯⋯⋯⋯⋯⋯⋯⋯⋯⋯⋯⋯⋯⋯⋯⋯⋯ 232
    三、外国美术常识 ⋯⋯⋯⋯⋯⋯⋯⋯⋯⋯⋯⋯⋯⋯⋯⋯⋯⋯⋯ 242
    四、书法篆刻常识 ⋯⋯⋯⋯⋯⋯⋯⋯⋯⋯⋯⋯⋯⋯⋯⋯⋯⋯⋯ 253

第四节 舞蹈常识 ⋯⋯⋯⋯⋯⋯⋯⋯⋯⋯⋯⋯⋯⋯⋯⋯⋯⋯⋯⋯⋯⋯ 257
    一、舞蹈基本常识 ⋯⋯⋯⋯⋯⋯⋯⋯⋯⋯⋯⋯⋯⋯⋯⋯⋯⋯⋯ 257
    二、中国舞蹈常识 ⋯⋯⋯⋯⋯⋯⋯⋯⋯⋯⋯⋯⋯⋯⋯⋯⋯⋯⋯ 259
    三、外国舞蹈常识 ⋯⋯⋯⋯⋯⋯⋯⋯⋯⋯⋯⋯⋯⋯⋯⋯⋯⋯⋯ 264

第五节 曲艺杂技常识 ⋯⋯⋯⋯⋯⋯⋯⋯⋯⋯⋯⋯⋯⋯⋯⋯⋯⋯⋯⋯ 268

附 录

附录一 中国文学常识模拟题 ⋯⋯⋯⋯⋯⋯⋯⋯⋯⋯⋯⋯⋯⋯⋯⋯ 276
附录二 外国文学常识模拟题 ⋯⋯⋯⋯⋯⋯⋯⋯⋯⋯⋯⋯⋯⋯⋯⋯ 287

第一章

CHAPTER ONE

文艺理论与方针

第一节 文艺理论常识

文艺

文艺是文学和艺术的统称。

根据塑造形象的手段和方式的不同,文艺可以分为四类:语言艺术(文学)、表演艺术、造型艺术(美术)以及综合艺术。

文艺作为社会意识形态之一,其最基本的特点,第一是通过塑造艺术形象来反映社会生活,第二是包含强烈的审美情感,作品以情感人,从而使得欣赏者被艺术形象感动,得到启示及教育。

艺术

艺术是人类以情感和想象为特性来把握世界的一种特殊方式。即通过审美创造活动再现现实和表现情感理想,在想象中实现审美主体和审美客体的互相对象化。具体说,它是人们生活世界和精神世界的再创造,也是艺术家知觉、情感、理想、意念综合心理活动的有机产物。

根据表现手段和方式的不同,艺术可分为表演艺术(音乐、舞蹈)、造型艺术(绘画、雕塑、建筑)、语言艺术(文学)和综合艺术(戏剧、影视)。根据作品形态的时空性质,可分为时间艺术(音乐)、空间艺术(绘画、雕塑、建筑)和时空艺术(文学、戏剧、影视)。根据作品的感知特点,又可分为视觉艺术(美术)、听觉艺术(音乐)和视听艺术(表演)。

艺术手法

艺术手法是文学艺术创造中塑造形象、描写生活、表达主题思想所运用的各种具体的表现手法。如文学创作中的叙述、描写、虚构、渲染、讽刺、隐喻、象征、变形、夸张等手法。

艺术作品

艺术作品是艺术家通过艺术媒介、经过艺术体验和艺术构思创造出来的艺术产品，是艺术生产的成果或产品。

艺术形象

艺术形象是艺术反映社会生活的特殊方式，是通过审美主体与审美客体的相互交融，并由主体创造出来的艺术成果。它是艺术家根据客观现实生活，经过提炼、加工创造出来的具体可感、富于情感色彩和审美性的感性形式。从艺术作品的角度来看，艺术形象可以分为视觉形象、听觉形象、文学形象和综合形象。作为艺术反映生活的基本形式，艺术形象是艺术作品的核心。

艺术风格

艺术风格指艺术家或艺术团体在艺术实践中形成的相对稳定的艺术风貌、特色、作风、格调和气派。它是艺术家鲜明独特的创作个性的体现，统一于艺术作品的内容与形式、思想与艺术之中。艺术风格是艺术家走向成熟的重要标志，是衡量艺术作品在艺术上的成败、优劣的重要标准和尺度。

艺术流派

艺术流派是指在中外艺术的一定历史时期里，由一批思想倾向、美学主张、创作方法和表现风格相似或相近的艺术家们所形成的艺术派别。

文学

文学通过作家的想象活动把经过选择的生活经验体现在一定的语言结构之中，以表达人对自己生存方式的某种发现和体验。它是一种艺术创造，而非机械地复制现实。

虚构性、想象性和创造性是文学的重要特征。文学带有倾向性,优秀的作品又往往具有普遍的社会意义和审美价值。通常文学包括诗歌、散文、小说、戏剧、影视文学等体裁。

内容

文学作品的内容,即通过塑造艺术形象而反映在作品中的社会生活现象及其显示的思想意义。

形式

文学作品的形式,即具体表现作品的内容结构和表现手段,主要由体裁、结构、语言、表现手法等要素构成。

素材

素材是作家在生活中积累起来的,未经提炼和加工的原始材料,是作家创作的基础。

题材

题材是文学作品内容的要素之一。指在素材基础上提炼出来的,用以构成艺术形象、体现主题思想的一组完整、具体的生活材料。题材是作品内容的基础,是主题的载体。

主题

主题亦称"主题思想",是文学作品的内容构成要素之一。指文学作品中蕴含着的贯穿全篇的基本思想和主导情感,是作品所有要素的辐射中心。

结构

文学作品的结构指的是作品总体的组织和安排。作家按照塑造形象和表现主题的需要,把所要表现的体裁、人物、事件等,分轻重主次,合理而匀称地加以组织安排,成为一个有机的艺术整体。

形象

形象是文学作品中出现的,根据现实生活中的各种现象加以艺术虚构所创造出来的,能够表达人的感觉和感情,反映外在世界和人的内心生活的一切感性形式。

虚构

虚构是创作的艺术手法之一。作家在创作作品时运用丰富的想象,补充人物、事件中缺乏素材的环节,创造出生活中并不存在的人物和故事情节。

象征

象征是文学创作的艺术手法之一。借用某种具体的形象的事物暗示特定的人物或事理,以表达真挚的感情和深刻的寓意,这种以物征事的艺术表现手法叫象征。

夸张

夸张是文学创作的艺术手法之一。文学家高尔基曾经说过:"夸张是创作的基本原则。"夸张就是一般中求新奇变化,通过虚构把对象的特点和个性中美的方面进行夸大,赋予人们一种新奇与变化的情趣。通过对人物以及事物形象的夸张渲染,可以引起人们丰富的想象,激发人们的兴趣。

小说

小说是以刻画人物形象为中心,通过完整的故事情节和环境描写来反映社会生活的文学体裁。人物、情节、环境是小说的三要素。情节一般包括开端、发展、高潮、结局四部分。小说与诗歌、散文、戏剧,并称"四大文学体裁"。

诗歌

诗歌是一种用高度凝练的语言,形象地表达作者丰富的情感,集中反映社会生活并具有一定节奏和韵律的文学体裁。中国古代将不合乐的称为诗,合乐的称为歌,现一般统称诗歌。一般情况下,按有无完整的故事情节,可分为叙事诗和抒情诗;按语言有无格律,可分为格律诗和自由诗。

散文

散文是文学的一大样式。中国六朝以来,为区别于韵文和骈文,把凡不押韵、不重排偶的散体文章,包括经传史书在内,概称"散文"。后又泛指诗歌以外的所有文学体裁。"五四"以后,现代散文与小说、诗歌、戏剧等并称为最重要的文体。

散文有广义和狭义之分。广义的包括杂文、小品文、随笔、报告文学等;狭义的专指表现作者情思的叙事、抒情散文。散文以表现性情见长,形式自由,结构灵活,手法丰富多样,抒情、叙事、议论各主其事,也可兼而有之。

典型

典型即"典型人物""典型形象"或"典型风格"。指作者用典型化方法创造出来的,具有独特个性,反映一定社会的本质,并具有较高审美价值的艺术形象。

意境

意境是指一种能令人感受领悟、意味无穷却又难以用言语阐明的意蕴和境界。它是形神情理的统一、虚实有无的协调,既生于意外,又蕴于象内。

灵感

灵感也叫灵感思维,指文艺、科技活动中瞬间产生的富有创造性的突发思维状态。通常搞创作的学者或科学家常常会用"灵感"一词来描述自己对某件事情或状态的想法或研究。

共鸣

共鸣是文艺鉴赏过程中的一种心理现象。一般指人们欣赏文艺作品时,对作品表达的思想感情和审美情趣达到某种契合相通。作品缺乏艺术感染力或欣赏者缺乏艺术鉴赏能力,都不能引起共鸣;在作品表现的某种思想感情和艺术趣味与鉴赏者的思想感情和艺术趣味对立的情况下,一般也不能引起共鸣。

领悟

领悟就是体会,解悟。在艺术中,领悟是指接受者在鉴赏艺术作品时,对于世界奥秘的洞悉,人生真谛的彻悟,以及精神境界的升华。这是一种更高层次的审美效应。

文学流派

文学流派是指文学发展过程中,一定历史时期内出现的一批作家,由于审美观点一致和创作风格类似,自觉或不自觉地形成的文学集团和派别,通常是有一定数量和代表人物的作家群。

浪漫主义

浪漫主义是指一种文学艺术的创作方法和思潮。产生于18世纪末19世纪初欧洲资产阶级革命时代。浪漫主义与现实主义同为文学艺术史上的两大主要思潮。作为一种创作方法和风格,浪漫主义通过表现理想来反映现实,强调主观性与主体性,侧重抒发对理想世界的热烈追求,把情感和想象放到创作首位,常用热情奔放的语言、瑰丽的想象和夸张的手法来塑造形象。代表作家有歌德、拜伦、雨果等。

现实主义

现实主义又称"写实主义"。指一种文学艺术的创作方法和思潮,产生于19世纪50年代的法国。现实主义提倡客观地观察现实生活,按照生活的本来面貌精确细腻地进行描写,真实地再现社会生活,从而自然地表达作家、艺术家对社会的认识和情感。它不仅要求以真实的细节描写构成生动逼真的生活画面,而且要求真实地再现典型环境中的典型人物,把现实生活典型化,塑造出生动感人的艺术形象。现实主义在其历史发展中呈现出多种形态,如批判现实主义、社会主义现实主义、魔幻现实主义等。代表作家有巴尔扎克、司汤达、狄更斯、果戈理、托尔斯泰等,代表剧作家有易卜生、契诃夫、萧伯纳等。

批判现实主义

批判现实主义是现实主义文学艺术发展中的较高阶段,是资本主义社会内部矛盾尖锐化在文学艺术上的反映。其创作原则在19世纪的西欧和俄国得到最广泛的传播。它注重研究社会问题,以现实主义的态度扩大了真实反映现实的生活面,塑造了很多具有典型意义的贵族、资产阶级人物形象,描写了贵族阶级的没落和资产阶级的贪婪,揭露和批判了封建社会和资本主义社会的罪恶现象,有些作品还对劳动人民的悲惨遭遇表示人道主义的同情;同时还丰富了艺术技巧和手法。但批判现实主义作家由于受到历史和阶级的局限,不能指出产生罪恶的根源,揭示其解决问题的出路与社会发展的必然趋势。法国的巴尔扎克和俄国的托尔斯泰是批判现实主义的杰出代表。

自然主义

自然主义是一种文艺思潮和艺术流派。作为比较自觉的文艺思潮和流派,它于19世纪60年代继法国浪漫主义运动后形成。自然主义一方面排斥浪漫主义的想象、夸张、抒情等主观因素,另一方面轻视现实主义对现实生活的典型概括,崇尚单纯地描摹自然,照录物象,追求事物外在真实与琐碎细节,并企图以自然规律特别是生物学规律解释人和人类社会。代表作家有龚古尔兄弟、左拉、莫泊桑等。

形式主义

形式主义在文艺上指一种忽视作品思想内容、强调形式至上的创作倾向和理论倾向。又泛指西方现代主义文学运动中一股活跃的思潮。其主要特征是:脱离现实生活,认为只有形式才是美的事实;形式即完成了的内容,也即艺术;提倡文学的本体研究。唯美主义、构成主义、立方主义、达达主义、超现实主义等文艺思潮与流派,都把形式主义作为其创作理论与创作方法的组成部分。

颓废主义

颓废主义又称"颓废派"。是19世纪下半叶以后,某些西方知识分子的彷徨、苦闷在文学艺术领域中的反映。最早表现在法国诗人波德莱尔的创作和戈蒂埃1868年对《恶之花》的评论中。主张"为艺术而艺术",要求艺术完全与"自然"对立,风格上坚持高技巧,题材偏于离奇古怪,宣扬个人中心主义、悲观颓废情绪和心理变态。后来在象征主义、唯美主义的文学创作中有进一步的发展。代表作家有波德莱尔、王尔德、西蒙斯等。

唯美主义

唯美主义又称"唯美派",是19世纪末流行于欧洲的一种文学思潮和流派。认为艺术是自足的,除了它自身的存在外,没有任何目的;因为一件艺术品的目的仅仅是形成完美的存在,所以艺术是人类产品中具有最高内在价值的东西。其共同口号是"为艺术而艺术",否定艺术应有的社会功能,诸如艺术内容中的道德原则、教育作用等。含有对19世纪末资产阶级社会的庸俗风尚和功利主义的嫌厌反抗意味。意在强调艺术创造及审美活动的独立性和无利害感。最先为法国戈蒂埃所提倡,英国佩特在理论上予以系统化。代表作家有波德莱尔、王尔德、爱伦·坡等。

象征主义

象征主义亦称"象征派"。是19世纪中叶在法国兴起的一种文学思潮和流派,第一次世界大战前其影响遍及欧洲各国,波及各个艺术部门。这个流派的作家认为任何一种事物都具有与之相对应的意念含义,外部世界与人的内心世界是相互感应契合的,人们从每个事物中都能挖掘出其潜藏的象征意义,因而强调运用有物质感的物象,暗示内心的微妙世界,把两个世界沟通起来。代表作家有马拉美、魏尔伦、梅特林克、摩罗等。

新浪漫主义

新浪漫主义,是19世纪末20世纪初在欧洲兴起的一种文艺思潮。是在叔本华、尼采、瓦格纳的影响下，象征主义、唯美主义与消极浪漫主义在新条件下的混合与发展，常从抽象的人性和善恶观念出发去描绘远离社会现实的、新奇罕见的环境、事件和人物。代表作家有格奥尔格、霍夫曼斯塔尔、里尔克、斯蒂文森等。新浪漫主义是现代主义的先驱。

现代主义

现代主义又称现代派，是19世纪末20世纪初以来，西方在"先锋主义""颓废主义""实验派"和各种现代文学艺术流派名称之下兴起和汇合的一场文艺运动、思潮、派别的总称。其文学倾向是反映现代西方社会中个人与社会、个人与他人、人与自然、个人与自我之间的畸形的异化关系，以及由此产生的精神创伤、变态心理、悲观情绪和虚无意识。代表作家有艾略特、卡夫卡、乔伊斯、普鲁斯特等。

意识流小说

意识流小说是现代小说流派。20世纪初发端于法国和英国，后风行于欧美。以美国哲学家詹姆斯的"意识流"、法国哲学家柏格森的"直觉"和"心理时间"、奥地利心理学家弗洛伊德的"无意识"学说为理论支柱，表现人类不受理论控制的意识流动状态。代表作家和作品有普鲁斯特的《追忆逝水年华》、乔伊斯的《尤利西斯》等。意识流小说深入发掘人的无意识世界，大量运用内心独白、感官印象记录、梦幻和象征等手段；淡化故事情节，表现人物的自由联想；采取时空颠倒、心理时间的结构方式，打破传统小说的时空观念。"五四"以后，意识流小说也传入中国，为中国现代作家所吸收，如20世纪30年代的新感觉派作家，大都受其影响。

达达主义

达达主义是现代西方文艺流派。达达主义团体对文化传统、现实生活、艺术规律采取极端反叛的态度，反映了第一次世界大战期间欧洲青年一代中一部分人的苦闷心理和寻找出路的精神状态。1916年出现在瑞士苏黎世和美国纽约，1918年汇合于瑞士洛桑，后转移到法国。代表人物文学方面有布洛东、苏波等，造型艺术方面有皮卡比亚、杜尚、阿尔普、恩斯特等。1924年后，不少达达主义者演变为超现实主义者。

超现实主义

超现实主义是现代西方文艺思潮。第一次世界大战时先在瑞士出现达达主义，继而在法国演变为超现实主义，因法国作家布雷东1924年在巴黎发表第一篇《超现实主义宣言》而得名。其哲学基础是主观唯心主义、直觉主义和弗洛伊德精神分析学说，认为"下意识的领域"、梦境、幻觉、本能比事实更能表现精神深处的真实，因而要求发掘久受压抑的潜意识世界，使它与具有主宰地位的理性统一而使人性臻于完美。创作上鼓吹"自动写作"方法，即以不受理性或道德准则制约的写作手法来表现思想的真实活动，多为荒诞杂乱的感觉与印象、无序堆积的细节和晦涩难懂的符号，反映了第一次世界大战后欧洲一部分青年苦闷彷徨、寻找出路以至狂乱不安的精神状态。超现实主义的表达形式见于文学作品和造型艺术方面。代表画家有米罗、达利等。

社会主义现实主义

社会主义现实主义，是1932年前后，苏联作家和苏联党的领导人总结了数十年来国际无产阶级革命文学尤其是苏联社会主义文学的创作经验，清算俄罗斯作家联盟（拉普）的"辩证唯物主义创作方法"等的错误而提出，并在1934年第一次苏联作家代表大会上正式确定为苏联的文学创作和文学批评的基本方法。

它要求作家、艺术家从现实的革命发展中真实地、历史地和具体地去描写现实；同时，艺术描写的真实性和历史具体性必须与用社会主义精神从思想上改造和教育劳动人民的任务结合起来。代表作家有高尔基等。高尔基1906年问世的长篇小说《母亲》被公认为社会主义现实主义文学的奠基作。

黑色幽默

黑色幽默是20世纪60年代在美国出现的文学流派。该派摒弃现实主义的创作方法,以夸张和讽刺的笔触,运用怪诞的想象和错乱的情节暴露当代美国和西方社会,反映前景黯淡、冷酷无情的现实生活。此派作家受存在主义影响,作品大多描写现代美国人的绝望与孤独,资本主义社会中人的异化、精神危机和变态心理。代表作家及作品有冯尼格特的《猫的摇篮》、品钦的《V》、巴思的《烟草代理商》、海勒的《第二十二条军规》等。

魔幻现实主义

魔幻现实主义文学是20世纪60年代以来流行于拉丁美洲的一个重要文学流派。该派接收了原宗主国西班牙、葡萄牙文化的传统影响,同时吸收了古老的印第安文化和黑人文化,并从西方现代派文学得到启迪。作品借用古老神话和民间传说,把拉美现实政治社会描写为一种现代神话,既有离奇幻想的意境,又不乏现实主义的情节和场景,以"变现实为幻想而不是其真"为创作原则。采用象征、寓言、联想、暗示、高度夸张、人鬼不分、时序错乱、现实与梦幻交织等手法,以取得"魔幻"的艺术效果,并借魔幻境界折射严酷的现实生活。代表作家及作品有哥伦比亚马尔克斯的《百年孤独》、智利多诺索的《夜晚的不祥之鸟》等。

第二节 文艺方针常识

"二为"方针

1942年5月,毛泽东在《在延安文艺座谈会上的讲话》中,第一次明确提出了"二为"方针,即文艺是为人民大众的,首先是为工农兵的,为工农兵而创作,为工农兵所利用的。1980年7月,党中央提出了"文艺为人民服务,为社会主义服务"的方针。这是社会主义文艺工作的总方针和根本原则,是我党在总结文艺运动历史经验的基础上提出来的,它是毛泽东的文艺思想在社会主义条件下的运用和发展。

"双百"方针

"双百"方针即"百花齐放、百家争鸣"。具体地说,就是在文艺创作上,允许不同风格、不同流派、不同题材、不同手法的作品同时存在,自由发展;在学术理论上,提倡不同学派、不同观点互相争鸣,自由讨论。"百花齐放"是一个形象的比喻,"百家争鸣"则借用了历史典故。

1951年4月,为了革新和发展戏曲艺术,毛泽东为戏曲界写了"百花齐放,推陈出新"的题词。1956年4月28日,毛泽东在中共中央政治局扩大会议上提出,艺术问题上的"百花齐放",学术问题上的"百家争鸣",应该成为我国发展科学、繁荣文学艺术的方针。

"古为今用、洋为中用"

"古为今用、洋为中用",即对于古代的文化遗产应该剔除其封建性糟粕,吸收其民主性精华,决不能无批判地兼收并蓄;而对于外国的文化则要去其糟粕,取其精华,为我所用。毛泽东最早是在1964年9月《对中央音乐学院的意见》中明确提出,对待古代和外国的文化遗产要"古为今用,洋为中用"的。

"两结合"

"两结合"的创作方法,是1958年3月,由毛泽东倡导的"革命现实主义和革命浪漫主义相结合"的创作方法。他认为,创作应该既注重现实,又注重理想,以革命的现实主义为基础,又以革命的浪漫主义为主导。

"五个一工程"

由中共中央宣传部组织的精神文明建设"五个一工程"评选活动,自1992年起每年进行一次,评选上一年度各省、自治区、直辖市和中央部分部委,以及解放军总政治部等单位组织生产、推荐申报的精神产品中五个方面的精品佳作。这五个方面是:一部好的戏剧作品,一部好的电视剧(或电影)作品,一部好的图书(限文艺类),一部好的理论文章(限社会科学方面),一首好歌。

"三贴近"原则

"三贴近"是指贴近实际、贴近生活、贴近群众。这是十六大以来党中央提出的一项重要要求。遵循这一要求,宣传思想战线把"三贴近"作为改进和加强自身工作的一项重要指导原则。

坚持以人民为中心的创作导向

党的十七届六中全会提出,要坚持以人民为中心的创作导向,贴近实际、贴近生活、贴近群众,向人民学习,拜人民为师,从人民群众的火热实践中汲取营养、挖掘素材,努力创作生产更多思想性、艺术性、观赏性相统一,人民喜闻乐见的精神文化产品。

第二章

CHAPTER TWO

影视基础常识

第一节　广播电视常识

一、广播电视基本常识

电视

电视利用电子技术及设备传送活动的图像画面和音频信号，是重要的广播和视频通信工具。电视机最早由英国工程师约翰·洛吉·贝尔德在1925年发明。同电影相似，电视利用人眼的视觉暂留效应显现一帧帧渐变的静止图像，形成视觉上的活动图像。科学技术的进步，是电视迅速普及的一个重要原因。

电视艺术

电视艺术是一门迄今为止最年轻的艺术，1936年英国广播公司在伦敦正式播放电视节目，标志着电视艺术的诞生。电视艺术大体可分为电视文学、电视艺术片、电视剧、电视综艺节目以及电视纪实艺术五类。其中电视剧是电视艺术的主要类型，主要包括单本剧、连续剧、系列剧或小品等。

三基色

三基色是指红、绿、蓝三色，人眼对红、绿、蓝最为敏感，大多数的颜色可以通过红、绿、蓝三色按照不同的比例合成产生。同样，绝大多数单色光也可以分解成红、绿、蓝三种色光。这是色度学的最基本原理，即三基色原理。根据这个色彩原理，人们研制出了彩色电视。

电视节目制作方式

电视节目制作方式是指电视拍摄、制作、播出的不同方式,一般分为三种:ENG 式(电子新闻采集式)、EFP 式(电子现场制作式)和 ESP 式(电子演播室制作式)。

ENG 式(电子新闻采集式)

ENG 式就是一台摄像机和一条编辑线。在 ENG 制作方式中,一般在使用便携式摄录机时用肩扛等方式,需要时再加上一名记者就可以构成一个流动新闻采访组,可以方便灵活地深入街头巷尾、村庄山区进行实地拍摄采访。因此,ENG 制作方式也是一种基本的电视节目制作方式。

EFP 式(电子现场制作式)

EFP 式是以一整套设备连结为一个拍摄和编辑系统,进行现场拍摄和现场编辑的节目生产方式。适用于"野外"作业。要求必须具备一定的技术条件。利用 EFP 方式,可以现场直播,也可以现场录像、实况转播。不论是现场直播还是现场录像,摄录过程与事件发生发展同步进行,因此,现场性特别强烈。因此,EFP 方式也可称"即时制作方式";又由于 EFP 式须多台摄像机拍摄,所以也同"多机摄录、即时编辑"的概念相通。EFP 方式是最具有电视特点、最能发挥电视独特优势的制作方式,它广泛应用于文艺、专题、体育等节目的制作。

ESP 式(电子演播室制作式)

ESP 式主要是指演播室录像制作。演播室在设计和建造时预先充分考虑到了节目录制、播出的技术要求,它具有高保真的音响效果、完备的灯光照明系统和自动化调光系统等。它使用质量最好的固定式摄像系统,可不受某些条件的限制。因此,ESP 制作方式技术质量高、特技手段丰富,是一种较为理想的制作方式。ESP 方式既可以先拍摄录制,后编辑配音,也可以多机同时拍摄,在导演切换台上即时切换播出。ESP 方式综合了 ENG 方式和 EFP 方式两者的优点，手段灵活，可用于各类节目的制作，已成为电视台大、中、小型各类自办节目的主要制作手段。

电视节目制作过程

电视节目制作过程包括前期筹备、前期摄制和后期制作三个阶段。

电视节目播出方式

电视节目的播出方式可分为直播、录播和转播三种。

直播

直播是指拍摄、编辑和播出同时进行，没有时差。观众在时间和空间上有一种同时参与的惬意和亲临现场的感觉。但它有着严格的时间限制和区域限制，对主持人的要求很高。一般在某些特定题材（如体育比赛、文艺演出、会议仪式等）播出时使用。

录播

录播是先拍摄画面，记录在录像带上，进行剪辑、修改、包装、加工之后再播出。它可以精选重点，省去一般性的镜头，概括基本内容，又可防止差错，保证质量，美化包装。但与直播相比，它缺乏一种即时性的真实感。

转播

转播是将其他台的节目讯号转发出去，本台只起一个技术作用，而没有拍摄制作任务。

有线电视

有线电视亦称"电缆电视"。是借助光缆或电缆分送电视信号的一种电视系统。可接收和转发广播电视，又能自制或租借节目进行播放。

数字卫星电视

数字卫星电视是利用地球同步卫星，将数字编码压缩的电视信号传输到用户端的一种广播电视形式。其主要有两种方式：一种是将数字电视信号传送到有线电视前端,再由有线电视台转换成模拟电视信号传送到用户家中;另一种方式是将数字电视信号直接传送到用户家中。

数字电视

数字电视是基于数字技术、能直接接收地面数字电视广播信号的电视接收系统。具有双向信息传输的特点,可交互收看高清数字电视节目,并可获取各种网络服务,如视频点播、网上购物、远程教学、远程医疗等。

电视栏目

电视栏目是指把一些或一组题材内容、性质、功能目的或形态相近的小节目纳入一个定期定时长的某时段中播出,并将这一定期、定时长播出的某时段冠以名称。这一冠名播出时段的节目,称为电视栏目。

电视频道

一个电视频道是物理或虚拟通道在其中一个电视台或电视网络的分支。

电视新闻节目

电视新闻节目是电视屏幕上播出的,传播新闻信息,分析、解释与评论新闻事实的各种新闻节目的总称。按照其不同的作用,可以分为消息类新闻节目、专题类新闻节目和言论类新闻节目三大类。

电视文艺节目

电视文艺节目是以文学、艺术和文艺演出作为创作原始素材和基本构成元素,在保留原来艺术形式的基础上,运用电视视听语言进行二度创作,具有较高艺术欣赏性和审美价值的电视节目类型。通常有电视剧、专题型文艺节目、晚会型文艺节目、综艺型文艺节目等。

电视娱乐节目

电视娱乐节目是指通过电视这一特定的传播媒体传播的,大众广泛参与的,以审美性、娱乐性、观赏性和趣味性为突出特点的电视节目。中国电视娱乐节目目前经历了晚会时期、娱乐时期、竞猜时期和真人秀时期四个时期。

电视社教节目

电视社教节目是电视节目中对观众进行社会教育、文化教育的一类节目样式。这类节目寓教育于娱乐，寓教化于服务，寓宣传于信息、文化知识的传播之中。

电视服务性节目

电视服务性节目是指那些实用性强，通过提供信息、反映群众呼声等方式，直接为社会各界解决各种实际问题，为受众排忧解难，对受众的心理和生活需要产生直接影响的电视节目。

电视谈话节目

电视谈话节目根据内容来分，有严肃、娱乐类等形式，也可以细分为人物性的、事件性的、话题性的、情感性的等几类，有时界限也不明确。电视谈话节目策划是一种丰富、复杂、综合性的活动。一个合格的电视策划人应是具有丰富的理论素养、敏锐的判断力和较强的组织运作整合能力的人，从而能够在传播内容、传播角度、节目流程等方面体现不同电视谈话节目的个性。

脱口秀

脱口秀(Talk Show)，亦称为谈话节目，是指一种观众聚集在一起讨论主持人提出的话题的广播或电视节目。一般脱口秀都有嘉宾，通常由相关方面的专家学者或对特定问题有特殊经验的人组成。

广告

广告，即广而告之。广告是为了某种特定的需要，通过一定形式的媒体，公开而广泛地向公众传递信息的宣传手段。

广告有广义和狭义之分，广义广告包括非经济广告和经济广告。非经济广告指不以营利为目的的广告，又称效应广告，如政府行政部门、社会事业单位乃至个人的各种公告、启事、声明等,其主要目的是推广。狭义广告仅指经济广告,又称商业广告,是指以营利为目的的广告,通常是商品生产者、经营者和消费者之间沟通信息的重要手段,或企业占领市场、推销产品、提供劳务的重要形式,其主要目的是扩大经济效益。

公益广告

公益广告是以为公众谋利益和提高福利待遇为目的而设计的广告,是企业或社会团体向消费者阐明它对社会的功能和责任,表明自己追求的不仅仅是从经营中获利,而是关注和参与如何解决社会问题和环境问题这一意图的广告。公益广告不以营利为目的,而重在为社会公众的切身利益和社会风尚服务。公益广告具有社会的效益性、主题的现实性和表现的号召性三大特点。

电视剧

电视剧是一种融合舞台剧和电影的表现方法,运用电子技术制作,在电视屏幕上播映的戏剧。具有制作期较短、收看方便的特点。同电影(故事片)较接近,但由于电视机屏幕小,不宜表现过大的场面,故较少采用远景。电视剧按播映形态可分为单本剧、连续剧和系列剧。1937年英国播出世界上第一部电视剧《口含鲜花的男人》。中国于1958年6月15日播出第一部电视剧《一口菜饼子》。

电视单本剧

电视单本剧,是电视剧中一种常见的形式。它具有独立的故事或情节,由一个完整的故事或情节构成,有情节发生、发展、高潮和结局的完整脉络。电视单本剧基本上一次播完(或分上、中、下三集),现在最长为20集,如《寻龙剑侠赖布衣》。

电视连续剧

电视连续剧简称连续剧,是分集播出的多集电视剧。电视连续剧的情节、人物的角色和表演一般都具有连续性。

电视系列剧

电视系列剧是电视剧的形式之一,是分集电视剧的一种。通常由主要人物贯穿全剧,而故事情节自成单元,不相联系;也有的只具有贯穿始终的主题,而人物与故事每集更新。

电视小品

电视小品是电视中的轻骑兵,它播映时间短,人物、情节都比较简单,常常撷取生活中的一件小事或人物的一个特征,迅速及时地反映生活的某个侧面。由于它短小明快、新颖活泼、形式多样,因此成为大众较为喜欢的一种电视作品类型。1984年在中央电视台的春节联欢晚会上,陈佩斯与搭档朱时茂表演小品《吃面条》,开创了电视小品的先河。

音乐电视

音乐电视(MTV),是指运用电视技术手段,以音乐语言为抒情表意方式,以画面语言为烘托的辅助表现形态,声画相辅相成,给观众审美享受的电视艺术片种。

电视电影

电视电影是专门为电视播放所拍摄的电影,通常用数字技术进行拍摄,也可以用胶片拍摄。电视电影的制作一般规模不大,拍摄周期相对较短。

二、中外广播电视常识

(一)中国广播电视常识

中国境内第一座广播电台

1922年,美国人奥斯邦在上海成立了中国无线电公司,创办了中国无线电公司广播电台,并于1923年1月23日晚间首次播出节目。该电台为中国境内出现的第一座广播电台。

哈尔滨广播电台

1926年10月1日,无线电专家刘瀚在奉系军阀的支持下,建成了哈尔滨广播电台,这是中国人自办的第一座无线广播电台。

延安新华广播电台

1940年,中国共产党在陕北根据地建立了延安新华广播电台,于同年12月30日宣布播出,这标志着新的中国人民广播事业的诞生。

中央人民广播电台

1949年12月5日,北平新华广播电台改名为中央人民广播电台,成为中华人民共和国的国家广播电台。

北京电视台

1958年5月1日,北京电视台开始试播,这是中国第一家电视台,标志着我国电视事业的诞生。1973年5月1日,北京电视台面向首都观众的彩色电视节目正式播出。

中央电视台

1978年5月1日,北京电视台改名为中央电视台,成为中国的国家电视台。

中央电视台主要频道名称

中央电视台主要频道名称有:CCTV-1综合频道、CCTV-2财经频道、CCTV-3综艺频道、CCTV-4中文国际频道、CCTV-5体育频道、CCTV-6电影频道、CCTV-7军事 农业频道、CCTV-8电视剧频道、CCTV-9纪录频道、CCTV-9 Documentary频道、CCTV-10科教频道、CCTV-11戏曲频道、CCTV-12社会与法频道、CCTV-13新闻频道、CCTV-14少儿频道、CCTV-15音乐频道、CCTV-5+体育赛事频道等。

中央电视台春节联欢晚会

中央电视台春节联欢晚会简称央视春晚或春晚。这是在每年除夕之夜为了庆祝新年而开办的综艺晚会。从1983年开办至今,是中国规模最大、最受关注、收视率最高、影响力最大的综艺性晚会。

中国电视金鹰奖

中国电视金鹰奖是经中宣部批准,由中国文学艺术界联合会和中国电视艺术家协会主办的全国性电视艺术综合奖,其前身为"《大众电视》金鹰奖",自1983年开办,是唯一以观众投票为主要评选方式产生的国家级电视艺术大奖。

中国电视剧飞天奖

中国电视剧飞天奖创办于1980年,于1981年开始评奖,每年举办一届,原名"全国优秀电视剧奖"。由国家新闻出版广电总局(原中国广播电影电视部)主办,为电视类的"政府奖",是对上一年(或两年度)电视剧思想艺术成就的一次检阅和评判。从2005年起,改为两年一届,与中国电视金鹰奖隔年举办。飞天奖是国内创办时间最早、历史最悠久的电视奖项。

《一口菜饼子》

1958年6月15日,北京电视台(中央电视台的前身)在其演播室内直播了根据同名小说改编的电视剧《一口菜饼子》,这是我国第一部电视剧,开启了中国电视剧的序幕。

《敌营十八年》

《敌营十八年》是中央电视台在1981年拍摄的电视连续剧,一共九集,它是中国大陆第一部电视连续剧,由王扶林、都郁执导,张连文、刘玉等主演。该剧讲述了共产党员的英勇故事。

《渴望》

《渴望》是1990年出品的50集电视连续剧,由鲁晓威、赵宝刚执导。1990

年 12 月在中央电视台播出。这是中国第一部长篇室内剧，标志着我国电视剧生产的重大突破。

《编辑部的故事》

《编辑部的故事》是 1991 年上映的电视连续剧，由赵宝刚、金炎执导，葛优等主演。该剧描写了在《人间指南》杂志编辑部里，六个性格各异却都善解人意、乐于助人的编辑之间的交流与碰撞，描写他们与社会发生联系后产生的形形色色的人生故事。这是我国第一部以语言幽默为特色的电视系列轻喜剧。

《参桂补酒》

1979 年 1 月 28 日，上海电视台播出了中国第一条电视商业广告——《参桂补酒》。

《为您服务》

1983 年元旦，中央电视台《为您服务》栏目出现了专题节目主持人——沈力。沈力被认为是中国电视史上第一个固定栏目的节目主持人。

《东方时空》

1993 年 5 月 1 日早晨 7 时整，《东方时空》在中央电视台第一套节目中首次开播，成为中国电视界第一个电视新闻杂志栏目。它改变了中国大陆观众早间不收看电视节目的习惯，被誉为"开创了中国电视改革的先河"。

《凤凰早班车》

《凤凰早班车》是香港凤凰卫视的早间新闻资讯节目。1998 年 4 月，陈鲁豫在香港凤凰卫视主持《凤凰早班车》节目，开创了主持人说新闻的先河。

（二）外国广播电视常识

广播的诞生

1906 年 12 月，美国人费森登在美国首次成功进行了无线电广播，标志着广播的诞生。

世界上第一座广播电台

1920年11月,美国匹兹堡的KDKA广播电台正式开播,这是世界上第一座广播电台,也是第一家商业广播电台,该台首次创办了定时广播节目。

中国境内最早的广播电台

1923年1月13日,美国人奥斯邦在上海开办了中国土地上第一座广播电台,这是我国境内最早的广播电台。

"电视之父"

1925年4月,英国人贝尔德研制成功了世界上第一台机械式电视机,标志着电视的诞生及电视时代的到来。贝尔德因此被称为"电视之父"。

英国广播公司

英国广播公司(BBC)成立于1922年,是英国最大的新闻广播机构,也是世界上最大的新闻广播机构之一。在1955年独立电视台和1973年独立电台成立之前,BBC一直是英国唯一的电视、电台广播公司。

世界上第一台彩色电视机

1940年,世界上第一台彩色电视机由美籍匈牙利科学家彼得·戈得马研制成功。

世界上第一个开办彩色电视节目的国家

1954年,美国正式播放了彩色电视节目,成为世界上第一个开办彩色电视节目的国家。

《花言巧语的人》

1930年,英国广播公司播出了多幕电视剧《花言巧语的人》,这是世界公认的最早的电视剧。

《奥普拉脱口秀》

《奥普拉脱口秀》由美国脱口秀女王奥普拉·温弗瑞制作并主持,是美国历史上收视率最高的脱口秀节目,同时也是美国历史上播映时间最长的日间电视脱口秀节目。

第二节 电影常识

一、电影基本常识

电影

电影是用电影摄影机以每秒摄取若干格画幅的运转速度,将被摄体的运动过程拍摄在条状胶片上,成为许多格动作连贯的画面,然后经过一定的工艺过程,制成可以放映的影片。当影片通过放映机以同样的运转速度被连续地投映于银幕时,由于人类视觉具有滞留印象的特性(一说由于静物位移而在心理上产生似动感觉),观众便从银幕上看到放大了的活动影像。1895年12月28日,法国卢米埃尔兄弟制造出"活动电影机",并在巴黎的"大咖啡馆"放映了影片《火车到站》,标志着电影的正式诞生。电影艺术运用蒙太奇等表现手法,创造特有的时空结构,成为一门视听结合的综合艺术,并因影片可以大量复制放映而具有广泛的群众性。早期电影是无声的,20世纪20年代开始出现有声电影,以后又出现彩色电影等。20世纪末期出现采用数字处理技术和数字化介质的数字电影。电影片种有故事片、新闻纪录片、科学教育片、美术片等。中国放映电影始于1896年,摄制影片始于1905年。

视觉暂留

当人眼在观察景物时,光信号传入大脑神经,需经过一段短暂的时间,光的作用结束后,视觉形象并不立即消失,这种残留的视觉称为"后像",视觉的这一现象则被称为"视觉暂留"。

电影艺术

以电影技术为手段,以画面和音响为媒介,在银幕上运动的时间和空间里创造形象,再现和反映生活的艺术被称为电影艺术。

第七艺术

第七艺术是电影艺术的同义语。1911年,意大利诗人和电影先驱者乔托·卡努杜发表了著名论著《第七艺术宣言》,第一次宣称电影是一种艺术,是一种综合建筑、音乐、绘画、雕塑、诗歌和舞蹈等六种艺术元素的"第七艺术"。

电影文学

电影文学是继抒情文学、叙事文学、戏剧文学等传统文学类型之后出现的一种新兴文学类型。它有电影与文学的双重特性,并在二者的交互渗透中将文学的叙事因素与电影的造型因素有机地融为一体,其具有的书面形式即电影文学剧本。

分镜头剧本

分镜头剧本又称导演剧本,是导演案头工作的集中表现,是将影片的文学内容切分成一系列可以摄制的镜头的一种剧本。导演对文学剧本进行分析、研究之后,将未来影片中准备塑造的声画结合的银幕形象,通过分镜头的方式诉诸文字,就成了分镜头剧本。其内容包括镜头号、景别、摄法、画面内容、台词、音乐、音响效果、镜头长度等项目。

镜头

镜头是影片拍摄的基本单位。指电影摄影机或电视摄像机开动一次所摄取的一段连续画面。一部影片或电视节目,是由许多不同摄法和长度的镜头组接编辑而成的。

运动镜头

运动镜头是指通过移动摄像机机位,改变镜头光轴,或者改变镜头焦距所拍摄的镜头。通过这种拍摄方式所拍到的画面,称为"运动画面"。运动镜头按其运动方式不同,主要包括由推、拉、摇、移、跟、升降摄像形成的推镜头、拉镜头、摇镜头、移镜头、跟镜头、升降镜头等。

推摄与推镜头

推摄是被摄主体不动,摄像机向被摄主体方向推进或变动镜头焦距,使画面框架由远而近向被摄主体不断接近的拍摄方法,用以突出主体。用这种方式拍摄的画面叫推镜头。

拉摄与拉镜头

拉摄是摄像机逐渐远离被摄主体或变动镜头焦距(从长焦调至广角),使画面框架由近至远与主体拉开距离的一种拍摄方法,用以表现人物与环境、局部与整体的关系。用这种方法拍摄的画面叫拉镜头。

摇摄与摇镜头

摇摄是指摄像机机位不动,借助于三脚架上的活动底盘或拍摄者的身体,变动摄像机光学镜头轴线的拍摄方法,用以表现事物、时间、空间的急剧变化,使观众产生一种紧迫感。用摇摄的方式拍摄的画面叫摇镜头。

移镜头

移镜头又称"移动镜头",是指把摄像机安放在移动的运载工具上,在水平方向按一定的运动轨迹进行运动拍摄的镜头,通常用于表现比较广阔的生活场景。

跟摄与跟镜头

跟摄是摄像机始终跟随运动的被摄主体一起运动而进行拍摄的拍摄方

法，用于连续表现被摄主体的动作、表情及细部变化。用跟摄的方法拍摄的画面叫跟镜头。

升降镜头

升降镜头是摄像机借助升降装置等在空间里上下移动拍摄的镜头，常用来表现高大物体的各个局部，展示事件或场面的规模和氛围等。

仰拍

仰拍是摄影机从低处向上拍摄的方法。在电影中，用以代表观众或影片中人物仰望的视线，常用于表现崇高、庄严、伟大的气势。

俯拍

俯拍是摄影机从高处向下拍摄的方法，用这种方法摄取的画面，可以展示俯视的效果。在电影中，用以代表观众或影片中人物居高临下的视线。常用于描述环境特色或营造压抑、低沉的氛围。

长镜头

长镜头是一种拍摄手法，指长时间，对一个场景、一场戏进行连续的拍摄，形成一个比较完整的镜头段落，以营造真实、可信、连贯的感觉，形成一种独特的纪实风格。通常用来表达导演的特定构想和审美情趣，例如文场戏中演员的内心描写、武打场面的真功夫等。法国电影理论家安德烈·巴赞是"长镜头"理论的倡导者。

空镜头

空镜头又称景物镜头，是指影片中进行自然景物或场面描写而不出现人物、没有语言的镜头，如画面上只有山、水、花、草、鸟等。空镜头并不空，有多种表现功能和艺术价值，它能营造一种诗情画意的意境。

快、慢镜头

摄影机按正常情况拍摄的速度是每秒24格画面。低于摄影机正常速度每秒 24 格拍下的镜头叫快镜头,高于摄影机正常速度每秒 24 格拍下的镜头叫慢镜头。

主观镜头

从剧中人物的视点出发来叙述的镜头叫主观镜头。主观镜头把摄影机的镜头当作剧中人的眼睛,直接"目击"生活中其他人、事、物的情景。它代表了剧中人物对人或物的主观印象,带有明显的主观色彩,使观众产生身临其境、感同身受的效果,进而使其和人物进行情绪交流,获得共同的感受。

客观镜头

客观镜头又称中立镜头,是电视节目中最为常见的一种拍摄角度。它不是以剧中人的眼光来表现景物,而是直接模拟摄影师或观众的眼睛,是从旁观者的角度纯粹客观地描述人物活动和情节发展的镜头。

景别镜头

景别是指由于改变摄影机与被摄对象之间的距离,而造成被摄对象在摄影机寻像器中所呈现出的不同的形象的大小。景别一般可分为五种:由近至远分别为特写、近景、中景、全景、远景。在电影中,导演和摄影师利用复杂多变的场面调度和镜头调度,交替地使用各种不同的景别,可以使影片剧情的叙述、人物思想感情的表达、人物关系的处理更具有表现力,从而增强影片的艺术感染力。

远景

远景是电影镜头的景别名称。它摄取远距离景物和人物,在画面中表现广阔深远的景象,用以展示人物活动的空间或事件发生的环境,并借以抒发情感、创造意境、渲染气氛等。表现视野特别广阔的称为"大远景"。

全景

全景又称 3D 实景,是电影镜头的景别名称。它摄取人像的全身或场景的全貌,使观众看到人物的整体动作及其周围部分环境。在电视剧、电视专题、电视新闻中,全景镜头不可缺少,大多数节目的开端、结尾部分都用全景或远景。远景、全景又称交代镜头。因此,全景画面比远景更能够全面阐释人物与环境之间的密切关系,可以通过特定环境来表现特定人物,这在各类影视片中被广泛地应用。而对比远景画面,全景更能够展示出人物的行为动作和表情相貌,也可以从某种程度上来表现人物的内心活动。

中景

中景是电影镜头的景别名称。它摄取人像膝盖以上或景物的局部,在画面中表现人物半身的形体动作和情绪交流,常用作电影中的叙事性描写。中景视距比近景稍远,中景的运用,能为演员提供较大的活动空间,不仅能使观众看清人物表情,而且有利于显示人物的形体动作,有利于交代人与人之间的关系,大部分用于需识别背景或交代动作路线的场合。中景还可以加深画面的纵深感,表现出一定的环境、气氛,而且通过镜头的组接,还能把某一冲突的经过叙述得有条不紊,因此常用于叙述剧情。

近景

近景是电影镜头的景别名称。它摄取人物的上半身或物体的局部,使观众从画面中看清楚人物的面部表情,或某种形体动作。有些摄取人物腰部以上的镜头,一般称为"中近景"。

特写镜头

特写镜头简称"特写",是电影镜头的景别名称。它摄取人像的面部、人体或物体的某个局部,造成强烈和清晰的视觉形象,用以细腻地刻画人物的细微表情或物体局部的特征,获得突出和强调的效果。摄取人物眼、嘴等更细微部位或物体细节的镜头,被称为"大特写"。

蒙太奇

蒙太奇是法语"montage"的音译,原意为"构成""装配",是电影艺术的重要表现手段。一部影片是由许多不同镜头组成的,这些镜头分别拍摄完成后,再按照原定创作构思有机地组接起来,使其通过形象间相辅相成的关系,产生连贯、呼应、悬念、对比、暗示、联想等作用,从而形成各个有组织的场面和段落,直至一部完整的影片,这种表现方法通常称为蒙太奇。运用这一手法来处理镜头的联结和场面、段落的转换,可使全片达到结构严谨、条理通畅、展现生动、节奏鲜明的要求,有助于充分揭示影片的内在含义。蒙太奇除指画面与画面之间的组合关系外,也包括画面与声音、声音与声音之间的组合关系,这些组合关系都从属于影片内容,为之服务。

叙事蒙太奇

叙事蒙太奇由美国电影大师格里菲斯等人首创,是影视片中最常用的一种叙事方法。它的特征是以交代情节、展示事件为主旨,按照情节发展的时间流程、因果关系来分切组合镜头、场面和段落,从而引导观众理解剧情。这种蒙太奇组接脉络清楚,逻辑连贯,简明易懂。叙事蒙太奇又包含平行蒙太奇、交叉蒙太奇、颠倒蒙太奇、连续蒙太奇等技巧。

平行蒙太奇

平行蒙太奇常以不同时空(或同时异地)发生的两条或两条以上的情节线并列表现、分头叙述而统一在一个完整的结构之中。格里菲斯、希区柯克都是极善于运用这种蒙太奇的大师。平行蒙太奇应用广泛,首先因为用它处理剧情,可以删节过程以利于概括集中,节省篇幅以扩大影片的信息量,并加强影片的节奏;其次,由于这种手法是几条线索并列表现,相互烘托,形成对比,易于产生强烈的艺术感染效果。

交叉蒙太奇

交叉蒙太奇又称交替蒙太奇,它将同一时间不同地域发生的两条或数条情节线迅速而频繁地交替剪接在一起,其中一条线索的发展往往影响另外的线索,各条线索相互依存,最后汇合在一起。这种剪辑技巧极易引起悬念,造成紧张激烈的气氛,加强矛盾冲突的尖锐性,是掌握观众情绪的有力手法,惊险片、恐怖片和战争片常用此法造成追逐和惊险的场面。

颠倒蒙太奇

颠倒蒙太奇是一种打乱结构的蒙太奇方式,先展现故事的或事件的当前状态,再介绍故事的始末,表现为事件概念上"过去"与"现在"的重新组合。它常借助叠印、划变、画外音、旁白等转入倒叙。运用颠倒式蒙太奇,打乱的是事件顺序,但时空关系仍需交代清楚,叙事仍应符合逻辑关系,事件的回顾和推理常以这种方式结构。

连续蒙太奇

连续蒙太奇是沿着一条单一的情节线索,按照事件的逻辑顺序,有节奏地连续叙事。这种叙事自然流畅,朴实平顺,但由于缺乏时空与场面的变换,无法直接展示同时发生的情节,难以突出各条情节线之间的并列关系,不利于概括,易有拖沓冗长、平铺直叙之感。在影片中常与平行、交叉蒙太奇手法交叉使用,相辅相成。

表现蒙太奇

表现蒙太奇是以镜头队列为基础,通过相连镜头在形式或内容上相互对照、冲击,从而产生单个镜头本身所不具有的丰富含义,以表达某种情绪或思想。常用于激发观众的联想,启迪观众的思考。

抒情蒙太奇

抒情蒙太奇是一种在保证叙事和描写的连贯性的同时,表现超越剧情之上的思想和情感。它的本意既是叙述故事,更是绘声绘色的渲染。意义重大的事件被分解成一系列近景或特写,从不同的侧面和角度捕捉事物的本质含义,渲染事物的特征。最常见、最易被观众感受到的抒情蒙太奇,往往是在一段叙事场面之后,恰当地切入象征情绪情感的空镜头。

心理蒙太奇

心理蒙太奇是人物心理描写的重要手段,它通过画面镜头组接或声画有机结合,形象生动地展示出人物的内心世界,常用于表现人物的梦境、回忆、闪念、幻觉、遐想、思索等精神活动。这种蒙太奇在剪接技巧上多用交叉、穿插等手法,其特点是画面和声音形象的片断性、叙述的不连贯性和节奏的跳跃性,声画形象带有剧中人强烈的主观性。

隐喻蒙太奇

隐喻蒙太奇通过镜头或场面的队列进行类比,含蓄而形象地表达创作者的某种寓意或对某个事件的主观情绪。这种手法往往将不同事物之间某种相似的特征突现出来,以引起观众的联想,领会导演的寓意和领略事件的情绪色彩。隐喻蒙太奇将巨大的概括力和极度简洁的表现手法相结合,往往具有强烈的情绪感染力。但运用这种手法应当谨慎,隐喻与叙述应有机结合,避免生硬牵强。

对比蒙太奇

对比蒙太奇是通过镜头或场面之间在内容(如贫与富、苦与乐、生与死、高尚与卑下、胜利与失败等)或形式(如景别大小、色彩冷暖、声音强弱、动静等)上形成的巨大反差,产生相互冲突的作用,从而表达创作者的某种寓意或强化所表现的内容和思想。

声音

影视的声音是指在银幕上出现的所有用来表达意义的声音形态,包括人声、音乐、音响三类。

人声

人声指银幕上的人物在表达思想和交流感情时所发出的各种声音。其主要表现形态有对白、独白和旁白。

对白

在电影电视中角色相互间的对话叫对白,亦称"台词"。对白是电影艺术的主要表现手段之一。

独白

独白是文学作品中人物语言的表现形式之一,是电影电视中角色一人所说的台词,常用来表达人的自思、自语等内心活动。通过人物内心表白来揭示人物隐秘的内心世界,能充分地展示人物的思想、性格,使观众能够更深刻地理解人物的思想感情和精神面貌。

旁白

旁白是一种戏剧术语,是指角色在一旁评价他人言行或表述本人内心活动的台词。假设为同台其他角色未曾听见,或作为直接同观众的交谈。戏曲中称"打背供"。也指影视片中的解说词。说话者不出现在画面上,但直接以语言来介绍影片内容、交代剧情或发表议论,包括对白的使用。

影视音乐

影视音乐是专为影视作品创作、编配的音乐,包括器乐和声乐两部分。它是影视作品的重要组成部分,是影视作品重要的表意、抒情的造型元素。

音响

音响指除了人的语言、音乐之外的其他声响,包括自然环境的声响、动物的声音、机器工具的音响、人的动作发出的各种声音等。

音响效果

音响效果简称"效果",是戏剧、电影和其他舞台演出的创作手段之一。运用多种专用器具和技法,模拟或再现各种声响,如风声、雨声、枪炮声等,创造舞台真实感,以烘托环境气氛,增强艺术感染力。

画外音

画外音是电影制作过程中处理声音的一种方法。某些镜头所表现的声音,其声源(人、物体)不在画面内,而来自画面以外或幻觉等精神世界中。其成功运用,在于发挥声音的创造作用,构成各种声画蒙太奇效果。

声画关系

声画关系指声音与画面在影片中的结合关系。声音是听觉艺术,画面是视觉艺术,当听觉、视觉之间相互协调、巧妙地配合,就能产生立体、完整的感官效果。一般有声画合一和声画对位两种形式,而声画对位又可以分为声画并行和声画对立两类。

声画合一

声画合一是指影片中声音与画面的协调一致。自声音进入电影后,电影即由纯粹的视觉艺术变为视听结合的艺术。电影画面不再只是动作的影像,还配有声音。这两种电影元素交互作用,彼此配合,构成声画结合的不同蒙太奇形式。声画同步是其中最原始、最常见的一种。在剪辑时,要求影片的声带与画面严格匹配,使发音的人或物体(包括配音)在银幕上与所发声音保持同步进行的自然的关系,使画面中视像的发声动作与它所发出的声音同时呈现并同时消失,两者吻合一致,反之为声画不同步。声画同步的作用,主要在于加强画面的真实感,提高视觉形象的感染力。

声画对位

声画对位借用在电影电视上,就是指镜头画面与声音对列,按照各自的规律彼此表达不同的内容,又在各自独立发展的基础上有机结合起来,造成单是画面或单是声音所不能完成的整体效果。声画对位的结构形式是声音和画面组合关系的一种升华飞跃。

声画并行

声画并行是指声音和画面在两条线上并行发展,二者之间若即若离,表面上呈游离状态,实质上貌合神离。通过对立双方的反衬作用,表现更为深刻的思想意义,起到更加感人的艺术效果。

声画对立

声画对立是指画面与声音之间在情绪、气氛、节奏和内容等方面互相对立,形成反差,使声音具有寓意,从而深化影视作品的主题。声画对立是一种对比蒙太奇的表现手法。

画格

画格是电影胶片的基本单位,指每一格的电影胶片。画格每格时间长度为1/24秒。一米长的胶片有52个画格,一部半小时的影片大约有13万个画格。

定格

定格是电影镜头表现手法。即银幕上活动影像突然固定不动,给人的视觉感受与照片相似,能产生银幕时空凝固的艺术效果,用以强调特定情景或场景转换。也常用于影片结尾,表明故事虽告结束,但仍留给观众以回味与思考。

淡入、淡出

淡入、淡出亦称"渐显渐隐",是电影中转换时间和空间的形式之一。"淡入"是一个画面从完全黑暗到逐渐显露,以至完全清晰的过程,表示一个段落的开始;"淡出"是一个画面从完全清晰到逐渐转暗,以至完全隐没的过程,表示一个段落的结束。运用这种方法,可使观众产生完整的段落感,与舞台演出的开幕和闭幕近似。

化入、化出

化入、化出是电影中表示时间和空间转换的技巧之一。指前一个电影画面渐渐消失(化出)的同时后一个画面渐渐显现(化入)。两者隐显的时间相等,并且在银幕上呈现一个短时间的重叠,即经过"溶"的状态实现交替。也常用以表现现实与梦幻、回忆、联想场面的衔接。"化"的方法,比较含蓄、委婉,并往往有某种寓意。根据内容、节奏的需要,"化"的时间可长可短,一般在1

秒到 3 秒之间。

划入、划出

划入、划出简称"划",是电影中转换时间和空间的形式之一。有爆破型、扇面型、圈出圈入等。常用的形式是:用一条明晰或模糊的直线,从画幅边缘开始,或横,或直,或斜地将前一个画面迅速抹去,同时展现下一个画面。这一方法适用于表现场景的迅速转换,造成爽利明快的节奏。

圈入、圈出

圈入、圈出是指划的一种变化。以圆圈的方式,从画面中心圆点开始逐渐扩大(圈出),或以圆圈将整个画面逐渐收缩为圆点(圈入),并由下一个画面所取代。有时圈入也用于强调或突出画面上某一细节部分。

出画、入画

出画、入画是电影艺术处理镜头结构的一种手法。镜头画面中的中心人物或运动物体离开画面,称为出画;反之,称为入画。

切换

切换简称"切",是电影最基本的镜头转换方式,指直接由一个镜头转换成另一个镜头。

切入、切出

切入、切出用于影片中从前一个场景直接转换到后一个场景,将前后两个场景不同画面的镜头,不加技巧地首尾衔接起来,以此收到对比强烈、节奏紧凑的效果,能够增强影片的节奏和叙述的流畅。

闪回

闪回是在故事影片客观叙述镜头中突然切入片断的主观回忆镜头。它将人物对过去生活的记忆,通过画面或声音以直观的形式再现出来,是电影艺术特有的表现角色心理活动的手段之一。

景深

景深是拍摄有限距离的景物时，像面上构成清晰影像的景物的深度。当摄影机对焦于物体 A 时，焦面（即像面）上，除物体 A 清晰外，近处的物体 B 和远处的物体 C，眼睛看起来都清楚，但比物体 B 更近一些和比物体 C 更远一些的物体就显得模糊。景物 B 与 C 之间的范围便称为"景深"。景深大小取决于：(1) 光圈号数。(2) 对焦物体的距离。(3) 物镜的焦距。景深与(1)(2)成正比关系，与(3)成反比关系。

冷暖色

冷暖色是冷色与暖色的合称。指不同性质的色相造成冷或暖的不同色觉。色相的物理现象与人的生理现象有关。光度和色度强的色相，如红、黄、橙给人的感觉强，有扩张及迫近视线的现象，于是产生温暖的感觉，称为"暖色"或"热色"。反之，如青、绿、紫等有寒冷的感觉，称为"冷色"或"寒色"。冷暖关系均是相比较而言的。

直射光

以自然光来说，在晴朗的天气条件下，阳光直接照射到被摄者身体的受光面产生明亮的影调，非直接受光面则形成明显的投影，这种光线就是直射光。

散射光

在光的传播过程中，光线照射到粒子时，如果粒子大于入射光波长很多倍，则发生光的反射；如果粒子小于入射光波长，则发生光的散射，这时观察到的是光波环绕微粒而向其四周放射的光，称为散射光或乳光。

顺光

顺光也叫正面光，指光线的投射方向和拍摄方向相同的光线。

侧光

侧光是来自景物左侧或右侧的光线，同景物、照相机呈 90 度左右的水平角度。

逆光

逆光是一种由于被摄主体恰好处于光源和照相机之间的状况,这种状况极易造成被摄主体曝光不充分。在一般情况下摄影者应尽量避免在逆光条件下拍摄物体,但是有时候逆光产生的特殊效果也不失为一种艺术摄影的技法。

顶光

顶光,即来自顶部的光线,与景物、照相机呈90度左右的垂直角度。人物在这种光线下,其头顶、前额、鼻头很亮,下眼窝、两腮和鼻子下面完全处于阴影之中,造成一种反常奇特的形态。

电影构图

电影构图是结合被拍摄对象(动态和静态的)和摄影造型要素,按照时间顺序和空间位置有重点的分布、组织在一系列活动的电影画面中,形成统一的画面形式。一般来说,电影画面构图分为主体、陪体和环境三部分。

类型电影

类型电影是按照相似的题材、结构、人物设置划分的某种故事电影群。具有相对不变的情节和视听符号,其实质是从观众观片心理出发提出的对电影产品的一种标准化。其产生和基本定型于20世纪前期的好莱坞。最具代表性的有西部片、黑帮片、歌舞片、灾难片等。随着时代变化与电影艺术的发展将产生新的类型。

西部片

西部片是美国电影类型之一。以19世纪美国向西部地区移民时期白人与印第安人的关系纠葛为题材,宣扬拓荒精神。早期西部片多描写美人遇难,英雄相救,最后有情人终成眷属。男主人公均为头戴阔沿帽、腰插双枪且富于正义感的牛仔。1903年摄制的《火车大劫案》,被认为是第一部西部片。

喜剧

喜剧是戏剧的一种类型。一般以夸张的手法、巧妙的结构、诙谐的台词及对喜剧性格的刻画,引人发出不同含意的笑,来嘲笑丑恶、滑稽的现象,肯定正常的人生和美好的理想。由于描写的对象和手法的差别,一般分为讽刺喜剧、抒情喜剧、荒诞喜剧、闹剧等样式。喜剧冲突的解决一般比较轻快,往往以代表进步力量的主人公获得胜利或如愿以偿为结局。欧洲最早的喜剧是古希腊喜剧,代表作家是阿里斯托芬;16世纪—17世纪以莎士比亚和莫里哀的喜剧作品为代表;18世纪意大利的哥尔多尼和法国的博马舍是欧洲启蒙运动时期喜剧的代表;19世纪俄国的果戈理和奥斯特洛夫斯基等人的喜剧作品具有批判现实主义精神。现代西方某些喜剧作家则常把世界、人生、历史、自我作为嘲弄对象,刻意表现整体性的荒诞和滑稽。中国传统戏曲在理论上并没有悲剧与喜剧的严格分类,但仍不乏接近于西方喜剧特性的作品。

喜剧片

喜剧片是以笑的效果来调动观众情绪、激发观众爱憎的影片。常用巧妙的结构方式、夸张的手法、风趣的情节和诙谐的语言,着重刻画喜剧性人物的独特性格,传达出一定的社会内涵。

二、中国电影常识

(一)中国电影导演

第一代导演

第一代导演指默片时期的电影导演,大致活跃于20世纪初叶到20世纪20年代末。这一代导演的代表人物有郑正秋、张石川、但杜宇、杨小仲、邵醉翁等,其中尤以郑正秋、张石川的成就为著。

1913年,郑正秋与张石川合作拍摄了《难夫难妻》,被誉为"给中国电影事业铺下了第一块奠基石"。他们从中国传统的叙事艺术和舞台戏曲中吸收了很多手法,联系时代的要求,重视电影的社会教化作用。电影技巧方面,更像是舞台剧的延伸，导演们用传统的戏剧观念来处理电影，布景空间层次的设计仍然具有强烈的舞台痕迹。在表演上依旧留有舞台剧的表演痕迹，拍摄时沿用戏剧舞台的一套办法，摄影机基本固定，电影镜头的景别变化不大。"第一代导演"是中国电影的先驱，他们在既缺乏经验、拍摄条件又非常简陋的情况下，创作了中国第一批故事片。这些影片中的一部分是受了"五四"新文化运动的影响，不同程度上表现出一些反封建的民主思想。

郑正秋

郑正秋（1889—1935），原名郑芳泽，号伯常，出生于上海。导演、编剧。中国电影之父，中国电影事业的开拓者，我国最早的电影编剧和导演之一，"第一代导演"中成就最高的一位。青年时期的郑正秋积极从事新剧评工作，1913年涉足影坛，编剧并参与导演了中国第一部短故事片《难夫难妻》。1922年与张石川等创建明星影片公司，担任编剧、导演。主要编导作品有《劳工之爱情》《玉梨魂》《姊妹花》等53部影片。

张石川

张石川（1890—1953），原名伟通，字蚀川，浙江宁波人。导演。他是中国电影的开拓者之一，中国第一代电影导演的中坚，一生共导演150多部电影。他的主要作品有《三笑》《夜深沉》《金粉世家》《空谷兰》《啼笑因缘》等，故事性强，通俗易懂。1928年导演的神怪武侠片《火烧红莲寺》，在上海电影界引起竞拍神怪武侠片的潮流。1931年他导演了以蜡盘配音的中国第一部有声影片《歌女红牡丹》。张石川凭着良好的英文功底，专攻西洋影戏导演技巧，在早期电影艺术上的探索功不可没。

第二代导演

第二代导演主要活跃于20世纪三四十年代，部分导演一直到八十年代仍工作在电影岗位上。这一代导演主要有程步高、沈西苓、蔡楚生、史东山、费穆、孙瑜、袁牧之、应云卫、陈鲤庭、郑君里、吴永刚、沈浮、汤晓丹、张骏祥、桑弧等。

第二代导演的成就是,由他们开始,中国电影就思想内容而言,开始真正从单纯的娱乐——"玩耍"中解放出来,开始比较深入地反映社会生活,从娱乐中发挥社会功能。在艺术上,这代导演最大的特点是写实主义,同时,他们注意把写实和电影化结合起来,开始逐渐掌握电影艺术的基本规律。尽管这代导演的"戏剧意识"还比较强烈,但他们对戏剧的模仿已从形式转向内涵,即逐渐摆脱舞台的局限,充分发挥电影艺术之所长,只是在故事情节上强烈地追求戏剧悬念、戏剧冲突、戏剧程式。代表作有吴永刚的《神女》,程步高的《春蚕》,费穆的《城市之夜》,孙瑜的《大路》,朱石麟的《慈母曲》,史东山的《女人》,蔡楚生的《渔光曲》以及沈西苓、袁牧之的《桃李劫》等等。

蔡楚生

蔡楚生(1906—1968),潮阳人。世界上最知名的 200 位电影艺术家中唯一的中国人。世界级电影宗师之一,中国现实主义电影的奠基人,中国进步电影的先驱者,"中国电影百年历史影响中国电影十强人物"之一。其执导的影片多曲折动人,人物性格刻画细致入微,艺术特色鲜明。在新中国成立前所拍摄的 1 300 多部电影中,最卖座的四部电影《一江春水向东流》《渔光曲》《姊妹花》《都会的早晨》,除《姊妹花》是其师父郑正秋所作外,其他三部都出自蔡楚生之手。其执导的《渔光曲》(1935 年)使中国电影首次享誉国际影坛。该片还被灌成唱片,畅销十多万张,在中国电影史上首开音像产品同时占领市场的先例。而与郑君里编导的具有世界最高水准的《一江春水向东流》(1947 年)则更是轰动海内外。

费穆

费穆(1906—1951),字敬庐,号辑止,出生于上海。电影导演、编剧。擅长以生动的细节刻画人物内心活动。1933 年,执导了批判现实的剧情片《城市之夜》,轰动上海滩。1934 年,执导了剧情片《香雪海》。1935 年,执导了伦理电影《天伦》,是中国电影史上第一次以民族乐器配乐的电影。1936 年,拍摄了号召抗战的国防电影《狼山喋血记》。1937年,拍摄了戏曲电影《斩经堂》。1940年,执导了古装剧情片《孔夫子》。1941年,为中美两国第一次合作拍摄的影片《世界儿女》编写了剧本,随后退出影界。1942年,组建了上海艺术剧团。1944年,创办新艺剧团。1948年,执导了由京剧大师梅兰芳主演的中国第一部彩色影片《生死恨》。他执导的《小城之春》在20世纪80年代被海外影评家评为中国电影十大名片之首。

吴永刚

吴永刚(1907—1982),江苏吴县人。编剧、导演,是由美术师转为导演的优秀艺术家。1934年因编导《神女》而一举成名。他一生共拍了27部影片。1980年与吴贻弓联合导演的《巴山夜雨》是他的艺术高峰。这部影片中,他充分调动电影作为视觉艺术的各种手段,细腻地刻画了人物内在的思想感情,对话洗练、隽永,格调清新、淡雅,实现了他一辈子孜孜以求的素描风格。1981年,他又作为总导演,执导了以描写革命领袖人物董必武在大革命前夕革命活动的影片《楚天风云》。该片朴素、平实,得到了广泛好评。

郑君里

郑君里(1911—1969),曾用名郑重、千里。出生于上海。祖籍广东香山县(今中山市三乡镇平岚田堡村人)。中国著名电影演员、导演。代表作《一江春水向东流》《林则徐》《乌鸦与麻雀》。

桑弧

桑弧(1916—2004),原名李培林,出生于上海,原籍浙江宁波。导演、编剧。1941年编剧第一部作品《肉》,1944年首次执导电影《教师万岁》。1954年导演并编剧的电影《梁山伯与祝英台》获文化部1957年优秀影片金奖、1954年第八届卡罗维伐利电影节音乐片奖和1955年第九届爱丁堡电影节映业奖。1981年,他改编并独立执导根据茅盾长篇小说改编的同名影片《子夜》。

第三代导演

新中国成立后走上影坛的导演艺术家,被称为中国电影导演的"第三代"。这一代导演主要有成荫、谢铁骊、水华、崔嵬、凌子风、谢晋、王炎、郭维、李俊、于彦夫、鲁韧、王苹、林农等。他们在遵循现实主义原则的基础上表现生活的本质,深入展现矛盾冲突,并在民族风格、地方特色、艺术意蕴等方面,都进行了十分有益的探索。

崔嵬

崔嵬(1912—1979),山东人,原名崔景文,曾用名崔微晖、崔浚、疯子,后改名崔嵬。电影演员、导演,著名电影艺术家、剧作家。代表作品有《红旗谱》《青春之歌》《小兵张嘎》等。

水华

水华(1916—1996),江苏南京人,著名电影导演。水华17岁参加左翼戏剧运动,抗日战争爆发后参加了抗敌演剧队。1949年,入东北电影制片厂任导演。次年,与人联合执导了《白毛女》,并在卡罗维发利国际电影节上获特别荣誉奖。此后,其执导的影片《林家铺子》《革命家庭》《烈火中永生》等都影响巨大。"文革"后,水华继续其电影创作,执导的著名影片《伤逝》,因其严谨、深沉、细腻、含蓄的风格,被视为水华最优秀的作品之一。

凌子风

凌子风(1917—1999),满族,生于北京。原名凌风,曾用名凌项强。导演。曾参演过影片《保卫我们的土地》《热血忠魂》《八百壮士》等。1938年,他编导的独幕话剧《哈娜寇》获晋察冀边区鲁迅文学奖。1943年在鲁迅艺术学院戏剧系任教,1945年任华北联合大学艺术学院戏剧系教员,1948年任东北电影制片厂导演。代表作品有《中华女儿》《红旗谱》《边城》等。

谢晋

谢晋(1923—2008),浙江绍兴人,国家一级导演。1954年独立执导淮剧短片《蓝桥会》后升为导演。他执导的长短影片有20多部。1957年,谢晋执导的《女篮五号》是他的成名作,也是中国第一部彩色体育故事片,在第六届世界青年联欢节上获得银质奖章,1960年获得墨西哥国际电影节银帽奖。1998年,谢晋获香港(海外)文学艺术家协会颁发的中华文学及艺术家金龙奖"当代电影大师"称号,获上海市文学艺术杰出贡献奖。2005年,获第25届金鸡奖终身成就奖。2007年,获第10届上海国际电影节华语电影杰出艺术成就奖。其代表作品还有《红色娘子军》《舞台姐妹》《天云山传奇》《牧马人》《芙蓉镇》《鸦片战争》等。

谢铁骊

谢铁骊(1925—2015),江苏淮阴人。中国第三代电影导演的代表人物,是对国家有突出贡献的50位电影艺术家之一,第14届金鸡百花电影节终身成就奖获得者。13岁就开始参加抗日救亡文艺活动,并在参加新四军后成为一名文艺战士。1940年进入淮海军政干部学校学习,1942年加入中国共产党,曾任新四军文工团戏剧教员、第三野战军第三十军文工团团长等职。中华人民共和国成立后,在中央电影局表演艺术研究所任教员。1959年开始独立拍片。谢铁骊少小失学,完全靠天资聪颖和刻苦自学成长为一位著名电影艺术家。代表作有《暴风骤雨》《早春二月》《智取威虎山》《海霞》《知音》等。

第四代导演

第四代导演的主体是"文革"前北京电影学院、上海电影学校毕业生构成的创作群体,以及在同一时期自学成材的人。他们虽然学艺于20世纪60年代,但由于种种历史的原因,其艺术才华到1977年以后才发挥出来。"第四代导演"提出中国电影要"丢掉戏剧的拐杖",打破戏剧式结构;提倡纪实性,追求质朴、自然的风格和开放式的结构;注重主题与人物的意义性和从生活中、从凡人小事中去开掘社会和人生的哲理。他们有理论,有实践,其作品的中心题材多为农村,他们致力于寻找历史底蕴,更多地表现出对历史和现实、对民族文化与现代意识交叉契合点的捕捉。在反映现实的影片中可以看到历史与文化的延续性,看到历史与文化如何制约着、创造着影片中人物的行动,是真实化的纪实美学。

第四代导演主要代表人物有吴贻弓、吴天明、张暖忻、黄健中、滕文骥、郑洞天、谢飞、胡柄榴、丁荫楠、李前宽、陆小雅、于本正、颜学恕、黄蜀芹、杨延晋、王好为、王君正等。

吴贻弓

吴贻弓(1938—),出生于重庆,浙江杭州人。第四代导演中的重要代表,文艺一级导演。1960年毕业于北京电影学院导演系。1979年独立执导的影片《巴山夜雨》获1981年第一届中国电影金鸡奖最佳故事片奖。1983年拍摄的电影《城南旧事》获得了1983年第三届中国电影金鸡奖最佳导演奖、第二届菲律宾马尼拉国际电影节最佳故事片金鹰奖和1984年第十四届南斯拉夫贝尔格莱德国际儿童电影节最佳影片思想奖。2012年6月16日,在第15届上海电影节上,吴贻弓获得了华语电影终身成就奖。

吴天明

吴天明(1939—2014),陕西三原人。第四代导演的代表人物之一。1960年考入西影演员培训班,1976年考入北京电影学院导演进修班。1984年执导影片《人生》引起了巨大轰动,获得了第八届电影百花奖最佳故事片奖。1988年导演了电影《老井》,获得第八届金鸡奖最佳故事片奖、最佳导演奖,第七届夏威夷国际电影节评审团特别奖。1994年执导《变脸》,获得1995年华表奖最佳对外合拍片奖,东京国际电影节最佳导演奖。2002年执导以张瑞敏为原型创作的电影《首席执行官》。2012年在《飞越老人院》中饰演老周。2013年9月凭借电影《百鸟朝凤》在第22届金鸡百花电影节获得评委会特别奖。

黄蜀芹

黄蜀芹(1939—),出生于上海,原籍广东番禺。1964年毕业于北京电影学院导演系。第四代导演中女性导演的代表之一,中国电影家协会理事、上海电影家协会副主席。1979年在谢晋筹拍的电影《啊,摇篮》中担任副导演。1981年拍摄电影处女作《现代人》。1984年独立导演的电影《青春万岁》获苏联塔什干国际电影节纪念奖。1985年执导的影片《童年的朋友》获首届中国儿童少年电影童牛奖。1987年编剧并导演了"女性主义电影"《人·鬼·情》,于1988年获第五届巴西利亚国际影视录像节电影金鸟奖,1989年获法国第十一届克雷黛国际妇女节公众大奖。1991年执导的电视连续剧《围城》获第11届中国电视剧飞天奖长篇电视剧二等奖。1995年执导寻根电视剧《孽债》获第15届中国电视剧飞天奖长篇电视连续剧三等奖。1996年执导的电影《我也有爸爸》获得第47届柏林国际电影节国际评委特别奖。2001年执导影片《嗨,弗兰克》。2004年执导年代剧《啼笑因缘》。

张暖忻

张暖忻(1940—1995),出生于内蒙古。1962年毕业于北京电影学院导演系,第四代电影人中女性导演的代表,纪实美学最早的实践者。张暖忻以《沙鸥》一片获1982年金鸡奖导演特别奖。后又拍摄了《青春祭》《北京,你早》等。

谢飞

谢飞(1942—),出生于陕西延安。1965年毕业于北京电影学院导演系,后留校任教,先后任导演系主任、副院长。代表作有《我们的田野》《日出》《本命年》《香魂女》《黑骏马》等,并担任中国电影协会理事、中国电影评论学会理事、国际学术组织理事等职务。曾出任蒙特利尔国际电影节和以色列特拉维夫大学第四届国际学生电影节的评委。

郑洞天

郑洞天(1944—),出生于四川重庆,原籍河南罗山。1966年毕业于北京电影学院导演系,导演。现为北京电影学院导演系教授、博士生导师,中国电影导演协会秘书长。他先后拍摄了《鸳鸯楼》《秘闯金三角》《人之初》《刘天华》

《台湾往事》等影片。其导演的影片：《邻居》于 1981 年获文化部优秀影片奖、金鸡奖；《鸳鸯楼》于 1986 年参展伦敦国际电影节；《人之初》于 1991 年获童牛奖最佳影片奖；《故园秋色》于 1998 年获华表奖优秀故事片奖；2000 年拍摄《刘天华》。其导演的电视剧：《老师》于 1984 年获飞天奖；《寻呼妈妈》于 1987 年获飞天奖；《拜师》于 1987 年获星光奖。

第五代导演

第五代导演狭义上是指 1982 年自北京电影学院毕业的年轻导演，包括张艺谋、陈凯歌、田壮壮、霍建起、吴子牛、张军钊、张建亚、黄建新等。张军钊 1983 年执导的《一个和八个》揭开了第五代导演的序幕，而后陈凯歌拍出《黄土地》，田壮壮拍出《猎场札撒》，这是第五代导演经历的第一个重要时期。1988 年张艺谋处女作《红高粱》问世，获得柏林电影节金熊奖，成为第一部获得世界三大国际电影节最高奖的华语电影，标志着第五代导演正式进入创作的巅峰时期。之后张艺谋执导的《秋菊打官司》和《一个都不能少》两度荣获威尼斯电影节金狮奖，陈凯歌执导的《霸王别姬》荣获戛纳电影节金棕榈奖，第五代导演包揽了世界三大国际电影节最高奖，完成了华语影坛一大壮举。此外，田壮壮也凭借《蓝风筝》获得东京电影节金麒麟奖。

第五代导演思想敏锐，深入接触人民大众，聆听最底层人民的声音，所以他们的影片有生命、有张力，强烈渴望通过影片探索民族文化的历史和民族心理的结构。在选材、叙事、塑造人物、镜头语言、画面处理等方面，他们既遵从传统，又有所创新。第五代导演的作品主观性、象征性、寓意性特别强烈。

张艺谋

张艺谋（1950—），出生于陕西西安。电影导演，美国波士顿大学、耶鲁大学荣誉博士。1978 年破格进入北京电影学院摄影系学习。1982 年毕业后分配到广西电影制片厂。1984 年第一次担任电影《一个和八个》的摄影师，获中国电影优秀摄影师奖。1986 年主演第一部电影《老井》夺三座影帝。1987 年执导的第一部电影《红高粱》获中国首个国际电影节金熊奖。从此开始实现他电影创作的三部曲,由摄影师走向演员,最后走向导演生涯。1987 年至 1999 年执导的《红高粱》《菊豆》《大红灯笼高高挂》《秋菊打官司》《活着》《一个都不能少》《我的父亲母亲》等影片令其在国内外屡获电影奖项,并三次提名奥斯卡和五次提名金球奖。2002 年后转型执导的商业片《英雄》《十面埋伏》《满城尽带黄金甲》及《金陵十三钗》两次刷新中国电影票房纪录,四次夺得年度华语片票房冠军。张艺谋曾任第 18 届东京国际电影节评委会主席和第 64 届威尼斯国际电影节评委会主席。2008 年担任北京奥运会开幕式和闭幕式总导演,获得 2008 影响世界华人大奖和央视主办的"感动中国"十大人物,并提名美国《时代周刊》年度人物。2013 年,张艺谋执导电影《归来》。2014 年 12 月,担任北京申办 2022 年冬奥会主宣传片总导演。2015 年,筹拍首部好莱坞片《长城》。

田壮壮

田壮壮(1952—),出生于北京。1982 年毕业于北京电影学院导演系。电影导演、制片人,北京电影学院导演系研究生导师。1980 年,其执导了首部短片《我们的角落》。2003 年,担任北京电影学院导演系研究生导师。2005 年执导个人首部纪录片《茶马古道·德拉姆》荣获第五届华语电影传媒大奖最佳导演奖。2007 年凭借第一部人物传记影片《吴清源》斩获上海国际电影节金爵奖最佳导演奖。2009 年自编自导的影片《狼灾记》获得台湾金马奖最佳服装及提名。2014 年与张艺谋、十庆联合执导历史古装影片《王朝的女人——杨贵妃》并兼任艺术总监。

张军钊

张军钊(1952—),原籍河南,出生于北京。国家一级导演,曾任广西电影制片厂副厂长。1978 年考入北京电影学院导演系就读导演本科。1982 年毕业后任广西电影制片厂导演。1989 年兼任副厂长、中国电影家协会会员、中国电影导演协会会员。其作品《弧光》在 1989 年莫斯科国际电影节中获生活之毯特别奖。作品《一个和八个》开一代风气之先。

陈凯歌

陈凯歌(1952—),出生于北京。电影导演,毕业于北京电影学院。1984年执导的电影处女作《黄土地》获得第38届洛迦诺国际电影节银豹奖。1987年凭借剧情片《孩子王》获得第8届中国电影金鸡奖导演特别奖。1993年执导的文艺片《霸王别姬》成为首部获得戛纳国际电影节金棕榈奖的中国电影。1998年执导历史片《荆轲刺秦王》。2002年凭借剧情片《和你在一起》获得第22届中国电影金鸡奖最佳导演。2005年执导的史诗片《无极》打破中国电影点映票房纪录。2008年获得第21届东京国际电影节黑泽明奖。2010年执导古装片《赵氏孤儿》,同年获得第13届上海国际电影节华语电影杰出贡献奖。2013年担任第26届东京国际电影节评委会主席。2015年执导剧情片《道士下山》。

黄建新

黄建新(1954—),出生于陕西西安。电影导演、监制、编剧、制片人,中国电影家协会副主席。1985年执导处女作《黑炮事件》,推出后即震动影坛,该片获得了华表奖、金鸡奖和金像奖等众多电影奖项。后相继执导了《轮回》《站直啰别趴下》《背靠背脸对脸》《建国大业》《建党伟业》等,并作为监制参与《墨攻》《投名状》《女人不坏》《十月围城》《白发魔女传之明月天国》等一系列影片的制作。其执导的影片曾多次打破中国电影票房纪录,屡次在国际电影节上获得奖项。其执导的《黑炮事件》《背靠背脸对脸》被亚洲周刊评选入20世纪100强华语电影之列,并入选中国电影百年百部佳片。他是"中国电影百年百大导演",被国际影评人和新闻界称为"中国最重要的导演"之一。2003年至2011年担任中国电影导演协会会长。2005年在纪念中国电影诞辰百年之际,被中央政府授予"国家有突出贡献电影艺术家"称号。

顾长卫

顾长卫(1957—),出生于陕西西安。毕业于北京电影学院摄影系。电影导演、摄影师。1982年毕业后任西安电影制片厂摄影助理。1984年任摄影师拍摄滕文骥的《海滩》。1988年凭借《孩子王》获1988年第八届中国电影金鸡奖最佳摄影奖;同年,凭借《红高粱》获得第八届中国电影金鸡奖最佳摄影奖。1993年凭《霸王别姬》获第66届奥斯卡最佳摄影奖提名。2005年拍摄了自己执导的首部电影《孔雀》,凭借本片获得了柏林电影节"评审团大奖银熊奖"。2007年执导的第二部影片《立春》入围罗马电影节竞赛单元。2011年,凭借作品《最爱》获得上海影评人奖最佳导演。

冯小刚(不属于第五代导演)

冯小刚(1958—),出生于北京,祖籍湖南湘潭。电影导演、编剧、演员。作品风格以京味儿喜剧为主,擅长商业片。1990年与郑晓龙联合编导的第一部电影《遭遇激情》获中国电影金鸡奖最佳编剧等四项提名。2004年执导改编自赵本夫的同名小说的电影《天下无贼》,国内票房达到1.2亿元人民币。2006年执导电影《夜宴》,影片脱胎于莎士比亚的作品《哈姆雷特》,国内票房1.3亿元人民币。2007年执导电影《集结号》上映,取得2.6亿元人民币票房成绩。2008年执导的电影《非诚勿扰》在上映19天后,影片达到3亿元人民币票房,个人作品的票房总和已经达到10.32亿元人民币。2010年执导的电影《唐山大地震》上映25天票房超过6亿元人民币,《非诚勿扰2》20天内票房就突破4亿元人民币。2013年7月21日,冯小刚被正式任命为2014年中央电视台春节联欢晚会总导演。2015年,冯小刚被法国文化部授予"艺术与文学骑士勋章";同年凭借《老炮儿》获得第52届台湾电影金马奖最佳男主角奖;同年,在中国电影导演协会2015年度表彰大会上凭借《老炮儿》成为"年度男演员";同年5月,冯小刚获第23届北京大学生电影节"最佳男演员"奖。

第六代导演

第六代导演大多出生于20世纪六七十年代,基本上没有受过"文革"的影响,因经历中国社会改革开放的重大变革时期,旧体制、旧观念的消融与崩溃,各种新潮思想、观念的发生与建立,使得他们对传统和一切旧事物习惯于站在怀疑和审视的立场上去审视;他们遭遇了八九十年代经济转轨给社会带来的剧痛,同时也经历了电影从所谓神圣的艺术走入日常生活,还原为一种文化消费产品的无奈。代表导演包括张元、陆川、王小帅、娄烨、王超、路学长、管虎、贾樟柯、何建军、王全安、李杨、刘冰鉴、王一持、李欣、宁浩、张海洋等。

他们或是极度追求影像本体,或是偏执于写实形态、关注草根人群,或是坚定地走在商业路线上,几乎难以像"第五代"那样整体构建电影精神的统一面貌,所以,他们是抗拒归纳的一代。第六代导演的典型特征是叛逆与反思。

张元

张元(1963—),出生于江苏省东海县,毕业于北京电影学院。第六代导演代表人物之一。1989年毕业后个人集资独立制片,拍摄电影处女作《妈妈》。1992年完成中国第一部摇滚影片《北京杂种》。1994年被美国《时代周刊》推选为"21世纪世界百名青年领袖"之一。1995年执导的纪录片《广场》获得美国夏威夷国际电影节"评委会奖"。1997年凭借执导的电影《东宫西宫》获阿根廷国际电影节最佳导演奖。1998年摄制的电影《过年回家》,获得第56届威尼斯国际电影节最佳导演奖。1999年美国哈佛电影档案馆和电影与环境研究系向张元颁发"电影艺术贡献奖",举办"哈佛向张元致意电影展"。2000年联合国教科文组织在巴黎授予张元"和平文化大奖"。2001年被《中国青年》杂志评选为影响21世纪的100位青年人之一。2006年获梵蒂冈罗勃特·布莱松奖。

姜文

姜文(1963—),出生于河北唐山。著名演员、导演、编剧。24岁即凭借《芙蓉镇》中的表演获得1987年大众电影百花奖最佳男演员,之后的一系列作品也都产生了较大的反响,包括获得1988年柏林国际电影节金熊奖的《红高粱》、获得1993年中国电视金鹰奖的《北京人在纽约》等。作为导演,他擅长在电影中加入特有的幽默风格,并以此反映某些时代现实。自编自导的处女作

《阳光灿烂的日子》被《时代周刊》评为"九五年度全世界十大最佳电影"之首；抗战题材影片《鬼子来了》在2000年第53届戛纳国际电影节上荣获评审团大奖；2010年末上映的贺岁电影《让子弹飞》刷新了国产电影的多项票房纪录，并斩获国内大小奖项二十余个。

娄烨

娄烨(1965—)，出生于北京。电影导演。1994年拍摄第一部电影《危情少女》进入娱乐圈。1995年拍摄电影《周末情人》成名。2000年导演的电影《苏州河》获得第29届鹿特丹国际电影节金虎奖和第15届巴黎国际电影节最佳影片奖并入选美国《时代》杂志2000年十佳影片。2003年凭借导演的电影《紫蝴蝶》提名第56届戛纳国际电影节金棕榈奖。2012年执导的电影《浮城谜事》获得第49届台湾电影金马奖最佳导演奖提名。2014年执导的电影《推拿》获得第64届柏林国际电影节最佳金熊奖提名，并获得第51届台湾电影金马奖最佳剧情片等六项奖项。2015年凭借《推拿》获得第十五届华语电影传媒大奖最佳导演奖。

王小帅

王小帅(1966—)，满族，出生于上海。电影导演。1993年独立制片编剧导演的处女作影片《冬春的日子》被英国BBC选为电影诞生一百周年之百部最佳影片之一。1999年执导的第一部体制内电影《扁担姑娘》入选戛纳电影节一种注目单元。2001年执导的影片《十七岁的单车》入选第51届柏林电影节竞赛片单元获评审团大奖银熊奖。2005年执导的影片《青红》获得第58届戛纳电影节评委会大奖。2008年执导的影片《左右》获得第58届柏林国际电影节最佳编剧银熊奖和"特别关注"奖。2010年执导的影片《日照重庆》入围第63届戛纳国际电影节主竞赛单元，王小帅也因此获得中国电影导演协会年度导演奖。2014年9月电影《闯入者》入围第71届威尼斯国际电影节主竞赛单元。

管虎

管虎(1968—)，出生于北京，祖籍山东省临沂市。影视导演。1992年自筹资金拍摄处女作《头发乱了》。2000年,拍摄电视电影《上车,走吧!》。2001年拍摄电影《西施眼》入围金鸡百花电影节最受欢迎影片,但在国内籍籍无名。2002年拍摄电视剧《黑洞》,正式转战电视圈。2003年至2008年间接连推出《冬至》《七日》《生存之民工》《活着,真好》等多部电视剧作品。2009年拍摄革命题材电视剧《沂蒙》,获得2009年CCTV电视剧最高收视率奖、第25届中国电视金鹰奖优秀电视剧奖、第28届中国电视剧飞天奖一等奖等。2009年再次回归大银幕,凭《斗牛》获第46届台湾电影金马奖最佳改编剧本奖。2012年拍摄电影《杀生》获得第20届北京大学生电影节最佳导演奖。2013年拍摄电影《厨子戏子痞子》获得第21届北京大学生电影节最受欢迎导演奖。2014年拍摄电影《老炮儿》,影片于2015年12月24日上映,在第23届北京大学生电影节获得组委会大奖,主演冯小刚获最佳男演员奖。其作品犀利、生动,具有人文关怀精神。

陆川

陆川(1971—),出生于新疆奎屯,江苏南通人。第六代导演之一,编剧、制片人。1999年,陆川编剧的30集电视连续剧《黑洞》引起关注。2002年,他编剧、导演的电影处女作《寻枪》在中国影坛崭露头角,该剧剧本获得十大优秀华语电影剧本奖,入选威尼斯电影节竞赛单元。2004年,他编剧、导演的电影《可可西里》在国内获得华表奖等奖项,在国际获得东京国际电影节评委会大奖等。2009年,编剧并执导电影《南京!南京!》,先后获得第57届西班牙圣塞巴斯蒂安国际电影节最佳电影金贝壳奖、第3届亚太影展最佳导演奖、第4届亚洲电影大奖最佳导演奖等。2012年,编剧执导的电影《王的盛宴》上映。2015年9月30日,根据天下霸唱热门网络小说《鬼吹灯》编剧执导的电影《九层妖塔》,取得6.82亿的票房并获2015中美电影节最佳导演、年度电影金天使奖,第七届欧洲万象国际华语电影节最佳导演、最佳影片奖。

徐静蕾

徐静蕾(1974—),出生于北京。演员、导演、教师。1998年参演电视剧《将爱情进行到底》。2004年凭作品《一个陌生女人的来信》获得圣塞巴斯蒂安国际电影节最佳导演奖、银贝壳奖。2006年1月出任中国狮子联会"爱心形象大使"。2008年创立《开啦》电子杂志。2010年7月20日执导的第四部影片《杜拉拉升职记》,获得中国大陆1亿元人民币的票房,成为大陆首个票房破亿的女导演。2012年11月担任第四季《中国达人秀》观察员。2015年徐静蕾执导了爱情电影《有一个地方只有我们知道》。

吴宇森

吴宇森(1946—),出生于广东广州。香港电影导演、编剧、监制、演员。1968年担任剧情片《死节》的编剧。1973年执导个人首部电影《铁汉柔情》,并由此开始其导演生涯。1977年因执导喜剧片《发钱寒》而确立以喜剧电影为主的发展主线。1983年加入新艺城电影公司。1986年执导的枪战片《英雄本色》获得第6届香港电影金像奖最佳影片奖,并奠定其暴力美学的电影风格。1990年凭借动作片《喋血双雄》获得第9届香港电影金像奖最佳导演奖,同年参演动作片《勇闯天下》。1997年凭借动作片《变脸》获得全美华裔艺术基金会金环奖。2000年执导的谍战片《碟中谍2》获得全球电影年度票房冠军。2004年获得香港政府颁发的铜紫荆星章。2006年回归华语影坛发展,并担任动作片《天堂口》的监制。2009年6月,获得上海国际电影节华语电影杰出贡献奖金爵奖;同年凭借战争片《赤壁》获得中国电影华表奖优秀境外华裔导演奖。2010年获得第67届威尼斯国际电影节终身成就奖。2014年执导战争片《太平轮》。2015年获得第28届东京国际电影节武士奖。

杨德昌

杨德昌(1947—2007),祖籍广东梅州。台湾电影导演、编剧。1986年的作品《恐怖分子》获第23届台湾金马奖最佳影片奖等多个海内外大奖。1991年独立发行的作品《牯岭街少年杀人事件》获第28届台湾金马奖最佳作品奖。2001年作品《一一》获得戛纳电影节最佳导演奖。2007年获得台湾金马奖终身成就奖。其作品深刻、理性,有强烈的社会意识,被称作"台湾社会的手术刀",在世界影坛享有盛誉。

侯孝贤

侯孝贤(1947—),出生于广东梅州。台湾电影导演、监制、编剧,台湾电影的代表人物之一。1981年侯孝贤在第一部长片《就是溜溜的她》中运用长镜头而造就出的视觉风格,成为其电影的标识。1986年发行个人音乐专辑《太阳》。1989年执导的影片《悲情城市》获第46届威尼斯国际电影节金狮奖、联合国教科文组织奖、西阿克特别奖和第26届台湾电影金马奖最佳导演奖。1993年凭借《戏梦人生》获得第46届戛纳国际电影节评审团大奖。2007年获第60届洛迦诺国际电影节终身成就奖,并担任台湾电影文化协会理事长。2014年获第8届亚洲电影大奖终身成就奖。2015年凭借电影《刺客聂隐娘》获得第68届戛纳电影节和第52届台湾电影金马奖最佳导演奖。

许鞍华

许鞍华(1947—),出生于辽宁鞍山。香港女性电影导演、监制、编剧。1977年转往香港廉政公署拍摄宣传反贪污电视片《ICAC》。1978年转任香港电台,拍摄纪录片及短篇电视剧,其中拍摄的电影作品《狮子山下》之《来客》,成为许鞍华"越南三部曲"之首。1979年,专职拍摄电影,执导首部电影作品《疯劫》获得第17届金马奖剧情片奖。1981年,继续拍摄《胡越的故事》。1982年在海南岛拍摄的《投奔怒海》,获第二届香港电影金像奖最佳影片和最佳导演奖。1990年拍摄半自传电影《客途秋恨》自喻身世。曾夺得五届香港电影金像奖的最佳导演奖、三届台湾电影金马奖最佳导演奖,分别成为这两大奖项的获奖最多人。2004年曾担任香港电影导演会会长。2011年获得亚洲电影大奖颁发的终身成就奖。2006年担任洛迦诺国际电影节评委会主席。2012年执导拍摄的电影《桃姐》荣获第68届威尼斯电影节Volpi Cup最佳女演员奖,第48届金马奖最佳导演奖等多项大奖。

徐克

徐克(1950—),出生于越南西贡,祖籍广东省汕尾市海丰县。香港电影导演、编剧、监制、演员,香港新派武侠电影大师。1977年回港,在电视广播有限公司(无线电视)担任编导,参与长篇剧《家变》制作。1978年随同大批无线电视员工一起转往佳艺电视,编导武侠剧《金刀情侠》。1979年指导首部电影《蝶变》。1981年凭《鬼马智多星》赢得台湾电影金马奖最佳导演。1983年执导拍摄特效武侠片《新蜀山剑侠》。1984年与施南生组建电影工作室,以电影《英雄本色》为代表,开始拍摄香港武侠片。1991年执导武侠电影《黄飞鸿》获第11届香港电影金像奖最佳导演奖。1997年走进好莱坞,执导两部动作电影《双重火力》和《迎头痛击》。2004年执导电影《七剑》获第25届香港电影金像奖最佳导演提名。2009年,与华谊兄弟和博纳影业合作拍摄了《龙门飞甲》等动作片。2010年由其执导的影片《狄仁杰之通天帝国》获第67届威尼斯国际电影节金狮奖提名。2013年,获第16届上海国际电影节华语电影杰出贡献奖。2014年执导拍摄国内首部3D战争动作片电影《智取威虎山》。2015年凭借《智取威虎山》获得第30届中国电影金鸡奖最佳导演奖。

李安

李安(1954—),出生于台湾屏东,祖籍江西德安。台湾电影导演、编剧。1995年凭借英文电影《理智与情感》获得奥斯卡金像奖七项提名,进入好莱坞A级导演行列。1999年因执导《卧虎藏龙》首次获得奥斯卡金像奖最佳外语片奖。2006年和2013年凭借《断背山》和《少年派的奇幻漂流》获得第78届和第85届奥斯卡金像奖最佳导演奖,成为首位两度获得奥斯卡金像奖最佳导演奖的亚洲导演,也是首位获得奥斯卡最佳外语片奖的华人导演。2009年入选美国《娱乐周刊》评选的"当代最伟大的50位电影导演"。同年,担任威尼斯国际电影节评委会主席。2012年获得法国文化艺术骑士勋章。2013年获得第十七届国家文艺奖。2016年被授予"大不列颠奖"杰出导演奖。在截至2013年的导演生涯中,李安共获得三座奥斯卡金像奖、五座英国电影学院奖、四座金球奖、两座威尼斯电影节金狮奖以及两座柏林电影节金熊奖。李安是电影史上第一位于奥斯卡奖、英国电影学院奖以及金球奖三大世界性电影颁奖礼上均夺得最佳导演的华人导演。

蔡明亮

蔡明亮(1957—),出生于马来西亚。台湾影视导演、编剧。1984年蔡明亮担任编剧的电影《小逃犯》获得第21届台湾电影金马奖最佳剧情片。1993年导演的电影处女作《青少年哪吒》获东京国际电影节青年导演竞赛铜奖。1994年执导的第二部电影《爱情万岁》获得第51届威尼斯国际电影节最佳影片金狮奖。1996年执导的第三部电影《河流》获得柏林国际电影节评审团银熊奖和国际新闻奖。1998年凭借导演作品《洞》获得第14届新加坡国际电影节最佳导演奖。2001年执导的电影《你那边几点》获得第54届戛纳国际电影节综合技术大奖。2003年执导电影《不散》。2005年拍摄情色歌舞片《天边一朵云》获得第55届柏林国际电影节阿尔弗雷德·鲍尔奖。2006年导演的电影《黑眼圈》提名第63届威尼斯国际电影节金狮奖。2009年被邀请到罗浮宫拍摄电影《脸》。2013年执导的电影《郊游》获得第70届威尼斯国际电影节评委会大奖,第50届台湾电影金马奖最佳导演奖。

王家卫

王家卫(1958—),出生于上海。香港电影导演、监制及编剧,擅长文艺电影。1963年随父移居香港。1980年毕业于香港理工大学平面设计专业后,经过短期培训进入香港TVB电视台从事电视制作。1988年王家卫首次执导电影《旺角卡门》,1990年执导第二部影片《阿飞正传》,获得香港电影金像奖最佳导演奖及金马奖最佳导演奖。1994年执导影片《东邪西毒》,是一部颠覆传统的武侠片。1997年导演影片《春光乍泄》,获得第50届戛纳电影节最佳导演奖,是第一位获此奖项的香港导演。2001年获香港政府颁授铜紫荆星章。

2004年拍摄电影《2046》,荣获欧洲电影奖、纽约影评人协会奖等多项大奖。2006年5月21日,在法国戛纳获法国政府颁授荣誉军团骑士级勋章,同年担任第59届戛纳国际电影节评委会主席。2013年执导电影《一代宗师》,获第33届香港电影金像奖最佳导演,并担任第63届柏林国际电影节评委会主席。

陈可辛

陈可辛(1962—),出生于中国香港。香港导演、监制,"香港十大导演"之一。1986年监制吴宇森导演的《英雄无泪》,自此踏入电影圈。1991年导演首部作品《双城故事》。1992年与曾志伟等成立电影人制作公司(UFO),制作了一系列影片,其中《甜蜜蜜》在香港电影金像奖中赢得九项大奖。1998年为斯皮尔伯格梦工厂开拍自己的首部好莱坞电影《情书》。2004年执导影片《三更之回家》,影片被选为柏林电影节展映单元开幕电影。近年来导演或监制的影片包括《如果·爱》《中国合伙人》《亲爱的》《投名状》《十月围城》等。2015年担任第五届北京国际电影节"天坛奖"国际评奖委员会评委。

(二)中国电影思潮与流派

左翼电影

左翼电影一般是指1932年到1937年"七七"事变爆发前后这五六年当中所产生的电影。左翼电影多暴露帝国主义的侵略、资产阶级和地主阶级的剥削以及国民党政权的压迫,描写工农群众的反抗斗争并指出知识分子的出路的主张,提出了理论战线的建设和对各种反动电影理论及其作品斗争的任务。代表作有夏衍编剧、程步高导演的《狂流》《春蚕》,沈西苓的《女性的呐喊》,孙瑜的《大路》,吴永刚的《神女》等。

国防电影

在中国左翼文艺运动领导人提出"国防文学"口号后不久,于1936年2月提出相应的电影创作口号,随后摄制的一批影片都被称为国防电影。1936年以后，由于全国民众日益高涨的抗日形势，爱国进步力量逐步兴起，涌现了一批优秀影片如《生死同心》《压岁钱》《十字街头》《马路天使》《迷途的羔羊》等，从不同的角度来批评国民党政府及鼓舞民众抗日激情，具有鲜明的思想性和较高的艺术性。

主旋律电影

主旋律电影是指能充分体现主流意识形态的革命历史重大题材影片和与普通观众生活相贴近的现实主义题材、弘扬主流价值观、讴歌人性人生的影片。邓小平同志曾提出："一切宣传真善美的都是主旋律电影。"1987年，时任广电部电影局局长的腾进贤正式对全国电影创作团队提出了主旋律电影的发展方向。代表作品有《建国大业》《开国大典》《毛泽东的故事》《周恩来》《焦裕禄》《唐山大地震》等。

香港电影新浪潮

20世纪80年代初的香港电影出现了一个并不新的"新浪潮"这个词。所谓"并不新"，是因为这个词早在20世纪60年代于欧洲的法国便出现了，并产生了巨大影响。香港电影新浪潮是海峡两岸新电影运动中的重要组成部分，其全新的思想内容、美学语言和技术手法，为香港电影乃至华语电影带来了新鲜的生命力和深远的影响。期间涌现的新锐导演有许鞍华、徐克、严浩、谭家明、方言平等。

台湾新电影

台湾新电影是20世纪80年代初，台湾一批30岁左右的年轻导演掀起的一场电影运动，其特点是现实主义倾向、人文主义追求，是台湾战后一代新的文化精神的形象体现。台湾新电影作为一种艺术运动，是从1982年8月四位台湾电影界新导演合作导演的影片《光阴的故事》开始的。代表作有《童年往事》《恋恋风尘》《冬冬的假期》等；代表人物有侯孝贤、杨德昌、陈坤厚、万仁等。杨德昌和侯孝贤被称为"台湾新电影双子"。

(三) 中国电影名片

《定军山》

《定军山》是有记载的中国人自己摄制的第一部电影,标志着中国电影的诞生。1905 年由任庆泰执导,在北京的丰泰照相馆拍摄。著名京剧老生表演艺术家谭鑫培在镜头前表演了自己最拿手的几个片断,如"请缨""舞刀""交锋"等场面。片子随后被拿到前门大观楼熙攘的人群中放映,万人空巷。

《难夫难妻》

《难夫难妻》是中国第一部短故事片(该片共四本),于 1913 年上映,由张石川、郑正秋执导,丁楚鹤等主演。影片以广东潮州地区的封建包办婚姻习俗为题材,描写一对素未谋面的少男少女在人们的摆布之下成婚的故事,反映了封建社会制度下婚姻的可悲。

《庄子试妻》

1913 年,几乎与《难夫难妻》拍摄的同时,布拉斯基和兄弟万维·沙在香港九龙成立的华美影片公司与黎民伟的"人我镜剧社"合作拍摄了《庄子试妻》,这是影史上第一部由香港出品的故事短片。《庄子试妻》是黎北海执导,黎北海、黎民伟等主演的剧情片。影片讲述了年轻英俊的书生庄周如何在太白金星的点化下,通过和四位仙女的风流艳遇,经历了酒色财气的人生后参悟世事轮转的道理,终于超脱尘俗、重入仙班的故事。

《阎瑞生》

《阎瑞生》是 1921 年由任彭年执导的中国第一部长故事片。陈寿芝、邵鹏等主演。影片取材于当时上海一个真实的案件,公映后在社会上引起了巨大的轰动,在中国电影史上具有划时代的意义。

《歌女红牡丹》

《歌女红牡丹》是中国第一部蜡盘发音的有声影片,由张石川导演,明星影片公司和百代唱片公司合作录音摄制，1931年由明星影片公司出品。影片讲述了一位歌女嫁给无赖，受尽折磨和痛苦，但毫无怨言，终于感动了丈夫的故事。影片中还穿插了京剧《穆柯寨》《玉堂春》《四郎探母》《拿高登》四个剧目的片断，使观众第一次从银幕听到戏曲艺术的唱白。为拍摄该片，明星公司历时3年，耗资12万。影片上映后，其号召力远远超过了同期上映的其他影片，震动全国，波及南洋。菲律宾片商以18 000元的价格购买其拷贝，而无声片卖价最高不过2 000元。

《劳工之爱情》

《劳工之爱情》，又名《掷果缘》，是中国现存最早的故事片。《劳工之爱情》是明星影片股份有限公司在1921年创立之初摄制的四部系列影片之一，其他三部影片分别为《滑稽大王游沪记》《大闹怪剧场》和《张欣生》。该片同时是中国最早的以爱情和自由恋爱为主题的影片。影片由明星影片股份有限公司拍摄。由于早期电影均使用易燃的硝基胶片拍摄，同时代摄制的影片除本片外均已不存，因而本片是研究中国早期电影唯一的直接资料。目前该片拷贝收藏于中国电影资料馆。

《孤儿救祖记》

1923年，明星影片公司拍摄了自己的第一部长片正剧《孤儿救祖记》，由郑正秋编剧，张石川导演，尹自重出品，王汉伦、郑小秋等主演。影片描写一个富翁杨寿昌在儿子死后，怀疑儿媳不贞，将其赶出家门，儿媳余蔚如忍辱负重，将儿子养大成人，送入杨寿昌所办的学校读书。一天，当年陷害儿媳的侄子密谋害死杨寿昌，夺其家产，被孙子余璞挺身相救，于是真相大白，一家人终于团聚。该影片成为第一部在商业和艺术上获得巨大成功的国产片，其在当时的声誉和影响超过了所有的外国片。

《火烧红莲寺》

《火烧红莲寺》是于1928年上映的武侠电影，由张石川、郑正秋执导，萧英等主演。它带动了中国电影史上第一次武侠神怪热,此后武侠电影也成为世界影坛上最富于中国特色的电影种类。

《大路》

《大路》是由孙瑜执导,金焰、黎莉莉和陈燕燕主演的剧情片。本片讲述了主人公金哥回村后,惩治汉奸,修通公路的故事。是左翼国防电影的代表作,也是中国无声电影艺术的最成熟的作品之一。

《神女》

《神女》是由吴永刚执导,黎铿、阮玲玉主演的一部无声电影。影片揭露了20年代中国社会的黑暗,描述了上海一位妓女的血泪生活,把她不幸的遭遇与崇高的母爱悲剧性地结合在一起,感人至深。影片内容具有强烈的现实意义,导演朴素含蓄、洗练清新的表现风格和阮玲玉细腻真挚、生动传神的表演配合起来,使该片成为中国电影史上的一部重要作品。

《渔光曲》

《渔光曲》是由蔡楚生编剧和执导的剧情影片,由王人美、韩兰根主演,是20世纪30年代的中国影片代表作之一。它是中国第一部在国际上获奖的影片。1935年在莫斯科国际电影节中获得"荣誉奖"。影片讲述渔家子弟小猫、小猴和船王何家继承人子英之间的悲欢离合、父母辈和孩子辈之间的故事,折射出旧中国各阶层人民生活的飘零动荡。

《马路天使》

《马路天使》是明星影片公司出品的剧情片,由袁牧之执导,赵丹、周璇、魏鹤龄等主演。该片以20世纪30年代的上海都市生活为背景,讲述了社会底层人民的遭遇以及歌女小红与吹鼓手陈少平之间的爱情故事。1937年,该片在中国内地上映。1983年,影片获得第12届菲格拉达福兹国际电影节评委奖。2005年,该片入选香港电影金像奖协会评出的"百年百部最佳华语片"。

《一江春水向东流》

《一江春水向东流》是由蔡楚生、郑君里导演和编剧,白杨、陶金、上官云珠、舒绣文、吴茵主演的一部剧情片。该片是20世纪三四十年代表现中国电影工业最高水准的巅峰之作。影片改编自传统故事《铡美案》,讲述了一个家庭在中国剧变之时遭遇的故事。

《三毛流浪记》

《三毛流浪记》由阳翰笙根据漫画家张乐平创作的漫画《三毛流浪记》改编,由上海昆仑影业公司于1949年摄制。影片采用讽刺喜剧的手法,通过三毛的种种遭遇,尖锐地嘲笑和讽刺了社会的黑暗,再现了广大城市流浪儿童的不幸命运。该片被誉为"优秀的经典电影之一"。

《乌鸦与麻雀》

《乌鸦与麻雀》是昆仑影业公司出品的一部剧情片。由郑君里执导,上官云珠、赵丹、孙道临等人主演,于1949年11月1日上映。影片讲述了1948年国民党政权灭亡之际,上海一座楼房里的几户人家与国民党军官侯义伯斗争的故事。该片获得中华人民共和国文化部评选的1949—1955年优秀影片一等奖。

《小城之春》

《小城之春》是由费穆执导,石羽、李纬、韦伟、张鸿眉主演的一部剧情片。影片讲述了一个已婚女人在丈夫久病不起的情况下再次见到昔日恋人时的故事。该片于1948年上映,1995年被评选为中国电影90年历史上10部经典作品之一。2005年,被香港电影金像奖评为百年百大电影第一名。

《万家灯火》

《万家灯火》由昆仑影业公司于1948年出品。该片描绘了抗日战争后国统区小资产阶级以及底层人民的生活,虽然以小职员胡智清一家生活变迁为中心内容,却是当时社会的一幅缩影。编导者使城市、乡村的景象与生活相互联系,相互对照,拓展了影片的内涵,扩大了观众的视野,反映的社会面貌也更为广阔。影片人物形象鲜明、丰满,电影手法朴实、自然、细腻。1995年,上海影评协会将《万家灯火》列为"中国电影90年十大名片之一",并授予上海影评人奖。

《铁扇公主》

《铁扇公主》是中国第一部长动画片,由万籁鸣、万古蟾、万超尘、万涤寰执导,万氏兄弟参与配音的一部黑白动画电影。影片讲述了唐僧师徒四人去西天取经,受阻于火焰山的故事。

《生死恨》

京剧艺术片《生死恨》由华艺影片公司于1948年摄制,是中国第一部彩色电影。由费穆导演,著名京剧艺术家梅兰芳主演。主要讲述了北宋末年,金兵入侵,士人程鹏举和少女韩玉娘被金兵俘虏,发配到张万户家为奴,并在"俘虏婚姻"制度下结为夫妇。玉娘鼓励丈夫逃回故土,投军抗敌。她在丈夫逃走后,历尽磨难,流落尼庵,辗转重返故国。程鹏举因抗金有功,出任襄阳太守,后赖一鞋为证,得与玉娘重圆,但玉娘已卧病不起,憾然而逝。

《桥》

长春电影制片厂的前身是东北电影制片厂,它是中国共产党建立的第一个电影制片基地,始建于解放战争的隆隆炮声中,地点在黑龙江省鹤岗市。"东影"在拍摄新闻纪录片的同时,拍摄了人民电影的第一部故事片《桥》。《桥》在新中国电影史上占了五个第一:第一部故事片;第一部"写工农兵,给工农兵看"的人民电影;第一部以工人阶级为主人公的电影;第一部体现执政党知识分子政策的电影;第一部"反现代的现代性电影"。

《白毛女》

《白毛女》是由王滨、水华执导,田华、张寿维、胡朋、李百万等主演的剧情片。影片讲述了地主黄世仁霸占喜儿的故事。本片于1951年获第六届卡罗维发利国际电影节特别荣誉奖,1957年获文化部1949—1955年优秀影片一等奖。

《南征北战》

《南征北战》是上海电影制片厂于1952年摄制的新中国第一部军事影片。由成荫、汤晓丹联合执导,陈戈、冯喆、汤化达等主演。该片取材于解放战争中华东战场的一个战例,表现了人民解放军在敌强我弱的形势下,正确运用毛泽东运动战的战略思想,消灭敌人取得胜利的过程,旨在表现毛泽东"集中优势兵力、各个歼灭敌人"的军事战略思想。

《董存瑞》

《董存瑞》由郭维导演,丁洪、赵寰、董晓华编剧,张良、杨启天、张莹、周凋、任颐等主演,长春电影制片厂摄制,1955年上映。讲述了董存瑞于1945年参加八路军,1947年加入中国共产党,1948年在解放隆化的战斗中,我军被敌军暗堡所阻,董存瑞抱着炸药包冲到桥下,但找不到炸药支架,为保证整个战斗胜利,他毅然手托炸药包,炸毁了敌人的暗堡,英勇地献出了自己宝贵的生命的故事。该片是第一部表现抗美援朝战争的影片。

《上甘岭》

《上甘岭》是由长春电影制片厂出品的战争故事片。由沙蒙、林杉执导,高保成、徐林格、刘玉茹等主演。于1956年12月1日上映。影片改编自电影文学剧本《二十四天》,讲述了上甘岭战役中,志愿军某部八连,在连长张忠发的率领下坚守阵地,与敌人浴血奋战,最终取得胜利的故事。该片是第一部表现抗美援朝战争的影片。

《青春之歌》

《青春之歌》是一部由崔嵬、陈怀皑执导,谢芳、于洋主演的影片。取材于女作家杨沫的长篇小说《青春之歌》。该片讲述了林道静从一个受封建家庭逼迫而走投无路的青年学生,在中国共产党的教育引导下,逐步在革命斗争的锻炼中成长为一名坚强的无产阶级革命者的故事。该片发行放映时造成了轰动效应,得到了周恩来总理的高度评价,成为了革命经典电影的代表作。

《林则徐》

《林则徐》由上海电影制片厂于1958年摄制,郑君里、岑范执导,赵丹、岑范主演的历史人物传记片。该电影主要讲述的是19世纪中叶,林则徐与两广总督邓廷桢、广州水师提督关天培联合起来扣留鸦片船,并于1839年在虎门把烟土全部焚烧的事情。《林则徐》是1959年新中国国庆十周年的十部献礼影片之一。

《红色娘子军》

《红色娘子军》是由上海电影制片厂出品的历史故事电影,由谢晋执导,祝希娟、王心刚、向梅、陈强等主演。该片创造了总观影人数6亿人次的记录。影片以第二次国内革命战争时期海南红色娘子军的斗争业绩为素材,围绕吴琼花从奴隶成长为共产主义战士的经历,用写实的手法突出反映了旧社会妇女在反抗和斗争中成长的典型事例。

《洪湖赤卫队》

《洪湖赤卫队》是于1961年上映的歌剧艺术类电影,由谢添执导,王玉珍主演。该剧讲述的是20世纪30年代初第二次国内革命战争时期,湘鄂西洪湖地区赤卫队及工农红军与国民党反动派及湖霸进行斗争的传奇故事。

《早春二月》

《早春二月》是由谢铁骊执导,孙道临、上官云珠主演的一部剧情片。影片讲述了对革命感到失望的知识青年萧涧秋应好友陶慕侃之邀来芙蓉镇教书,却身陷爱情的是非漩涡,在经历了文嫂自杀和王福生退学的双重打击后,终止了徘徊,毅然投身北伐的故事。1983年,该片荣获葡萄牙第十二届菲格拉达福兹国际电影节"评委奖"。

《小兵张嘎》

《小兵张嘎》是由崔嵬、欧阳红樱执导,安吉斯、张莹、葛存壮、于中义主演的抗战故事片。该片改编自徐光耀的小说《小兵张嘎》,讲述了小嘎子在老钟叔、老罗叔、区队长、奶奶的引导下,成为一名名副其实的八路军战士的故事。

《梁山伯与祝英台》

越剧电影《梁山伯与祝英台》于 1953 年由桑弧导演,上海电影制片厂摄制,是第一部国产彩色戏曲艺术片。该剧通过草桥结拜、三载同窗、十八相送、楼台会、化蝶等几段戏的串联,将这个民间流传已久的爱情故事,表现得淋漓尽致,是越剧舞台上的经典剧目。1955 年 5 月 27 日《梁山伯与祝英台》在法国巴黎明星电影院公映。这是在法国公映的第一部新中国影片,标志着中国电影在国际上正在逐渐成长。

《祝福》

电影《祝福》,由夏衍改编自鲁迅的原著小说《祝福》,桑弧导演,白杨主演,1956 年由北京电影制片厂摄制,该片是新中国第一部彩色故事片。《祝福》通过祥林嫂一生的悲惨遭遇,反映了辛亥革命以后中国的社会矛盾,深刻地揭露了地主阶级对劳动妇女的摧残与迫害,揭示了封建礼教吃人的本质,指出彻底反封建的必要性。

《神笔》

《神笔》是由上海美术电影制片厂 1955 年制作的木偶人动画片。这是由靳夕、尤磊担任导演,洪汛涛任编剧创作的,一部表现劳动人民"惩恶扬善"意愿的神话木偶片。该片讲述了自幼家贫的马良用仙人赠送的神笔帮助穷苦老百姓,并用智慧与贪官做斗争,最后消灭贪官,惩恶扬善的故事。1956 年,《神笔》获得第八届国际儿童影片节儿童娱乐片一等奖,这是第一部在国际上获奖的中国美术片。

《风筝》

《风筝》是由北京电影制片厂与法国加郎斯艺术制片公司合拍的电影,是中国第一部彩色儿童故事片,也是第一部中外合拍片。影片的主题是寻找友谊,探求各国儿童之间与各民族文化之间的沟通和理解。该片构思新颖,充满想象力,采用了中国传统神话人物形象,并将神幻世界与现实生活糅合在一起,展示了不同国籍儿童所共同拥有的纯真心灵,以及他们爱好和平的共同理想。

《老兵新传》

电影《老兵新传》由上海海燕电影制片厂摄制于1959年,由沈浮导演,是中国第一部彩色宽银幕电影。影片根据开发北大荒的真实历史改编,在叙事手法上贴近真实生活,成功塑造了一个迎难而上、勇于自我批评的老兵形象。

《魔术师的奇遇》

《魔术师的奇遇》由上海电影制片厂摄制于1962年,著名导演桑弧执导,著名电影表演艺术家陈强主演。该片讲述了魔术师陆幻奇在新中国成立前后不同的生活历程,是我国第一部彩色立体宽银幕影片。

《小花》

《小花》是由张铮执导,刘晓庆、唐国强、陈冲等主演的爱情片,由北京电影制片厂制作。影片改编自小说《桐柏英雄》,讲述了一个被卖的小姑娘长大后,成为战士的故事。该片获第三届电影百花奖最佳故事片奖,文化部1979年优秀影片奖、青年优秀创作奖等。

《生活的颤音》

《生活的颤音》是滕文骥、吴天明执导的一部剧情片,由史钟麒主演。该片描写了小提琴家郑长河和青年女工徐珊珊在1976年清明节前后的遭遇。郑长河在民众的呐喊声的启示下,把《一月的哀思》改成小提琴协奏曲。清明时分,徐家举行了一场小型音乐会,以悼念总理、声讨"四人帮",韦立带领党羽赶来，欲置郑于死地。影片反映了一代人的感情和情操。

《巴山夜雨》

《巴山夜雨》是由吴永刚、吴贻弓执导,张瑜等人主演的一部剧情片。影片讲述了在一艘客轮从重庆开往武汉的旅程中,不同年龄、不同职业、不同处境的旅客对一个事件的不同反应的故事。通过对几个形象鲜明的乘客的刻画,展现了"文革"后期的社会缩影。该片获得第一届中国电影金鸡奖最佳故事片奖,文化部1980年优秀影片奖。

《今夜星光灿烂》

《今夜星光灿烂》是由许鞍华执导,林青霞、林子祥、吴大维主演的剧情片。影片讲述了女主人公杜采薇与张英全、张天安父子之间的两段爱情故事。影片以表达女性的爱情为主,着重表现当代女性追求爱情的勇敢及果断。

《天云山传奇》

《天云山传奇》是由上海电影制片厂摄制的一部剧情影片,该片由谢晋执导,石维坚、王馥荔、施建岚、仲星火、洪学敏、牛犇等主演。该片是对"反右运动"以及"文化大革命"的真实反映,公映当年轰动一时。该片获1981年第一届中国电影金鸡奖最佳故事片奖,第四届电影百花奖最佳故事片奖等。

《西安事变》

《西安事变》是由成荫导演,金安歌、辛敬、孙飞虎主演的电影。该片以中国现代史上震惊中外的重大历史事件西安事变为题材,歌颂了张学良、杨虎城两位将军的爱国精神和中国共产党抗日民族统一战线的伟大胜利。影片以现实主义的艺术风格、纪实性的表现方法,真实地反映西安事变这一重大历史事件的过程及其中人物的真实活动和思想性格。该片获得中国1981年文化部优秀影片奖,1982年获第2届中国电影金鸡奖最佳导演奖。

《骆驼祥子》

《骆驼祥子》是凌子风1982年执导的剧情影片,由张丰毅、斯琴高娃等主演。

该片改编自老舍同名小说,讲述的是祥子作为挣扎在生死线上的人力车夫,历经三起三落,最终没有摆脱被旧社会吞没的命运的故事。该片获第3届中国电影金鸡奖最佳故事片奖。

《血战台儿庄》

《血战台儿庄》是由杨光远和翟俊杰联合导演,邵宏来、初国良等主演的战争电影。该片讲述了1938年春,国民党军在台儿庄与日军正面对战,最终告捷的历史。

《青春祭》

《青春祭》是由张暖忻执导,李凤绪、冯远征参演的剧情片。影片根据张曼菱小说《有一个美丽的地方》改编,借用李纯的视角,反映了动乱年代里傣乡的民俗风情和傣族人民的热情善良。影片将主人公在特定年代和特定地区所受到的精神世界的撞击以一种如梦如幻的方式表现出来,透视了青春意识和美的觉醒的重要思想,具有独特的审美情趣。

《老井》

《老井》是西安电影制片厂于1987年出品的剧情片,根据郑义的同名小说改编,由吴天明执导,张艺谋、梁玉瑾等主演。该片讲述了为给弟弟换娶亲的钱"嫁"给年轻寡妇喜凤的孙旺泉与巧英姑娘的微妙感情,以及孙旺泉带领老井村村民成功建成水井的故事。该片获第11届大众电影百花奖最佳故事片奖,第2届东京国际电影节最佳影片奖,第8届中国电影金鸡奖最佳故事片奖等。

《黄土地》

电影《黄土地》根据珂兰《深谷回声》改编。由陈凯歌执导,王学圻、薛白主演。影片讲述了陕北农村贫苦女孩翠巧,自小由爹爹做主定下娃娃亲,她无法摆脱厄运,只得借助"信天游"的歌声,抒发内心的痛苦。该片获1985年第五届中国电影金鸡奖最佳摄影奖,1985年瑞士第三十八届洛迦诺国际电影节银豹奖。

《一个和八个》

《一个和八个》取材于郭小川的同名长诗,是由张军钊执导,陶泽如、陈道明等主演的战争类故事片。影片讲述了八路军指导员王金蒙冤入狱,但仍以民族解放事业为重,感化、教育同狱的土匪逃兵,使他们用实际行动赎罪并投入对日本侵略者的战斗的故事。该片于1984年在中国大陆上映。

《一个和八个》是第五代导演的"开山之作",影片故事十分奇特,在故事构架、摄影构图及人物塑造上均取得"突破性"的成就。

《红高粱》

《红高粱》改编自莫言的同名小说,由张艺谋执导,姜文、巩俐、滕汝骏等主演。影片以抗战时期的山东高密为背景,讲述了男女主人公历经曲折后一起经营一家高粱酒坊,但是在日军侵略战争中,女主人公和酒坊伙计均因参与抵抗运动而被日军虐杀。1988年该片获得第38届柏林国际电影节金熊奖,成为首部获得此奖的亚洲电影。

《那山那人那狗》

《那山那人那狗》改编自彭见明的同名小说,由霍建起执导,是中国为数不多的反映邮政题材的电影故事片之一。影片讲述了一个发生于20世纪80年代中国湖南西南部绥宁乡间邮路上的故事。该片先后在国内外的金鸡电影节、蒙特利尔国际电影节、印度国际电影节等电影节中获得大奖。

《盗马贼》

《盗马贼》是西安电影制片厂1986年出品的故事片。由田壮壮导演,才项增仁和旦枝姬主演。影片讲述了20世纪20年代藏族贫苦牧民罗尔布为生活所迫,以盗马为生的故事。该片曾获1988年瑞士第四届第三世界电影节弗里堡市奖。

《大话西游》

《大话西游》是由周星驰彩星电影公司和西安电影制片厂联合摄制的爱情

悲喜剧电影,由刘镇伟执导,周星驰、朱茵、吴孟达和莫文蔚等主演。《大话西游》由《月光宝盒》和《大圣娶亲》两部组成,讲述了一个跨越时空的爱情故事。影片于1995年在香港和内地上映,直到1997年后才开始在内地高校和网络上流传并迅速走红,风靡一时,经久不衰,影响范围很广。该片曾获第2届香港电影评论学会奖推荐电影奖。

《秋菊打官司》

《秋菊打官司》是1992年上映的一部农村题材的电影。故事改编自陈源斌的小说《万家诉讼》,由张艺谋执导,刘恒编剧,巩俐、雷恪生、刘佩琦等主演。该片主要讲述了农村妇女秋菊为了争一口气,讨个说法,对村长踢伤丈夫的事情提起诉讼的故事。该片于1992年8月31日上映并先后获得第49届威尼斯电影节金狮奖、第13届金鸡百花奖最佳故事片和温哥华国际电影节的最受欢迎影片奖等多项奖项。

《霸王别姬》

《霸王别姬》是汤臣电影有限公司出品的文艺片。该片改编自李碧华的同名小说,由陈凯歌执导,李碧华、芦苇编剧,张国荣、巩俐、张丰毅领衔主演。影片围绕两位京剧伶人半个世纪的悲欢离合,展现了对传统文化、人的生存状态及人性的思考与领悟。1993年该片在中国内地以及中国香港上映,此后在世界多个国家和地区公映,并且打破中国内地文艺片在美国的票房纪录。1993年该片荣获法国戛纳国际电影节最高奖项金棕榈大奖,成为首部获此殊荣的中国影片,也是华语电影在国际电影节上赢得的最高荣誉;此外这部电影还获得了美国金球奖最佳外语片奖、国际影评人联盟大奖等多项国际大奖,并且是唯一一部同时获得戛纳国际电影节金棕榈大奖、美国金球奖最佳外语片的华语电影。1994年张国荣凭借此片获得第4届中国电影表演艺术学会特别贡献奖。2005年《霸王别姬》入选美国《时代周刊》评出的"全球史上百部最佳电影"。

《站直了别趴下》

《站直了别趴下》是中国第五代电影导演黄建新的代表作之一。影片讲述的是在改革开放的大潮中，居住在同一栋居民楼里的三户人家的生活和思想发生了巨大的变化，同时也发生了一些尴尬的事情，使得平时原本颇为尊严的"干部"开始惶恐，自视甚高的"作家"趋于猥琐，而本来是一个近乎无赖的个体户却拼命获取尊严。这一群不同职业、不同阶层的有趣人物，在诸多的繁杂小事中展现出他们观念上和心理上的得志和屈辱，升迁和失落，构成了当前社会纷纭众生的谐谑曲，在笑声中引发人们思考。该片曾获1992年政府奖，上海影评人奖，香港十大华语片奖等。

《有话好好说》

《有话好好说》是一部都市喜剧电影，由张艺谋执导，姜文、瞿颖、李保田等主演。影片讲述了青年赵小帅以奇特的方式，狂热地追求漂亮姑娘安红的故事。电影于1997年5月16日上映。该片曾获1997年第54届威尼斯电影节金狮奖提名。

《甲方乙方》

《甲方乙方》是由冯小刚执导的喜剧电影，主要演员有葛优、刘蓓、何冰等。影片讲述的是四个年轻的自由职业者突发奇想，开展了一个"好梦一日游"业务，承诺帮人们过上梦想成真的一天。人们离奇古怪的愿望接踵而至，似乎人人都想给自己现有的生活来一个180度大转弯。影片于1997年上映。该片曾获1997年第21届大众电影百花奖最佳影片奖。

《一个都不能少》

《一个都不能少》是1999年上映的一部剧情片，根据施祥生小说《天上有个太阳》改编，由导演张艺谋拍摄。该片使用一班非专业演员制作了一部像纪录片的电影，故事主题是关于农村、贫穷及文盲的问题，在该片中张艺谋保留了演员本身的名字。本片获得十项国际电影奖项，包括金鸡奖、圣保罗国际电影节和威尼斯电影节的金狮奖等。

《红河谷》

《红河谷》是1996年上映的一部历史剧情类电影,该片由冯小宁执导,宁静、邵兵、多布吉、应真等共同出演。影片以20世纪初的西藏为背景,演绎了一段汉藏儿女生死相依的爱情故事和并肩抗战的英雄传奇故事。该片曾获1997年第17届中国电影金鸡奖杰出艺术贡献奖,1997年第20届大众电影百花奖最佳影片奖。

《巫山云雨》

《巫山云雨》是由章明执导,李冰主演的一部影片。该片讲述了在三峡边一个即将淹没的巫山小城,麦强与"梦中情人"陈青都处于对现实的不满和焦虑中,一天两人遇遇后发生的故事。该片曾获得意大利都灵国际电影节最佳影片大奖,国际影评人费比西奖以及国际电影协会联盟奖等。

《小武》

《小武》是贾樟柯执导,王宏伟、郝鸿建等主演的剧情片,于1998年上映。影片叙述了中国中部某小县城一个叫梁小武的小偷的故事。贾樟柯是一个执着的导演,在《小武》里所表现的内容一再出现在他以后的电影当中,从《站台》到《任逍遥》,从《世界》到《三峡好人》,贾樟柯一步一步完善着他的小城电影,完善着他的历史寓言。该片曾获第48届柏林国际电影节NETPEC亚洲电影促进联盟奖,沃尔福冈·施多德奖等。

《北京杂种》

《北京杂种》是由张元执导,崔健、李威等人主演的一部剧情片。影片讲述了生活在北京的生活苦闷的青年的故事。故事情节围绕着崔健饰演的角色展开,展现了摇滚乐队、怀孕女青年、地下音乐人、穷画家、女大学生等多个个体的不同信念和生活,也表现了他们各自的苦恼和失落。该片曾获洛迦诺电影节评委会奖,新加坡电影节评委会奖等。

《十七岁的单车》

《十七岁的单车》是2000年北京电影制片厂联合吉光公司出品的一部青春电影,由王小帅导演,崔林、李滨、高圆圆、周迅等人主演。该片主要围绕进城打工的农村少年小贵和学生小坚两人之间关于单车而发生的一系列故事。该片于2001年2月17日在第51届柏林国际电影节首映且入围金熊奖并获得银熊奖评审团大奖和新人才奖演员奖,同年12月该片在第38届台湾电影金马奖上入围最佳剧情片和最佳导演奖等多个奖项。

《苏州河》

《苏州河》是2000年娄烨导演编剧的一部爱情文艺电影,由周迅、贾宏声等人主演。该片主要讲述了马达先后与纯真少女牡丹以及和牡丹长相酷似的美美两人之间恩爱纠缠的故事。该片于2000年获得第29届鹿特丹国际电影节金虎奖和第15届巴黎国际电影节最佳影片奖,并入选美国时代周刊年度十佳电影。

《卡拉是条狗》

《卡拉是条狗》是一部由路学长导演编剧,葛优、丁嘉丽、李滨等主演的剧情文艺片。电影以一个普通家庭寻找遗失的宠物狗卡拉的故事为主线,反映了中国社会环境下普通百姓的生存状态以及人际关系复杂等一系列社会问题,并由此引发了社会的广泛讨论。该片曾获2004年第4届华语电影传媒大奖最佳电影奖等。

《可可西里》

《可可西里》是华谊兄弟传媒股份有限公司出品的一部剧情片,由陆川执导,多布杰、张磊、奇道等主演。2004年10月1日,该片在中国内地上映。影片讲述了记者尕玉和巡山队员为了保护可可西里的藏羚羊和生态环境,与藏羚羊盗猎分子顽强抗争甚至不惜牺牲生命的故事。2004年该片获得了第17届东京国际电影节评委会大奖、第41届台湾金马电影奖最佳影片等奖项。

《十面埋伏》

《十面埋伏》是北京新画面影业公司于2004年出品的一部武侠电影,由张艺谋执导,金城武、刘德华、章子怡领衔主演。该片于2004年7月16日在中国内地上映。影片讲述的是晚唐时期两个捕快与一个歌妓的爱情故事。该片曾获2004年第39届洛杉矶影评人协会最位外语片奖,波士顿影评人协会奖最位外语片奖,第77届奥斯卡金像奖最位摄影奖提名等众多奖项。

《英雄》

《英雄》是张艺谋转型执导的首部武侠电影,由李连杰、梁朝伟、张曼玉、陈道明、章子怡及甄子丹主演,于2002年12月14日上映。电影故事主要讲述了战国末期,三大侠客欲杀秦王的故事。《英雄》缔造了国产电影新一轮的全球票房神话,内地票房达2.5亿元人民币(占全年总票房四分之一),是进入21世纪之后首部票房过亿的国产电影,同时在北美、日本、韩国等地也票房登顶,全球票房共计1.77亿美元。影片被美国《时代周刊》评为2004年度全球十大佳片第一名,提名奥斯卡金像奖和美国电影金球奖最佳外语片,获得多个国内外电影奖项。《英雄》的公映终结了内地电影市场近十年的低迷期,拉开了中国商业大片的帷幕,被认为是中国电影"大片时代"的里程碑,对中国电影产业的发展起到重要的推动作用。

《满城尽带黄金甲》

《满城尽带黄金甲》改编自曹禺的话剧《雷雨》,由张艺谋执导,周润发、巩俐、周杰伦等联袂出演,影片于2006年12月14日在中国内地上映,以近3亿元人民币的票房刷新国产电影内地票房纪录,全球票房7 857万美元,是2006年华语电影票房冠军。电影讲述大王征战之后大胜回朝,暗暗发觉宫廷内部已发生微妙的变化,原来王后与大王子发生不伦之恋,而小王子、大王子、宫女之间的三角恋更是复杂。各方为权力、情欲展开明争暗斗,最后矛盾不可避免地爆发,所有争斗的人都付出了惨痛的代价。该片被美国《时代周刊》评为年度十大最佳电影。女主角巩俐包揽香港电影金像奖、香港电影评论学会、中国香港电影金紫荆奖三座影后奖项。

（四）中国电影评奖

百花奖

百花奖是中国《大众电影》杂志社于1962年创办、由群众评选的电影奖。原每年举办一次，从2005年起改为隔年举办。由杂志读者对该届年度内公映的国产影片和编、导、演等主要创作人员直接投票评选，有广泛的群众性。奖杯为花神塑像。1964年中断，1980年恢复评奖活动。1982年起，设最佳故事片、最佳男演员、最佳女演员、最佳男配角、最佳女配角等奖。

华表奖

华表奖是中国广播电影电视总局颁发的电影奖。原为1980年设立、由文化部主办的"优秀影片奖"，1986年起改由广播电影电视部主办，1995年改为现名。每年举办一次。由专家组成评选委员会，评选上一年摄制的优秀故事片、舞台艺术片、美术片、译制片等。1993年起，在原有奖项基础上又增设最佳故事片奖等九项奖。

金鸡奖

金鸡奖是中国电影家协会1981年创办，由专家评选的电影奖。是年值中国夏历鸡年，因以为名。原每年举行一次，从2005年起改为隔年举办。由评选委员会评选该届生产年度内摄制的国产优秀影片和成绩卓著的电影创作人员。奖杯为金鸡报晓塑像。评选项目包括电影各片种和各工种。金鸡奖与金像奖、金马奖并称华语电影三大奖项。

金像奖

香港电影金像奖是香港及大中华电影界最重要的奖项之一，简称金像奖，于1981年创立。每年由香港电影金像奖协会组织与颁发，旨在鼓励优秀香港电影的创作与发展的奖项，是香港电影业界年度最重要的活动。一般于每年4

月中旬在香港文化中心大剧院举行颁奖典礼,颁发包括最佳电影、最佳导演、最佳男女主角在内的 21 个奖项。每届香港电影金像奖都是广泛受到观众瞩目、最受香港电影从业人员重视的奖项。

金马奖

台湾电影金马奖是台湾地区主办的电影奖项,简称金马奖,于 1962 年创办,共设有 23 个奖项,1 个特别奖项,1 个非正式竞赛奖项。金马奖每年举办一届,它的设立主要是为了促进台湾地区电影制作事业和表扬对华语电影文化有杰出贡献的电影人。

三、外国电影常识

(一)外国电影导演

乔治·梅里爱

乔治·梅里爱(1861—1938),法国电影导演、制片人。原在巴黎经营剧场。1896 年开始拍摄和放映电影。1897 年建立了世界上第一个初具规模的摄影场。在其拍摄的《月界旅行》等几百部影片中,首先采用快慢镜头、停机再拍、叠化等技巧,并将舞台剧的布景、分场等手段引入电影,对故事电影的成型有重要的影响。

卢米埃尔

卢米埃尔(1864—1948),法国企业主,早期电影制作者和导演。早年随父经营照相材料工业。与其兄奥古斯特·卢米埃尔(1862—1954)合作,吸收并发展了他人的研究成果,创造出"活动电影机",并拍摄了《工厂的大门》等短片,于 1895 年 12 月 28 日在巴黎大咖啡馆首次公开放映,获得成功。电影史家多将这一天作为电影历史的开端。

格里菲斯

格里菲斯(1875—1948),美国电影导演、制片人。早年当过学徒、店员、记者等。1898年参加巡回剧团。1907年入电影公司当演员,不久成为导演。1915年和1916年先后摄制了在电影史上有重要地位的影片《一个国家的诞生》和《党同伐异》。后又导演《被摧残的花朵》《赖婚》《二孤女》等。他所创用的各种蒙太奇手法以及在一个镜头内改变摄影机同所摄对象的距离和角度以求得各种效果等电影技巧,对后世有重要影响。

罗伯特·弗拉哈迪

罗伯特·弗拉哈迪(1884—1951),美国纪录影片导演。毕业于密歇根州矿业学校。后去北美洲北部勘探。1913年前后开始业余拍摄纪录片。1920年—1922年拍摄了在电影史上有重要影响的《北方的纳努克》,记录了因纽特人的捕猎生活。后拍摄《摩阿那》《亚兰岛人》《路易斯安那州的故事》等,为艺术性纪录片先驱者之一。其作品把真实的生活场景和细节同适度的想象和虚构结合起来,优美自然,充满诗意。其创作思想和风格对后世影响很大。

卓别林

卓别林(1889—1977),英国电影导演、演员。出生于伦敦穷苦艺人家庭。1909年加入卡尔诺剧团,从事哑剧表演。1913年在美国开始电影活动。1919年建立独立的制片厂,编导并主演《淘金记》《城市之光》《摩登时代》《大独裁者》《凡尔杜先生》《舞台生涯》等影片。1952年因受麦卡锡主义迫害,定居瑞士。后又拍摄了《一个国王在纽约》等。在影片中创造出夏尔洛这一善良、机灵、幽默但又虚荣心强的小人物形象,得到全世界观众的喜爱。其作品具有强烈的人道主义精神,充满对下层人民的深切同情和对资本主义社会的无情讽刺。曾获奥斯卡特别荣誉奖。

普多夫金

普多夫金(1893—1953),苏联电影导演。早年在莫斯科攻读化学,参加过第一次世界大战。十月革命后曾任化学技师等。1922年参加库里肖夫实验室工作。1926年根据高尔基小说拍摄了无声影片《母亲》,获得成功。后陆续导演《圣彼得堡的末日》《成吉思汗的后代》《苏沃洛夫》等影片。在运用蒙太奇和电影形象思维方面做出了创造性的贡献。论著有《论电影编剧和电影导演》《电影演员艺术》等。

让·雷诺阿

让·雷诺阿(1894—1979),法国电影导演。第一次世界大战期间入伍,曾被俘。战后从事工艺美术。1924年起任电影导演。第二次世界大战爆发后,曾移居美国。一生拍摄影片50余部。1937年拍摄的《幻灭》在电影史上占有重要地位。主要作品还有《马赛曲》《衣冠禽兽》《游戏的规则》《吾土吾民》等。是法国20世纪30年代"诗意现实主义"电影的代表人物,艺术上追求自然真实,善于使用长镜头、外景摄影、移动摄影等,对后世的电影有很大影响。

爱森斯坦

爱森斯坦(1898—1948),苏联电影导演。1914年入彼得堡土木工程学院学习。十月革命爆发后参加红军。1921年任戏剧导演。1924年起从事电影导演工作。1925年拍摄了影片《战舰波将金号》。此前还拍摄了《罢工》《十月》等影片。1929年—1932年去国外考察并拍摄了影片《墨西哥万岁》(1979年由他人剪辑完成)。主要作品还有《亚历山大·涅夫斯基》《伊凡雷帝》等。论著有《电影艺术四讲》等。他在探索电影的特性、挖掘电影各元素的表现潜力方面,尤其是电影蒙太奇理论上有重要建树。

希区柯克

希区柯克(1899—1980),英国电影导演。早年曾攻读工程技术,1920年入电影界担任美工师等。1925年首次导演影片。1939年起去美国好莱坞,翌年导演的《吕贝卡》(亦译《蝴蝶梦》)获奥斯卡最佳影片奖。一生拍摄影片50余部。主要作品还有《讹诈》《三十九级台阶》《美人计》《后窗》《眩晕》《精神变态者》《群鸟》等。其作品情节曲折、气氛紧张,结局往往出人意料,在设置和运用悬念方面有独到之处,被誉为"悬念大师"。

布努艾尔

布努艾尔(1900—1983),西班牙电影导演。1917年起就读于马德里大学。1925年去巴黎担任法国先锋派电影导演爱泼斯坦的助手。1929年首次导演影片。1935年起参加西班牙人民阵线,并负责共和国的电影领导工作。1938年流亡美国。1947年起定居墨西哥。一生导演影片30余部。成名作为超现实主义影片《一条安达鲁狗》。其他重要作品有《黄金时代》《不长粮食的土地》《被遗忘的人》《维里迪亚娜》《特里丝丹娜》《资产阶级审慎的魅力》等。其作品多采用象征、隐喻等手法,探讨社会道德问题、宗教问题,具有一定的社会意义,曾在戛纳、威尼斯等电影节上获最佳影片奖、最佳导演奖及奥斯卡最佳外语片等。

德·西卡

德·西卡(1901—1974),意大利电影导演。毕业于商业学校,当过歌唱演员,1937年起在影片中饰演角色。1939年起任导演,执导《孩子们在注视着我们》等有进步倾向的影片。第二次世界大战结束后,与电影剧作家柴伐蒂尼合作,执导了《擦鞋童》《偷自行车的人》《米兰的奇迹》和《温别尔托·D》,成为意大利新现实主义电影运动的代表人物之一。其作品朴素、自然、富于生活气息。

罗伯托·罗西里尼

罗伯托·罗西里尼(1906—1977),意大利导演。父亲和祖父都是著名的建筑家。高中毕业时,他突然对电影感兴趣,于是放弃升大学,进入电影界。1934年写了一篇灵感来自德彪西音乐《牧神午后》的电影故事并拍成电影。1945年的《罗马不设防》成为新写实主义的第一炮。1948年的《德意志零年》也是一部重要的新现实主义杰作。1959年的《罗维雷将军》获得威尼斯电影节金狮奖。20世纪60年代后期开始侧重电视工作,为电视台拍摄了不少历史人物的传记片。

安东尼奥尼

安东尼奥尼(1912—2007),意大利电影导演。生于费瑞拉。毕业于博洛尼亚大学经济系。1939年赴罗马任电影杂志编辑。20世纪40年代中期担任过卡尔内的助手,后为罗西里尼编写剧本。1943年—1947年编导纪录片《波河的人们》,1950年首次导演故事长片。一生导演电影30余部,代表作有《奇遇》《夜》《蚀》《红色沙漠》《放大》《扎布里斯基角》《云上的日子》等。另著有电影剧本20余部。1972年拍摄纪录片《中国》。其影片表现了社会中人与人之间的疏离、隔膜和人的异化。擅用隐喻手法和神秘氛围来传达复杂的含义,对当代电影观念乃至审美观念的发展有深刻的影响。作品曾获包括戛纳、威尼斯、柏林电影节最佳影片奖在内的各种电影奖30余项。另获奥斯卡终身成就奖。

奥森·威尔斯

奥森·威尔斯(1915—1985),美国电影导演、演员、制片人。1931年起从事舞台剧表演。1937年创办水星剧团。1938年因播演广播剧《宇宙大战》而知名。1939年起在好莱坞拍摄影片。1941年编导和主演的《公民凯恩》,在结构、摄影、剪辑等方面均取得独创性成就。他一生导演、监制了十余部影片,主要作品还有《安倍逊大族》《上海小姐》《麦克白》《奥赛罗》《审判》等。并曾在《拿破仑》《拿破仑在奥斯特里茨战役》《白鲸》《第二十二条军规》《苦海余生》等90余部影片中担任角色。20世纪50年代后移居欧洲。曾获奥斯卡特别荣誉奖。

英格玛·伯格曼

英格玛·伯格曼(1918—2007),生于乌普萨拉。瑞典电影导演、编剧。毕业于斯德哥尔摩大学艺术和文学系。20世纪40年代前期入瑞典电影公司任编剧。1944年首次编写剧本,次年首次执导电影。一生导演电影40部左右,导演电视片20余部,编写电影和电视片剧本60余部。代表作有《夏夜的微笑》《第七封印》《野草莓》《处女泉》《犹在镜中》《冬日之光》《沉默》《呼喊与细语》《秋天奏鸣曲》《芬妮和亚历山大》等。另导演戏剧100余部,曾任瑞典皇家剧院总监。其作品从理性的视角探讨人的孤独、死亡及与上帝的关系等问题,极大地开拓了现代电影表现人的内心的可能性,对20世纪后半期以来的世界电影产生了深刻的影响。曾获柏林电影节最佳影片奖、戛纳电影节最佳导演奖及三届奥斯卡最佳外语片奖等。

费里尼

费里尼(1920—1993),意大利电影导演。早年就读于天主教会学校。1939年后任记者。1945年参与编写新现实主义电影剧作《罗马,不设防的城市》。后又写作新现实主义电影剧本《游击队》《欧洲,1951年》等。1952年后执导影片《道路》和《卡比利亚之夜》(亦译《她在黑夜中》),继续新现实主义电影的主题和创作方法,均获奥斯卡最佳外语片奖。20世纪60年代创作风格发生变化。先后执导的《甜蜜的生活》和《8½》,以"生活流"和"意识流"的手法表现了现代社会中的人,特别是知识分子的精神危机。1974年拍摄的《我的回忆》再次获奥斯卡最佳外语片奖。

阿伦·雷乃

阿伦·雷乃(1922—2014),出生于法国布丹,导演,法国新浪潮的代表人物之一。作品《凡·高》获得1949年奥斯卡短片金像奖。1948年雷乃的作品《凡·高》赢得了威尼斯影展两个奖项以及1949年的奥斯卡短片金像奖,1959年《广岛之恋》获得戛纳国际电影节金棕榈奖提名,2014年雷乃执导的《纵情一曲》获得了柏林电影节阿尔弗莱德奖。

让·吕克·戈达尔

让·吕克·戈达尔(1930—),出生于巴黎,法国著名电影导演。让·吕克·戈达尔是法国新浪潮电影的奠基者之一,也是电影史上最伟大的导演之一。

特吕弗

特吕弗(1932—1984),法国电影导演。曾在军队服役,1953 年退役后当过工人、放映员、记者等。1954 年进入《电影手册》杂志编辑部,撰写了大量影评文章,提出了"作家电影"的主张。1958 年开始导演影片。翌年执导成名作《四百下》。一生拍摄影片 20 余部,著名的有《朱尔和吉姆》《枪击钢琴师》《最后一班地铁》等。是法国"新浪潮电影"的代表人物之一。其作品和理论标新立异,一反传统的观念,对现代电影有重要影响。在后期创作中重新重视叙事传统,拍摄了具有较深刻社会意义的作品。其作品曾获奥斯卡最佳外语片奖等。

施隆多夫

施隆多夫(1939—),出生于威斯巴登。德国电影导演。曾在巴黎攻读国民经济学和政治,又在高等电影学院学习一年,后在电视台工作,先后当过导演 A. 雷乃,J. P. 梅尔维尔和 L. 马勒等人的助手。后来回到联邦德国,拍摄了处女作《少年托莱斯的迷乱》,显示了他的才华。该片是德国青年电影中重点作品之一。

基耶斯洛斯基

基耶斯洛斯基(1941—1996),波兰电影导演、编剧。生于华沙。1969 年从罗兹电影学院毕业后从事短片拍摄。1976 年拍摄第一部长故事片。一生拍摄电影 30 余部,电视片 10 余部。代表作有《夜间守门人看世界》《摄影迷》《十诫》《薇罗妮卡的双重生活》《蓝》《白》《红》等。其影片探讨了现代人的道德困惑,有着深刻的哲学意味,对当代电影有重要的影响。其作品多次在威尼斯、柏林电影节上获奖。

法斯宾德

法斯宾德(1946—1982),德国电影导演。1964 年起在慕尼黑从事舞台剧演出。1969 年首次导演电影。拍摄影片近 40 部。代表作有《恐惧吞噬灵魂》《艾菲·布里斯特》《玛丽亚·布劳恩的婚姻》《薇罗尼卡·福斯的渴念》等。其作品在艺术形式上力求创新,既具有现代意识又强调故事情节。

史蒂文·斯皮尔伯格

史蒂文·斯皮尔伯格(1946—),出生于美国俄亥俄州的辛辛那提市,犹太人血统。电影导演、编剧和电影制作人。史蒂文·斯皮尔伯格的第一部电影是在亚利桑那州斯考茨德尔的一家旅馆中拍摄的。13岁时拍摄了一部战争电影《无处容身》在"峡谷影展"中获奖。1971年导演了他的第一部电视片《决斗》。1975年拍摄了电影《大白鲨》,1982年的电影《E.T.》使史蒂文·斯皮尔伯格首次获得当年的奥斯卡最佳导演奖提名。1993年执导的《侏罗纪公园》上映。同年凭借电影《辛德勒的名单》获得奥斯卡最佳影片、最佳导演等多项大奖;1999年再次凭借电影《拯救大兵瑞恩》获得第71届奥斯卡最佳导演等多项大奖,2009年获得第66届美国电影电视金球奖终身成就奖。2013年《时代》杂志将他列入世纪百大最重要的人物一员。

詹姆斯·卡梅隆

詹姆斯·卡梅隆(1954—),出生于加拿大安大略省。好莱坞电影导演、编剧。1981年执导首部电影《食人鱼2:繁殖》。1984年因自编自导科幻电影《终结者》成名。1986年自编自导电影《异形2》。1991年凭借电影《终结者2》获得第18届土星奖最佳导演奖以及最佳编剧奖。1994年执导电影《真实的谎言》。1997年他执导的电影《泰坦尼克号》取得了18.4亿美元的票房,打破全球影史票房纪录;该片在第70届奥斯卡金像奖上获得了包括最佳影片在内的11个奖项,詹姆斯·卡梅隆亦凭借该片获得了奥斯卡奖最佳导演。2005年被英国杂志《Empire》评为"世界最伟大的20位导演之一"。2009年12月,他执导的科幻电影《阿凡达》上映,该片全球总票房超过27亿美元,再次打破了由他自己保持的全球影史票房纪录。2010年入选《时代周刊》评出的"全球最具影响力人物";同年他获得美国视觉效果工会奖终身成就奖。2011年获得美国制片人工会奖里程碑奖。

小津安二郎

小津安二郎(1903—1963),日本电影导演。1923年起担任电影摄影、导演助理,1927年起任导演。一生拍摄影片50余部。主要作品有《生来第一次看到》《晚春》《麦秋》《东京物语》《石蒜》等。善于通过生活琐事描摹世态人情,格调淡雅隽永,具有浓郁的日本民族风格。

黑泽明

黑泽明(1910—1998),日本电影导演。1929年入日本无产阶级美术同盟。1936年入东宝公司,1943年因导演影片《姿三四郎》而成名。1951年导演的《罗生门》在国际上引起广泛关注。他根据西方文学名著拍的《白痴》《蛛网宫堡》《乱》等影片都具有日本文化的意蕴和风格。其他重要作品如《无愧于我的青春》《活下去》则反映了日本的现实生活,具有一定的社会批判力量。重要作品还有《七武士》《红胡子》《德尔苏·乌扎拉》《梦》等。其作品几乎都表达了日本的文化和历史的内涵,曾多次在重要国际电影节上获奖,并获得奥斯卡最佳外语片奖和终身成就奖。

宫崎骏

宫崎骏(1941—),出生于东京都文京区。日本动画师、动画制作人、漫画家、动画导演、动画编剧。毕业于日本东京学习院大学政治经济部。1984年执导《风之谷》,获得罗马奇幻电影节最佳动画短片奖等4项大奖。1986年执导《天空之城》,获得第41回每日电影奖大藤信郎赏等6项大奖。1988年执导的《龙猫》荣获第13回报知电影奖最佳导演奖等24项大奖。2001年执导《千与千寻》,荣获第75届奥斯卡金像奖最佳动画长片奖及第52届柏林电影节最高荣誉"金熊奖"等9项大奖。2013年执导《起风了》,荣获第37届日本电影学院奖最优秀动画作品奖等8项大奖,也是其最后长篇作品。同年9月6日宣布引退。2014年11月8日荣获第87届奥斯卡金像奖终身成就奖。

岩井俊二

岩井俊二(1963—),出生于日本宫城县仙台市,毕业于横滨国立大学。日本导演、作家。1992 年大学毕业后,拍摄恐怖片《鬼汤》而出道。1995 年执导了自己的剧场电影处女作《情书》。2009 年与娜塔莉·波特曼、姜文等 12 名导演联袂执导短片集《纽约,我爱你》。2011 年拍摄记录日本震后福岛实况的纪录片《3.11 后的朋友们 剧场版》,该片入围第 62 届柏林国际电影节"论坛单元"。2015 年执导其首部动画片《花与爱丽丝杀人事件》,获得第 18 届上海国际电影节最佳动画片提名。

金基德

金基德(1960—),出生于庆尚北道奉化郡。韩国导演,编剧。1996 年,拍摄了第一部电影《鳄鱼藏尸日记》。2003 年,推出《春夏秋冬又一春》,角逐 2004 年的奥斯卡最佳外语片。2004 年 2 月,凭借《撒玛利亚女孩》第三次出征柏林电影节。9 月,凭借爱情片《空房间》获得"最佳导演银狮奖"。2012 年,凭借执导的第 18 部影片《圣殇》获得第 69 届威尼斯国际电影节最佳影片金狮奖。2013 年 6 月,凭借执导的惊悚片《莫比乌斯》入围第 70 届威尼斯电影节。2014 年,凭借执导的惊悚犯罪片《一对一》获得第 71 届威尼斯电影节最佳影片奖。

阿巴斯·基阿鲁斯达米

阿巴斯·基阿鲁斯达米(1940—2016),出生于伊朗德黑兰,18 岁那年,因获得一项美术奖而被德黑兰美术学院录取,学习绘画。1969 年应邀为卡伦青少年教育学院创建电影系,这成为他艺术生涯的转折点。阿巴斯从此有机会利用系里的设备和条件拍电影,该系后来也成为伊朗电影复兴的基地。从那时一直到 1992 年,阿巴斯在那里拍摄了 22 部电影,包括纪录片和剧情片。代表作有《何处是我朋友的家》《橄榄树下的情人》《樱桃的滋味》等。

马基德·马基迪

马基德·马基迪(1959—),出生于伊朗德黑兰。伊朗当代最著名的电影导演之一。1998年先是以《小鞋子》入围了奥斯卡最佳外语片,在美国并获得近百万美金的票房,接着又以《天堂的颜色》在美拿下更惊人的170万票房,成为超级票房保证的"伊朗之光"。

陈英雄

陈英雄(1962—),出生于越南。导演,编剧。陈英雄在法国修读了戏剧和电影。1994年推出了自己的第一部电影《青木瓜之味》,这部电影令陈英雄一举成名,并借此摘走了戛纳电影节金摄影机奖和恺撒最佳外语片奖,从而也让陈英雄成为越南新电影的扛鼎人物。

(二)外国电影思潮与流派

欧洲先锋派电影

先锋派电影是20世纪初在现代主义文艺思潮影响下出现的西方电影流派。发源于德国,后传入法国,20年代进入盛期,影响遍及欧美。其理论反对电影的叙事性,提倡"非情节化"和"非戏剧化",迷恋单纯的光影、线条和节奏的表现。代表影片有瑞典艾格林的《对角线交响乐》、法国莱热的《机器舞蹈》、德吕克的《狂热》、杜拉克的《微笑的布迭夫人》等。20世纪30年代后趋于衰落。

苏联蒙太奇学派电影

蒙太奇学派电影出现在20世纪20年代中期的苏联,其学派代表人物有爱森斯坦、库里肖夫、普多夫金等,他们力求探索新的电影表现手段来表现新时代的革命电影艺术,而他们的探索主要集中在对蒙太奇的实验与研究上,创立了电影蒙太奇的系统理论,并将理论探索用于艺术实践,创作了《战舰波将金号》《母亲》《土地》等蒙太奇艺术的典范之作,形成了著名的蒙太奇学派。

意大利新现实主义电影

新现实主义电影是第二次世界大战后在意大利兴起的电影运动。多取材于真人真事或报纸新闻,描写法西斯统治给意大利带来的灾难和普通人民贫困悲惨的境遇。艺术处理以自然朴素见长,注重生活中平凡的情景和细节,以记录性手法代替惯用的戏剧化手法,多采用实景,聘用非职业演员。1945年摄制的《罗马,不设防的城市》被认为是其开端,其他代表性影片有《大地在波动》《偷自行车的人》《橄榄树下无和平》《温别尔托·D》《罗马11点钟》等。代表性人物有编剧柴伐梯尼、导演罗西里尼、德·西卡、维斯康蒂、德·桑蒂斯等。该运动对20世纪后半期的世界电影产生了重要影响。

法国诗意现实主义电影

诗意现实主义是法国20世纪30年代以后出现的一种电影创作倾向,它并没有系统的理论,宽泛地说,它指的是20世纪30年代产生的一批影片。这些影片继承了20世纪20年代印象派和先锋派电影的创新精神,但又与社会现实保持着密切的联系。法国诗意现实主义的先驱者雷内·克雷尔的《巴黎屋檐下》《百万法郎》《自由属于我们》是这一时期最优秀的作品。《操行零分》是让·维果的自传体电影,其另一部作品《驳船亚特兰特号》则将写实、抒情和虚幻手法融为一体。

法国新浪潮电影

新浪潮电影是20世纪50年代后期发生于法国的电影运动。一些青年导演不满于法国商业电影的保守和僵化,试图采用较自由、较经济的拍摄方法,表现个人的独特思想和风格。他们之间并无统一、明确的美学纲领,作品内容和表现手法的特点也并不一致。该运动对法国电影乃至整个现代电影的发展有重要影响。代表人物有被称为"电影手册派"的特吕弗、戈达尔、夏布罗尔等及"左岸派"的雷乃、罗伯·格里叶、杜拉等。主要作品有《四百下》《精疲力尽》《广岛之恋》《去年在马里昂巴德》等。

法国左岸派电影

左岸派是20世纪50年代末至60年代初法国电影的一个派别。法国新浪潮兴起的同时,在巴黎有另外一批电影艺术家,也拍出了一批与传统叙事技巧大相径庭的影片。由于他们都住在巴黎塞纳河左岸,因此而被称为左岸派。左岸派的导演们由于对人和精神的发展过程感兴趣,从而走向了电影制作,因此,他们的影片有着明显侧重人物内心描写的倾向。

新德国电影

新德国电影是20世纪60年代初至70年代末发生在联邦德国的旨在振兴本国电影的运动。1962年一群青年电影导演发表的《奥伯豪森宣言》,提出要将德国电影"从陈规陋习和商业化中解脱出来"。在克鲁格、施隆道夫、文德斯、赫尔措格等人特别是法斯宾德的努力下,出现了《告别昨天》《恐惧吞噬灵魂》《丧失了名誉的卡特琳娜·布鲁姆》《爱丽丝漫游城市》《玛丽娅·布劳恩的婚姻》以及《铁皮鼓》等一批在国际上取得声誉的影片。20世纪80年代后成为联邦德国电影的主流。

(三) 外国电影名片

《工厂的大门》

《工厂的大门》亦译《卢米埃尔工厂的大门》。法国电影。卢米埃尔摄于1895年。片长约1分钟,记录了工人走出卢米埃尔工厂大门,而后厂主乘马车反方向进入厂门。同年3月第一次放映,是世界上最早的无声短片之一。

《月球旅行记》

《月球旅行记》是世界上第一部故事片。法国电影。影片剧情取材于儒勒·凡尔纳的小说《从地球到月球》和威尔斯的小说《第一个到达月球上的人》。梅里爱采取神话剧的传统风格,表现了一群天文学家乘坐炮弹到月球探险的情景。

《火车大劫案》

《火车大劫案》是一部美国无声故事片。爱迪生公司1903年摄制。鲍特导演。故事梗概是：匪徒占领火车站，冲进车厢，殴打司机，洗劫旅客财物后逃走，警察追击并抓获匪徒。此片被认为是最早运用各种景别的镜头拍摄，并有几个场景交叉出现的影片，也被认为是美国最早的西部片。片长约10分钟。

《一个国家的诞生》

《一个国家的诞生》是由大卫·格里菲斯执导，丽莲·吉许、亨利·B·沃斯奥、梅·马素等主演的历史爱情电影。影片于1915年3月3日在美国上映。本片以美国南方和北方的两个家族在内战前后的命运发展为主线，以南北战争及其前后的政治变迁为副线，展示了当时波澜壮阔的美国社会生活，涉及战争、爱情、政治、历史、种族等诸多元素。专家一致公认，它是电影发展史上的一座里程碑，是第一部史诗片。闪回、特写镜头、战争场面的布置等大量电影叙述的基本语汇由此诞生，使得电影成为一种更为成熟的艺术。

《党同伐异》

《党同伐异》是一部美国故事片，格里菲斯影片公司1916年摄制，格里菲斯编剧并导演，吉许等主演。影片包括四个部分，即《母亲与法》《基督的生平和受难》《圣巴托罗缪节的屠杀》《巴比伦的陷落》。这四个没有情节联系的部分交叉出现，表达了对人类历史上因宗教或权欲而起争斗的批评和对仁爱宽容的呼唤。影片纵贯上下几千年的时间和横跨几大洲的空间，形式新颖、构思大胆，在扩展电影时空和蒙太奇手段的运用方面有创新意义。被认为是世界电影史上的重要作品，对后世有很大影响。

《淘金记》

《淘金记》是一部美国故事片，查尔斯·卓别林电影公司1925年摄制，卓别林编导并主演。19世纪末，夏尔洛和吉姆去阿拉斯加荒漠淘金。两人吵架，吉姆受伤失去记忆。夏尔洛爱上了酒吧间的女招待乔治亚,邀她到住处晚宴。而乔治亚失约未来,夏尔洛十分孤独。吉姆恢复记忆后,与夏尔洛去大金矿。后夏尔洛终于发财,得到乔治亚的爱情。影片将喜剧情节和悲剧性内涵融为一体,在哑剧表演方面亦有很高成就。是卓别林本人,也是世界无声电影时期最重要的作品之一。

《摩登时代》

《摩登时代》是查理·卓别林导演并主演的一部经典喜剧电影,于1936年上映。本片故事发生在美国20世纪30年代经济萧条时期,工人查理在工厂干活、发疯、进入精神病院,这一切都是与当时的经济危机给人们带来的生存危机有着密切的联系。而在艰难的生活中,查理和孤女相濡以沫,场面温馨感人焕发着人性的光辉。这部《摩登时代》被认为是美国电影史上最伟大的电影之一,也是查理·卓别林最著名的作品之一。

《大独裁者》

《大独裁者》是一部美国故事片。查尔斯·卓别林电影公司1940年摄制。卓别林编导并主演。第一次世界大战时,查利在作战中受伤失去记忆,伤愈后爱上一位孤女。托曼尼亚王国被独裁者统治着,查利因相貌酷似独裁者亨克尔,而闹出了许多笑话。最后,他阴差阳错登上了检阅台,发表演说,讲出了人民的心里话。故事虽属虚构,却有力地讥讽了德国法西斯头目希特勒,是卓别林的代表作品之一。

《一条安达鲁狗》

《一条安达鲁狗》亦译《一条安达卢西亚狗》。西班牙故事片。1928年摄制。布努艾尔与达利编剧,布努艾尔导演。片中布努艾尔讲述他不久前梦见一片轮廓模糊的浮云掠过月亮,同时一把刮脸刀片割破了一只眼睛。达利也讲述自己前夜梦见一只手上爬满了蚂蚁。他们根据这两个梦合写剧本,摄制成一部表现人的潜意识的影片。片长24分钟,被认为是超现实主义电影的代表作品。

《战舰波将金号》

《战舰波将金号》是一部苏联故事片。中央照相电影企业公司一厂1925年摄制。阿卡疆诺娃、爱森斯坦编剧,爱森斯坦导演。安东诺夫等主演。1905年,沙俄军舰波将金号上的士兵反抗军官的虐待,宣布起义。军舰停泊到敖德萨港,市民向它欢呼表示支持。此时沙皇的步兵赶来开枪镇压群众。波将金号向岸上的沙皇军队总部开炮。奉命前来的军舰拒绝向"波"舰开火。"波"舰在欢呼声中向大海驶去。本片是爱森斯坦蒙太奇理论的一次杰出的实践,在电影史上有着重要的地位。

《北方的纳努克》

《北方的纳努克》是一部美国纪录影片。1922年摄制。弗拉哈迪导演。记录在北极生活的因纽特人纳努克一家盖冰屋、捕海豹等生活场景。影片在表现人与自然界关系的段落里将主体与客体在同一个画面中展示,较好地保持了空间的完整感和真实感。

《爵士歌王》

《爵士歌王》是一部美国影片,也是世界上第一部有声片,由艾伦·克罗斯兰导演。该片描述一个犹太拉比的儿子一心想成为百老汇明星,却遭到家长的强烈反对。多年后,背井离乡更名改姓的他终于登上了舞台,在旧金山的夜店酒吧里,他实现了自己的理想,成了一名爵士歌手。

《浮华世界》

《浮华世界》又称《名利场》。根据英国萨克雷著长篇小说《名利场》改编。出身贫寒的少女蓓基,凭借美貌不择手段地勾引男人,猎取金钱,力图跻身上流社会,最后声名狼藉,穷困潦倒。而富家女爱米丽亚天真幼稚,倾心于纨绔子弟乔治,乔治战死后仍痴情地为其守寡,备受艰辛,直到目睹乔治生前勾引蓓基私奔的信件才醒悟。影片逼真地描绘出一个利欲熏心、道德沦丧的名利场。它是世界上第一部彩色电影,1935年出品,由美国导演马摩里安执导。

《乱世佳人》

《乱世佳人》亦译《飘》。美国故事片。米高梅影片公司1939年摄制。霍华德据米切尔的同名小说改编。弗莱明导演,费雯·丽、盖博等主演。美国南方某庄园主之女郝思嘉骄纵任性,求爱于艾希礼,遭拒绝;但受到白瑞德的爱慕。南北战争结束后,白瑞德归来,两人终于结婚。但郝思嘉一直暗中爱着艾希礼。白瑞德发现妻子与别人往来,加之爱女骑马摔死,心灰意冷,愤然出走。郝思嘉深感人事茫茫,恨意无边。影片场面宏伟,角色性格鲜明,在运用光影、色彩、布景等手段制造气氛情调和衬托人物内心方面取得突出成就。

《公民凯恩》

《公民凯恩》是一部美国故事片。雷电华电影公司1941年摄制。曼凯维奇、威尔斯编剧,威尔斯导演并主演。报业大王凯恩去世前令人费解地念叨着"玫瑰花蕾",记者汤普逊为解开这个谜和调查凯恩的身世,走访了许多人。影片通过这些人的回忆,从不同角度表现凯恩生前的某些生活片断:凯恩通过《问事报》制造舆论,曾使美国卷入美西战争;曾与总统的侄女结婚,但又与情妇苏珊保持关系,以致在总统竞选中失败。最后人们在烧掉凯恩的旧家具时,发现在他童年使用过的雪橇上刻着"玫瑰花蕾"的记号。他似乎在弥留之际,只想着自己童年的梦幻,而追逐名利的一生只是过眼烟云。影片在电影观和叙事手段方面具有创新意义,在电影史上有重要影响。

《关山飞渡》

《关山飞渡》是美国福斯影片公司于1939年摄制的一部黑白影片,也是著名好莱坞明星约翰·韦恩的西部片代表作之一。影片情节紧凑,场景集中,一场印第安人追逐驿站马车的戏惊心动魄,成为影史最佳动作场面之一。影片被誉为"好莱坞叙事形式典范影片",从此约翰·福特和约翰·韦恩两个"约翰"携手共创了西部片 30 年的辉煌。美国电影学院评选 20 世纪最佳 100 部电影,《关山飞渡》位列第 63 位。

《东京物语》

《东京物语》是日本导演小津安二郎执导,笠智众、原节子等主演的剧情片。影片描述的是住在海滨小城尾道的七十岁老夫妻离开故乡去探望他们住在东京的子女,在品尝了各自成家的儿女们冷淡的招待后,老夫妇决定回归老家,结果年迈的老伴得病,死在了旅程的终点的故事。影片于 1953 年 11 月 3 日在日本正式上映。

《罗马,不设防的城市》

《罗马,不设防的城市》是意大利 1945 年生产的影片。K. 阿米台依、F. 费里尼等编剧,罗伯托·罗西里尼导演,主要演员有 A. 法布里奇、A. 马尼亚尼等。意大利新现实主义在这部影片上映之后宣告诞生。它真实地反映了意大利人民在法西斯德国占领时期的生活与斗争。导演把演出场地搬到战争瘢痕累累的大街上,在实景中拍摄,产生强烈的真实感。影片中的角色,除去个别的以外,全部是非职业演员,由于他们都亲身经历了这场战争,有着深刻的体验,所以演来自然真实。影片第一次集中体现了新现实主义的美学原则,产生了巨大的影响。

《偷自行车的人》

《偷自行车的人》是一部意大利故事片,于 1948 年摄制,柴伐梯尼等根据巴托里尼同名小说改编,德·西卡导演,马季奥拉尼主演。讲述了失业工人里西因自己有辆自行车,才找到在街头贴广告的工作。一天自行车被偷,他带着儿子在罗马街头四处觅车不着。为了生活，里西偷了别人的自行车，结果遭到一场殴打和戏弄，失去了在儿子面前的尊严。父子俩只好在街头游荡。该片是意大利新现实主义电影的代表作之一。

《罗马 11 点钟》

《罗马 11 点钟》是一部意大利故事片。保尔·格雷兹电影制片公司 1951 年摄制。德桑蒂斯等编剧，德桑蒂斯导演，波吉欧等主演。1951 年 1 月的一天，200 多名失业妇女为应征一个打字员的职位，聚集在罗马某公司楼梯上排队等候。露仙娜急于求职，借故冲到队伍前边。此举引起人们争先恐后，以致酿成楼梯倒塌、多人受伤的惨剧。此时正是 11 点钟。影片根据对真实事件的调查拍成，有强烈的纪实感，是意大利新现实主义电影的代表作。

《罗生门》

《罗生门》是一部日本故事片。大映电影公司京都制片厂 1951 年摄制。桥本忍、黑泽明根据芥川龙之介的小说《筱竹林中》《罗生门》改编，黑泽明导演，三船敏郎、京町子、森雅之主演。武士金泽武弘在山林中被强盗多襄丸杀害，其妻真砂逃走。在官署，被抓的多襄丸、真砂和发现尸体的樵夫以及能让死者附体的女巫都从维护自己道义上的观点出发，陈述出各不相同的案情经过。影片通过剖析在道德困局中的人的心理，探讨了什么是"真实"和人性的善与恶。在运用多视角叙事方面具有开创性的意义。该片获威尼斯电影节金棕榈奖和奥斯卡最佳外语片奖。

《四百下》

《四百下》是一部法国故事片。卡罗斯影片公司等 1959 年联合摄制。特吕弗编导，莱奥主演。安托万是私生子，经常逃学，还偷了学校的打字机，因此被送进少年管化所。最后，他逃出少年管化所，奔向向往的大海。影片带有自传性，以自然展开的生活场景表达反抗社会的主题，并采用主观的视点表现人物的感受,为法国新浪潮电影的代表作之一。

《广岛之恋》

《广岛之恋》是一部法国故事片。法国阿多斯·科莫公司和日本大映公司1959年联合摄制。杜拉编剧,雷乃导演,丽娃、冈田英次主演。影片中女主人公来到日本广岛拍摄一部关于和平题材的影片,与一位日本建筑师邂逅,向他讲述了自己在二战中与一个德国士兵的恋爱悲剧,德国士兵被打死,她因为与侵略军谈恋爱被家乡人剃光了头,这一天也正是广岛遭到原子弹轰炸的日子。影片用大量的"闪回"和画外音把过去和现在、经验和对经验的叙述交织起来,探讨了战争给人带来的心灵创伤。是法国"新浪潮"时期"左岸派"的代表作。

《八部半》

《八部半》是由费德里科·费里尼执导,马塞洛·马斯楚安尼、克劳迪娅·卡汀娜等主演的剧情片,于1963年2月14日在意大利上映。该片讲述了电影导演古依多在筹拍一部表现人类末日的影片时,不仅在创作上遇到困难,而且在感情上也陷入困境的故事。1964年,该片获得第36届奥斯卡奖最佳服装设计奖。

《玛丽娅·布劳恩的婚姻》

《玛丽娅·布劳恩的婚姻》是由赖纳·维尔纳·法斯宾德执导,汉娜·许古拉、伊凡·德斯尼主演的剧情片,于1979年3月23日在西德上映。该片讲述了玛丽娅经历的各种人生磨难以及她与赫尔曼、奥斯瓦尔德之间的感情纠葛。1979年,该片获得第29届德国电影奖银质电影奖杰出故事片奖。

《铁皮鼓》

《铁皮鼓》是由格拉斯的同名小说《但泽三部曲》的第一部改编而成,由德国导演沃尔克·施隆多夫执导。该片讲述了奥斯卡三岁时目睹成年人世界的丑恶,决心拒绝长大,以反抗他的父母、纳粹、舅舅、情人的个人反抗史。该片获得第52届奥斯卡金像奖最佳外语片奖,第32届国际戛纳电影节金棕榈奖。

《邦妮和克莱德》

《邦妮和克莱德》亦译《雌雄大盗》,美国故事片。华纳影片公司1967年摄制。纽曼、本顿编剧,佩恩导演,比蒂、唐纳薇主演。经常打劫的克莱德伙同女招待邦妮去抢银行,后来,在加油站工作的莫斯和克莱德的兄嫂也加入进来,他们的抢劫行为越来越肆无忌惮。最后这一伙人在同警察的枪战中一一死去。影片根据发生在20世纪30年代的真实事件改编。表现了一伙内心空虚、没有理想的年轻人对社会的盲目反抗,启迪观众思考引发暴力的根源。影片将惊险、喜剧、浪漫等因素融为一体,创造出新的警匪片样式,是"新好莱坞电影"的代表之作。

《星球大战》

《星球大战》是一部美国故事片。福克斯影片公司1977年摄制。卢卡斯编剧并导演,哈米尔、福特、费雪尔等主演。一伙邪恶的"黑武士"推翻了银河共和国,实行暴政统治。奥尔德兰行星的莱娅公主起义反抗不成,被囚禁于"死星"中。公主的机器人部下得到青年武士卢克和隐士凯诺比的帮助,同"黑武士"展开搏斗,摧毁"死星"并救出了公主。其特技效果改变了传统的视觉观念,是科幻电影史上的划时代之作。该片获奥斯卡最佳视觉效果奖等七项奖。

《毕业生》

《毕业生》根据查尔斯·韦伯的同名小说改编而成。由迈克·尼科尔斯执导,达斯汀·霍夫曼、安妮·班克罗夫特等主演。该片于1967年12月21日在美国上映。影片通过描写大学毕业生本恩的爱情经历,体现了青年人的成长以及对成年人社会的奋起反抗。1968年获得第25届金球奖音乐喜剧类最佳影片、第40届奥斯卡奖最佳影片提名等奖项。

《教父》

《教父》是一部美国故事片。派拉蒙影业公司1972年摄制。普佐、科波拉编剧,科波拉导演。白兰度、帕西诺、凯恩等主演。二战后的纽约,被尊为"教父"的黑社会领袖科莱恩主持了女儿的婚礼,不久,因拒绝了另一黑帮头目索罗佐合伙贩毒的要求,两家结怨。索罗佐设套暗害教父未果。原先不参与黑帮事务的教父次子迈克尔杀死了索罗佐,致自己的妻儿遭害。迈克尔决心接过家族大权向仇家复仇。该片获奥斯卡最佳影片等三项奖。1974年和1990年分别拍摄了第二集和第三集。

《辛德勒的名单》

《辛德勒的名单》根据澳大利亚小说家托马斯·肯尼利所著的《辛德勒名单》改编而成。1993年由史蒂文·斯皮尔伯格导演。影片再现了德国企业家奥斯卡·辛德勒与其夫人埃米莉·辛德勒在第二次世界大战期间倾家荡产保护了1 200余名犹太人免遭法西斯杀害的真实历史事件。该片包揽了第66届奥斯卡金像奖的7大奖项及第51届金球奖的7项大奖。

《现代启示录》

《现代启示录》是一部以越战为背景的美国影片。由弗朗西斯·福特·科波拉导演,马丁·辛、马龙·白兰度、罗伯特·杜瓦主演。影片于1979年8月15日美国上映。影片讲述了越战期间,美军情报官员威尔德上尉奉命除掉库尔兹上校,接到命令后,威尔德率领小分队,冒险乘小艇深入柬埔寨,亲历了种种暴行、恐怖、杀戮和死亡的过程。

《樱桃的滋味》

《樱桃的滋味》是时代精神电影公司于1997年10月10日推出的一部心

理剧情片。由阿巴斯·基亚罗斯塔米执导,赫玛永·厄沙迪、阿卜杜拉曼·巴赫里、米尔·侯赛因·努里等主演。该片讲述了厌弃生命的巴迪在寻找能够帮他办理后事的好心人的过程中逐渐感悟生命意义的故事。1997年10月10日,该片在意大利上映,同年该片获得第50届戛纳电影节主竞赛单元最佳影片金棕榈奖。

(四) 世界电影节与电影评奖

威尼斯国际电影节

威尼斯国际电影节是世界上最早的国际电影节。1932年创办于意大利威尼斯。第二次世界大战期间一度停办,1946年恢复。每年一次,八九月间举行,为期两周。1946年起设"圣马克金狮奖"。

柏林国际电影节

柏林国际电影节,1951年创办于德国西柏林。每年2月举行,为期两周。最高奖项是"金熊奖"。

戛纳国际电影节

戛纳国际电影节,亦译作康城(坎城)国际电影节,1946年创办于法国戛纳。每年5月举行,为期两周,最高奖是"金棕榈奖"。是当今世界最具影响力、最顶级的国际电影节之一。

奥斯卡奖

奥斯卡奖全称"电影艺术与科学学院奖",亦称"金像奖""学院奖"。1929年起由美国电影艺术与科学学院颁发,每年一次,奖杯为一尊双手紧握长剑、站在电影胶片盒上的男性人体青铜塑像。塑像由雕塑家斯坦利创作。据传1931年因该院一位图书管理员无意中提及青铜塑像与其叔父奥斯卡相像而得名。评选范围除最佳外语影片外,必须是在美国本土放映达到一定时间的英语对白片。评奖项目有最佳影片、最佳导演、最佳男女主角和男女配角以及最佳外语影片等 20 余项，是全球最有影响的电影奖。

金球奖

金球奖是美国的一个电影与电视奖项，以正式晚宴的方式举行，举办方是好莱坞外国记者协会。此奖从 1944 年起，每年举办一次。此奖的最终结果是由 96 位记者的投票产生。2003 年之前，金球奖的颁奖晚宴都在美国电影艺术与科学学院为奥斯卡奖投票之日的几天前举办。2003 年以后，金球奖固定于每年的一月中旬举行，以示与二月下旬举办的奥斯卡金像奖颁奖典礼有所区别。

第三章

CHAPTER THREE

中外文学常识

第一节　中国文学常识

一、古代文学

(一) 先秦文学

《山海经》

《山海经》共十八卷,包括《山经》五卷和《海经》十三卷。作者不详,各卷著作时代亦无定论,显然不是出于一时一人之手,其中十四卷是战国时作品,四卷为西汉初年作品。内容主要为民间传说中的地理知识,包括山川、道里、民族、物产、药物、祭祀、巫医等,保存了不少远古的神话传说。对古代历史、地理、文化、中外交通、民俗、神话等研究有参考价值。其中的矿物记录为世界最早的有关文献。晋郭璞作注,并为《图赞》,今图佚而赞存;其后考证注释者有清代毕沅《山海经新校正》和郝懿行《山海经笺疏》、今人袁珂《山海经校注》等。在古代文化、科技和交通不发达的情况下,《山海经》是中国记载神话最多的一部奇书,也是一部地理方面的百科全书。

《诗经》

《诗经》是中国最早的诗歌总集。本只称《诗》,儒家列为经典之一,故称《诗经》。编成于春秋时代,共三百零五篇。分为"风""雅""颂"三大类:《风》有十五国风,《雅》有《大雅》《小雅》,《颂》有《周颂》《鲁颂》《商颂》。大抵是周初至春秋中叶的作品,产生于今陕西、山西、河南、山东及湖北等地。据《史记》等记载,系孔子删定,近人多疑其说。其中民间诗歌部分,相传由周王室派专人(古称"行人"或"遒人")搜集而得,称为"采风"。有"男女相悦"之词,也有不少篇章揭露了当时政治的黑暗和混乱,反映了人民遭受的压迫和痛苦;部分为西周上层统治者祀神祭祖、赞美业绩的作品,提供了关于周的兴起、周初经济制度和生产情况的重要资料。诗篇形式以四言为主,运用赋、比、兴的手法,语言朴素优美,声调自然和谐,描写生动,富有艺术感染力。汉代传《诗》者有鲁、齐、韩、毛四家。鲁、齐、韩三家为今文诗学,西汉时立有博士,成为官学,魏晋以后逐渐衰亡。清王先谦《诗三家义集疏》辑注较完备。《毛诗》为古文诗学,盛行于东汉以后。魏晋后通行的《诗经》就是《毛诗》,有东汉郑玄《毛诗笺》、唐孔颖达《毛诗正义》、清陈奂《诗毛氏传疏》等。宋朱熹《诗集传》则杂采《毛传》《郑笺》,间有三家诗义。《诗经》对中国两千多年来的文学发展有深广的影响,而且是很珍贵的古代史料。

《楚辞》

《楚辞》是由以屈原为代表的楚国人创作的一种新诗体,也是中国文学史上第一部浪漫主义诗歌总集。西汉刘向辑。东汉王逸为作章句。"楚辞"的名称,西汉初期已有之,至刘向乃编辑成集。原收战国楚人屈原、宋玉及汉代淮南小山、东方朔、王褒、刘向等人辞赋共十六篇。后王逸增入己作《九思》,成十七篇。全书以屈原作品为主,其余各篇承袭屈赋的形式。因其创作运用了楚地的文学样式、方言声韵和风土物产等,具有浓厚的地方色彩,故名《楚辞》,对后世诗歌的发展影响深远。

《楚辞》对整个中国文化系统有不同寻常的意义,特别是在文学方面,它是我国浪漫主义文学创作的源头,形成"楚辞体""骚体"。而四大体裁——诗歌、小说、散文、戏剧皆不同程度受到了它的影响。

屈原

屈原(约前340—约前278),名平,字原;又自云名正则,字灵均。战国时楚国贵族,诗人。初辅佐怀王,做过左徒、三闾大夫。学识渊博,主张彰明法度,举贤授能,东联齐国,西抗强秦。后遭到贵族子兰、靳尚等人的谗害而去职。顷襄王时被放逐,长期流浪沅湘流域。后因楚国的政治更加腐败,首都郢亦为秦兵攻破,他既无力挽救楚国的危亡,又深感政治理想无法实现,遂投汨罗江而死。所作《离骚》自述身世、志趣,指斥统治集团昏庸腐朽,感叹抱负不申;《九章》亦多揭露现实的黑暗与混乱,并抒发怀归之情。两者均突出表现了他对楚国国事的深切忧念和为理想而献身的精神。《天问》对有关自然现象、社会历史等方面的许多传统观念,提出了怀疑和质问,体现出独立思考、大胆探索的精神。《九歌》则是优美的祭神乐歌。

他在楚国地方文化的基础上,创造出"骚体"这一新形式,以华美的语言、丰富的想象,融化神话传说,抒发热烈的感情,塑造出鲜明的形象。《离骚》具有宏大的篇制,与《诗经》形成显著区别,对后世影响很大。屈原的传世作品,都保存在刘向辑集的《楚辞》中。又《汉书·艺文志》著录《屈原赋》二十五篇,其书久佚,篇目与《楚辞》有无出入,已不可详考。

《离骚》

《离骚》是《楚辞》篇名。战国楚人屈原作。"离骚",旧解释为遭忧,也有解作离愁的;近人或解释为牢骚。全篇以自述身世、遭遇、心志为中心。前半篇反复倾诉其对楚国命运的关怀,表达了他要求革新政治的愿望和坚持理想、虽逢灾厄也绝不与邪恶势力妥协的意志;后半篇描写诗人对未来道路的探索。通过神游天上、追求理想的实现和失败后欲以身殉国的陈述,反映出他热爱楚国的思想感情。作品运用美人香草的比喻、大量的神话传说和丰富的想象,形成绚烂的文采和宏伟的结构,对后世文学有深远影响。

《尚书》

《尚书》亦称《书》《书经》,儒家经典之一。"尚"即"上",上代以来之书,故名。中国上古历史文件和部分追述古代事迹著作的汇编。相传由孔子编选而成。事实上有些篇如《尧典》《皋陶谟》《禹贡》《洪范》等是后来儒家补充进去的。西汉初存二十八篇,即《今文尚书》。另有相传汉武帝时在孔子住宅壁中发现的《古文尚书》和东晋梅赜所献的伪《古文尚书》两种。现在通行的《十三经注疏》本《尚书》,就是《今文尚书》与伪《古文尚书》的合编。《尚书》中保存了商周特别是西周初期的一些重要史料。注本有唐孔颖达《尚书正义》、清孙星衍《尚书今古文注疏》等。

《春秋》

《春秋》是儒家经典之一。编年体春秋简史。相传孔子依据鲁国史官所编鲁史加以整理修订而成。起于鲁隐公元年(公元前722年),终于鲁哀公十四年(前481年),计二百四十二年。以"纪元年,正时日月"而成为编年史的始祖。《春秋》文字简短,相传寓有褒贬之意,后世称为"春秋笔法"。解释《春秋》的有《左氏》《公羊》和《穀梁》等三传。古代《春秋》经文和"三传"分列,后经、传并列,经文在各传之前。

《左传》

《左传》亦称《春秋左氏传》或《左氏春秋》。儒家经典之一。旧传春秋时左丘明所撰。清代经今文学家认为系刘歆改编。近人认为是战国初年人根据各国史料编成。多用事实解释《春秋》,同《公羊传》《穀梁传》用义理解释有异。起于鲁隐公元年(公元前722年),终于鲁悼公四年(前464年),比《春秋》多出十七年,其叙事更至于悼公十四年(前454年)为止。书中保存了大量古代史料,文字优美,记事详明,为中国古代一部史学和文学名著。该书每与《春秋》合刊,作为《十三经》之一。有西晋杜预《春秋左氏经传集解》、唐孔颖达等《春秋左传正义》、清洪亮吉《春秋左传诂》、刘文淇等《春秋左氏传旧注疏证》(未完成,止于襄公五年)。另有宋林尧叟注,常与杜预注合刊。

《国语》

《国语》又名《春秋外传》或《左氏外传》。相传为春秋末鲁国左丘明所撰,但现代有的学者从内容判断,认为是战国时期的学者依据春秋时期各国史官记录的原始材料整理编辑而成。《国语》是中国最早的一部国别体史书，凡二十一卷（篇），分周、鲁、齐、晋、郑、楚、吴、越八国记事。记事时间，起自西周中期，下迄春秋战国之交，前后约五百年。相较《左传》，《国语》所记事件大都不相连属，且偏重记言，往往通过言论反映事实，以人物之间的对话刻画人物形象，具有一定的文学价值。

《战国策》

《战国策》是一部国别体史学著作，又称《国策》。作者并非一人，成书并非一时，由西汉史学家、文学家刘向校录群书辑录而成。书名亦为刘向所拟定。记载了西周、东周及秦、齐、楚、赵、魏、韩、燕、宋、卫、中山各国之事，记事年代起于战国初年，止于秦灭六国，约有240年的历史。分为12策，33卷，共497篇，主要记述了战国时期的游说之士的政治主张和言行策略，也可说是游说之士的实战演习手册。

《战国策》亦展示了东周战国时代的历史特点和社会风貌，是研究战国历史的重要典籍。

《论语》

《论语》由孔子弟子及再传弟子编写而成。主要记录孔子及其弟子的言行，较为集中地反映了孔子的思想，是儒家学派的经典著作之一。全书共20篇、492章，首创"语录体"，是中国古代经典著作之一。

宋儒朱熹将《论语》与《中庸》《孟子》《大学》合称"四书"，又与《诗经》《尚书》《礼记》《周易》《春秋》（简称为《诗》《书》《礼》《易》《春秋》）并称为"四书五经"。

《老子》

《老子》又称《道德经》，是春秋时期老子（李聃）的哲学作品。《道德经》被誉为万经之王，是中国历史上最伟大的名著之一，对中国哲学、科学、政治、宗教等产生了深刻影响。据联合国教科文组织统计，《道德经》是除了《圣经》以外被译成外国文字发布量最多的文化名著。

《道德经》主要论述"道"与"德":"道"不仅是宇宙之道、自然之道,也是个体修行即修道的方法;"德"不是通常以为的道德或德行,而是修道者所应必备的特殊的世界观、方法论以及为人处世的方法。

《孟子》

《孟子》为"四书"(《大学》《中庸》《论语》《孟子》)之一。完成于战国中后期。其中心思想是仁义,是孔子学说的发展。书中记载有孟子及其弟子的政治、教育、哲学、伦理等思想观点和政治活动。为研究孟子及其思想的主要材料。是儒家经典之一。

《庄子》

《庄子》又名《南华经》,是道家经典之一,战国中期庄子及其后学所著,到了汉代以后,便尊之为《南华经》,且封庄子为"南华真人"。其书与《老子》《周易》合称"三玄"。《庄子》一书主要反映了庄子的哲学、艺术、美学与人生观、政治观等。

庄子的文章,想象奇幻,构思巧妙,展现了其多彩的思想世界和文学意境,文笔汪洋恣肆,多采用寓方故事形式,具有浪漫主义的艺术风格,想象丰富瑰丽诡谲,意出尘外,乃先秦诸子文章的典范之作。庄子之语看似夸言万里,想象漫无边际,然皆有根基,重于史料议理。

《庄子》与《易经》《黄帝四经》《老子》《论语》共为中华民族的几部源头性经典,它们不仅是道德跟文化的重要载体,而且是古代圣哲修身明德、体道悟道、天人合一的智慧结晶。庄子等道家思想是历史上除了儒学外唯一被定为官学与道举的学说。

《荀子》

《荀子》是战国后期儒家学派最重要的著作。《荀子》全书一共32篇,是他和弟子们整理或记录他人言行的文字,但其观点与荀子的一贯主张是一致的。

阐述自然观的,主要有《天论》;阐述认识论的,有《解蔽》;阐述逻辑思想的,有《正名》;阐述伦理政治思想的,有《性恶》《礼论》《王霸》《王制》等篇。《非十二子》是对先秦各学派批判性的总结。《成相》篇以民间文学形式表述了为君、治国之道。《赋篇》包括五篇短赋,是一种散文的赋体,在文学史上有一定地位。注释有唐代杨倞注、清代王先谦《荀子集解》等。《荀子》中文章擅长说理,组织严密,分析透辟,善于取譬,常用排比句增强议论的气势,语言富赡警炼,有很强的说服力和感染力。

荀子是一位儒学大师,在吸收法家学说的同时发展了儒家思想。他尊王道,也称霸力;崇礼义,又讲法治;在"法先王"的同时,又主张"法后王"。孟子创"性善"论,强调养性;荀子主"性恶"论,强调后天的学习。这些都说明他与"嫡传"的儒学有所不同。他还提出了人定胜天,反对宿命论,万物都循着自然规律运行变化等朴素唯物主义观点。

《韩非子》

《韩非子》是战国时期著名思想家、法家韩非的著作总集。集先秦法家学说大成的代表作。韩非死后,后人搜集其遗著,并加入他人论述韩非学说的文章编成。共五十五篇,二十卷。提出了"法""术""势"相结合的法治主张。重要的有《孤愤》《解老》《喻老》《难势》《问田》《定法》《五蠹》《显学》等篇。有清代王先慎《韩非子集解》和今人梁启雄《韩非子浅释》、陈奇猷《韩非子集释》等注解本。

《孙子兵法》

《孙子兵法》又称《孙武兵法》《吴孙子兵法》《孙子兵书》等,作者为春秋时祖籍齐国乐安的吴国将军孙武。是中国现存最早的兵书,也是世界上最早的军事著作,被誉为"兵学圣典""兵家经典"。处处表现了道家与兵家的哲学。共有六千字左右,一共十三篇。

《孙子兵法》是中国古代军事文化遗产中的璀璨瑰宝,优秀传统文化的重要组成部分,其内容博大精深,思想精邃富赡,逻辑缜密严谨,是古代军事思想精华的集中体现。如今,《孙子兵法》已经走向世界,被翻译成多种语言,在世界军事史上具有重要的地位。

四书五经

"四书五经"是"四书""五经"的合称,泛指儒家经典著作。"四书"指《大学》《中庸》《论语》《孟子》,"五经"指《诗经》《尚书》《礼记》《周易》《春秋》。《礼记》通常包括三礼,即《仪礼》《周礼》《礼记》。《春秋》由于文字过于简略,通常与解释《春秋》的《左传》《公羊传》《谷梁传》分别合刊。"四书"之名始于宋朝,"五经"之名始于汉武帝。

(二)秦汉文学

《吕氏春秋》

《吕氏春秋》亦称《吕览》,是在秦国丞相吕不韦主持下,集合门客们编撰的一部黄老道家名著,杂家代表著作。《吕氏春秋》集先秦道家之大成,是秦道家的代表作,全书共分十二卷,一百六十篇,二十余万字。

《吕氏春秋》内容以儒、道思想为主,兼及名、法、墨、农及阴阳家言。汇合先秦各派学说,为当时秦国统一天下、治理国家提供思想武器。议论中引证许多古史旧闻和有关天文、历数、音律等方面知识。《汉书·艺文志》等将其列入杂家。

贾谊

贾谊(前200—前168),洛阳人,西汉初年著名政论家、文学家,世称贾生。贾谊少有才名,十八岁时,以善文为郡人所称。文帝时任博士,迁太中大夫,受大臣周勃、灌婴排挤,谪为长沙王太傅,故后世亦称贾长沙、贾太傅。三年后被召回长安,为梁怀王太傅。梁怀王坠马而死,贾谊深自歉疚,抑郁而亡,时仅33岁。司马迁对屈原、贾谊都寄予同情,为二人写了一篇合传,后世因而往往把贾谊与屈原并称为"屈贾"。

贾谊著作主要有散文和辞赋两类,深受庄子与列子的影响。散文的主要文学成就是政论文。评论时政,风格朴实峻拔,议论酣畅,鲁迅称之为"西汉鸿文",代表作有《过秦论》《论积贮疏》《陈政事疏》等。其辞赋皆为骚体,形式趋于散体化,是汉赋发展的先声,以《吊屈原赋》和《鵩鸟赋》最为著名。

《淮南子》

《淮南子》又名《淮南鸿烈》《刘安子》,是西汉皇族淮南王刘安及其门客集体编写的一部哲学著作,道家作品。该书在继承先秦道家思想的基础上,糅合了阴阳五行、法家和一部分儒家思想,一般认为它是杂家著作。

《淮南子》原书内篇二十一卷,中篇八卷,外篇三十三卷,至今存世的只有内篇,现今出版版本,大多对内篇进行删减后再出版。

《史记》

《史记》是西汉著名史学家司马迁撰写的一部纪传体史书,是中国历史上第一部纪传体通史,被列为"二十四史"之首,记载了上至上古传说中的黄帝时代,下至汉武帝元狩元年间共3000多年的历史。与后来的《汉书》《后汉书》《三国志》合称"前四史"。

《史记》对后世史学和文学的发展都产生了深远影响。其首创的纪传体编史方法为后来历代"正史"所传承。同时,《史记》还被认为是一部优秀的文学著作,在中国文学史上有重要地位,刘向等人认为此书"善序事理,辩而不华,质而不俚"。鲁迅则誉之为"史家之绝唱,无韵之《离骚》",有很高的文学价值。

《史记》全书包括十二本纪(记历代帝王政绩)、三十世家(记诸侯国和汉代诸侯、勋贵兴亡)、七十列传(记重要人物的言行事迹,主要叙人臣,其中最后一篇为自序)、十表(大事年表)、八书(记各种典章制度记礼、乐、音律、历法、天文、封禅、水利、财用),共一百三十篇,五十二万六千五百余字。

汉赋

汉赋是在汉朝涌现出的一种有韵的散文,汉代流行的文学体裁。吸取《楚辞》、荀子《赋篇》的体制辞藻,纵横家铺张的手法而形成。后人将其分为小赋和大赋。小赋多为抒情作品。大赋则多用铺张的手法,描写都城、宫宇、园苑和帝王奢华的生活,于篇末或寓讽谏之意;间有辩难、说理之作。它的特点是散韵结合,专事铺叙。从赋的形式上看,在于"铺采摛文";从赋的内容上说,侧重"体物写志"。汉赋的内容可分为五类:一是渲染宫殿城市;二是描写帝王游猎;三是叙述旅行经历;四是抒发不遇之情;五是杂谈禽兽草木。而以前两者为汉赋之代表。赋是汉代最流行的文体。在两汉四百年间,一般文人多致力于这种文体的写作,因而盛极一时,后世往往把它看成是汉代文学的代表。

枚乘

枚乘(?—前140),字叔,西汉辞赋家。淮阴人,古籍《汉书》记载为淮阳人。原为吴王刘濞郎中。枚乘因在七国之乱前后两次上谏吴王而显名,后拜在梁孝王帐下,汉景帝下召升枚乘为弘农都尉。枚乘在文学上的主要成就是辞赋,《汉书·艺文志》著录"枚乘赋九篇"。其中,《七发》对汉赋特点的形成有重要影响。

汉赋四大家

汉赋四大家指司马相如、扬雄、班固、张衡。这四人都有代表性的名篇传世,在当时及后世文坛影响深远,是汉大赋的最高成就者。

司马相如

司马相如(约前179—前118),字长卿,巴郡安汉县人,一说蜀郡人,西汉辞赋家,中国文化史文学史上杰出的代表。有明显的道家思想与神仙色彩。

景帝时为武骑常侍,因病免。工辞赋,其赋大都用极其铺张的手法,描写帝王苑囿之盛、田猎之壮观,场面宏大,文辞富丽,于篇末则寄寓讽谏。为汉代大赋的代表作家,对后人影响较大。代表作品为《子虚赋》。作品辞藻富丽,结构宏大,后人称之为"赋圣"和"辞宗"。鲁迅的《汉文学史纲要》评述道:"武帝时文人,赋莫若司马相如,文莫若司马迁。"

班固

班固(32—92),字孟坚,扶风安陵(今陕西咸阳东北)人,东汉著名史学家、文学家。班固出身儒学世家,其父班彪、伯父班嗣,皆为当时著名学者。在父辈的熏陶下,班固九岁即能属文,诵诗赋,十六岁入太学,博览群书,于儒家经典及历史无不精通。

班固一生著述颇丰。作为史学家,《汉书》是继《史记》之后中国古代又一部重要史书,"前四史"之一;作为辞赋家,班固是"汉赋四大家"之一,《两都赋》开创了京都赋的范例,列入《文选》第一篇;同时,班固还是经学理论家,他编辑撰成的《白虎通义》,集当时经学之大成。

《汉书》

《汉书》又称《前汉书》,由中国东汉时期的历史学家班固编撰,前后历时二十余年,于建初中基本修成,由唐朝颜师古释注。是中国第一部纪传体断代史书,"二十四史"之一。《汉书》是继《史记》之后我国古代又一部重要史书。

《汉书》全书主要记述了上起西汉的汉高祖元年(公元前206年),下至新朝的王莽地皇四年(公元23年),共230年间的史事。《汉书》包括纪十二篇,表八篇,志十篇,传七十篇,共一百篇,后人划分为一百二十卷,共八十万字。

汉乐府

乐府初设于秦,是当时"少府"下辖的一个专门管理乐舞演唱教习的机构。汉初,乐府并没有保留下来。到了汉武帝时,在定郊祭礼乐时重建乐府,它的职责是采集民间歌谣或文人的诗来配乐,以备朝廷祭祀或宴会时演奏之用。它搜集整理的诗歌,后世就叫"乐府诗"或简称"乐府"。"汉乐府"是继《诗经》《楚辞》后兴起的一种新诗体。后来有不入乐的,也被称为乐府或拟乐府。

《孔雀东南飞》

《孔雀东南飞》是中国文学史上第一部长篇叙事诗,也是乐府诗发展史上的高峰之作,后人将它与北朝的《木兰诗》并称为"乐府双璧"。

《孔雀东南飞》取材于东汉献帝年间发生在庐江郡的一桩婚姻悲剧。原题为《古诗为焦仲卿妻作》,因诗的首句为"孔雀东南飞,五里一徘徊",故又有此名。全诗 350 余句，1 700 余字。主要讲述了焦仲卿、刘兰芝夫妇被迫分离并双双自杀的故事，控诉了封建礼教的残酷无情，歌颂了焦刘夫妇的真挚感情和反抗精神。

作为古代史上最长的一部叙事诗，《孔雀东南飞》故事繁简剪裁得当，人物刻画栩栩如生，不仅塑造了焦刘夫妇心心相印、坚贞不屈的形象，也把焦母的顽固和刘兄的蛮横刻画得入木三分。篇尾构思了刘兰芝和焦仲卿死后双双化为孔雀的神话，寄托了人民群众追求恋爱自由和幸福生活的强烈愿望。

《古诗十九首》

《古诗十九首》，组诗名，五言诗，是乐府古诗文人化的显著标志。为南朝萧统从传世无名氏《古诗》中选录十九首编入《昭明文选》而成。

《古诗十九首》深刻地再现了文人在汉末社会思想大转变时期，追求的幻灭与沉沦，心灵的觉醒与痛苦。艺术上语言朴素自然，描写生动真切，具有浑然天成的艺术风格。同时，《古诗十九首》所抒发的是人生最基本、最普遍的几种情感和思绪，令古往今来的读者常读常新。刘勰的《文心雕龙》称它为"五言之冠冕"。

《说文解字》

《说文解字》简称《说文》。东汉的经学家、文字学家许慎著。《说文解字》成书于东汉安帝建光元年（公元 121 年），是中国第一部系统的分析字形和考究字派的字书，也是世界最古的字书之一。许慎在《说文解字》中系统地阐述了汉字的造字规律——六书。

（三）魏晋南北朝文学

"三曹"

"三曹"是汉魏间曹操与其子曹丕、曹植的合称。因他们父子兄弟间在政治上的地位和文学上的成就，都对当时的文坛产生重大影响，是建安文学的代表人物,所以后人合称为"三曹"。与北宋也是父子兄弟并以文学见称的"三苏"(苏洵、苏轼、苏辙)齐名。

曹操

曹操(155—220),字孟德,小字阿瞒,沛国谯县(今安徽亳州)人。东汉末年杰出的政治家、军事家、文学家、书法家,三国中曹魏政权的奠基人。

曹操精兵法,善诗歌,抒发自己的政治抱负,并反映汉末人民的苦难生活,气魄雄伟,慷慨悲凉;散文亦清峻整洁,开启并繁荣了建安文学,给后人留下了宝贵的精神财富,史称"建安风骨"。鲁迅评价其为"改造文章的祖师",代表作《龟虽寿》《观沧海》。曹操也擅长书法,尤工章草,唐朝张怀瓘在《书断》中评其为"妙品"。

曹丕

魏文帝曹丕(187—226),字子桓,三国时期著名的政治家、文学家,曹魏的开国皇帝,公元220年至226年在位。沛国谯人,魏武帝曹操与卞夫人的长子。曹丕文武双全,八岁能提笔为文,善骑射,好击剑,博览古今经传,通晓诸子百家学说。220年正月,曹操逝世,曹丕继任丞相、魏王。之后曹丕受禅登基,以魏代汉,结束了汉朝四百多年统治。

魏文帝在位期间,平定边患。击退鲜卑,和匈奴、氐、羌等外夷修好,恢复汉朝在西域的建置。除军政以外,曹丕自幼好文学,于诗、赋、文学皆有成就,尤擅长五言诗,与其父曹操和弟曹植,并称"三曹",今存《魏文帝集》二卷。另外,曹丕著有《典论》,其中的《论文》是中国文学批评史上的重要著作。

曹植

曹植(192—232),字子建,沛国谯(今安徽省亳州市)人,出生于东武阳,是曹操与武宣卞皇后所生第三子,生前曾为陈王,去世后谥号"思",因此又称陈思王。

曹植是三国时期曹魏著名文学家,作为建安文学的代表人物之一与集大成者,他在两晋南北朝时期,被推尊到文章典范的地位。诗歌多为五言,前期之作多抒写人生抱负及宴游之乐,也有少部分反映了社会动乱。后期诸作集中反映其受压迫的苦闷和对人生悲观失望的心情。其诗善用比兴手法,语言精练而辞采华茂,对五言诗的发展有显著影响。亦善辞赋、散文。其代表作有《洛神赋》《白马篇》《七哀诗》等。

建安七子

建安七子,是汉建安年间(196—220)七位文学家的合称,指汉末建安时期作家孔融、陈琳、王粲、徐幹、阮瑀、应场和刘桢七人。因曹丕《典论·论文》曾以此七人并举,且予赞扬。又以同居邺中,亦称"邺中七子"。他们对于诗、赋、散文的发展,都曾做出过贡献。建安七子与"三曹"往往被视作汉末三国时期文学成就的代表。

竹林七贤

竹林七贤指的是三国时期曹魏正始年间(240年—249年),嵇康、阮籍、山涛、向秀、刘伶、王戎及阮咸七人。因常在当时的山阳县竹林之下,喝酒、纵歌,肆意酣畅,世谓七贤,后与地名竹林合称。竹林七贤的作品基本上继承了建安文学的精神,但由于当时的血腥统治,作家不能直抒胸臆,所以不得不采用比兴、象征、神话等手法,隐晦曲折地表达自己的思想感情。他们一直受人们敬重。

左思

左思(约250—约305),字太冲,齐国临淄人。西晋著名文学家。《晋书》本传谓其构思十年,其《三都赋》颇被当时称颂,造成"洛阳纸贵"。其诗语言质朴刚健,代表作《咏史》诗八首,托古讽今,对门阀制度表示不满,表示了蔑视权贵的精神。

陶渊明

陶渊明(365—427),字元亮,又名潜,私谥"靖节",世称靖节先生,浔阳柴桑(今江西九江)人。东晋末至南朝宋初期伟大的诗人、辞赋家。曾任江州祭酒、建威参军、镇军参军、彭泽县令等职,最后一次出仕为彭泽县令,八十多天便弃职而去,从此归隐田园。他是中国第一位田园诗人,被称为"古今隐逸诗人之宗",有《陶渊明集》,代表作有《归园田居》《饮酒》《桃花源记》《五柳先生传》等。

元嘉三大家

元嘉三大家指的是南朝时期活跃在文坛的三位诗人:鲍照、谢灵运、颜延之。他们在注重描绘山川景物、讲究辞藻的华丽和对仗的工整方面有类似之处,被称为"元嘉三大家"。元嘉是刘宋文帝的年号。

《三国志》

《三国志》由西晋史学家陈寿所著,是记载中国三国时代的断代史,也是二十四史中评价最高的"前四史"之一。三志虽各自独立,但已统称《三国志》,实际是经过整理的一部三国史,因而后世合为一书。其叙事较为简略,南朝宋时裴松之为之作注,博引群书,进行补缺、备异、惩妄、论辩。

《后汉书》

《后汉书》是一部由我国南宋时期的历史学家范晔编撰的记载东汉历史的纪传体史书。书中分十纪、八十列传和八志(司马彪续作)。全书主要记述了上起东汉的汉光武帝建武元年(25年),下至汉献帝建安二十五年(220年),共195年的史事,是研究东汉历史的重要资料。

《搜神记》

《搜神记》是一部志怪小说,搜集了古代的神异故事共四百五十四篇,开创了中国古代神话的先河,作者是东晋史学家干宝。其中大部分故事,在一定程度上反映了古代人民的思想感情,是一部集我国古代神话传说之大成的著作。

《世说新语》

《世说新语》成书于南朝宋,作者是刘义庆等人。《世说新语》又名《世语》,

内容主要是记录魏晋名士的逸闻轶事和玄言清谈,也可以说这是一部记录魏晋风流的故事集。《世说新语》是中国魏晋南北朝时期"笔记小说"的代表作,是我国最早的一部文言志人小说集。它原本有八卷,遗失后只有三卷。

《世说新语》是研究魏晋风流的极好史料。其中关于魏晋名士的种种活动如清谈、品题;种种性格特征如栖逸、任诞、简傲;种种人生的追求以及种种嗜好,都有生动的描写。综观全书,可以得到魏晋时期几代士人的群像。通过这些人物形象,进而可以了解那个时代上层社会的风尚。

《文心雕龙》

《文心雕龙》是中国南朝文学理论家刘勰创作的一部理论系统、结构严密、论述细致的文学理论专著。成书于公元501年—502年(南朝齐和帝中兴元、二年)间。它是中国文学理论批评史上第一部有严密体系的、"体大而虑周"的文学理论专著。《文心雕龙》的命名来自于黄老道家环渊的著作《琴心》。

全书共十卷,五十篇,以孔子美学思想为基础,兼采道家,认为道是文学的本源,圣人是文人学习的楷模,"经书"是文章的典范。《文心雕龙》系统论述了文学的形式和内容、继承和革新的关系,在探索研究文学创作构思的过程中,强调指出了艺术思维活动的具体形象性这一基本特征,并初步提出了艺术创作中的形象思维问题;对文学的艺术本质及其特征有较自觉的认识,开研究文学形象思维的先河。《文心雕龙》全面总结了齐梁时代以前的美学成果,细致地探索和论述了语言文学的审美本质及其创造、鉴赏的美学规律。

《诗品》

《诗品》是古代汉民族的第一部诗论专著,南朝梁钟嵘撰。它是在刘勰《文心雕龙》以后出现的一部品评诗歌的文学批评名著。这两部著作相继出现在齐梁时代不是偶然的,因为它们都是反对齐梁形式主义文风的产物。

《水经注》

《水经注》是古代中国地理名著,共四十卷。作者是北魏晚期的郦道元。

《水经注》因注《水经》而得名,《水经》一书约一万余字,《唐六典·注》说其"引天下之水,百三十七"。《水经注》看似为《水经》之注,实则以《水经》为纲,详细记载了一千多条大小河流及有关的历史遗迹、人物掌故、神话传说等,是中国古代最全面、最系统的综合性地理著作。该书还记录了不少碑刻墨迹和渔歌民谣,文笔绚烂,语言清丽,具有较高的文学价值。由于书中所引用的大量文献很多在后世散佚,所以该书从另一个角度保存了许多珍贵资料。

(四)隋唐五代文学

初唐四杰

"初唐四杰"是中国唐代初年,文学家王勃、杨炯、卢照邻、骆宾王的合称,简称"王杨卢骆"。四杰齐名,原并非指其诗文,主要指骈文和赋而言。

四杰的诗文虽承沿着齐梁以来的绮丽习气,但已初步扭转文学风气,题材较广泛,风格也较清峻。王勃明确反对当时"上官体""思革其弊",得到卢照邻等人的支持。他们的诗歌扭转了唐朝以前萎靡浮华的宫廷诗歌风气,使诗歌题材从亭台楼阁、风花雪月的狭小领域扩展到江河山川、边塞江漠的辽阔空间,赋予诗以新的生命力。卢、骆的七言歌行趋向辞赋化,气势稍壮;王、杨的五言律绝开始规范化,音调铿锵。骈文也在词采赡富中寓有灵活生动之气。"四杰"正是初唐文坛上新旧过渡时期的杰出人物。

陈子昂

陈子昂(659—700),梓州射洪(今四川射洪县)人,字伯玉。唐代诗人,初唐诗文革新人物之一。以上书论政,为武则天所赞赏。敢于陈述时弊,于诗标举汉魏风骨,强调兴寄,反对柔靡之风。其存诗共100多首,其诗风骨峥嵘,寓意深远,苍劲有力。其中最有代表性的有组诗《感遇》38首,《蓟丘览古》7首和《登幽州台歌》《登泽州城北楼宴》等。

张若虚

张若虚(约660—约720),主要活动在公元7世纪中期至公元8世纪前期,初唐诗人,扬州人。曾任兖州兵曹。与贺知章、张旭、包融并称"吴中四士",文辞俊秀。存诗仅两首,尤以《春江花月夜》著名,写春夜江边望月之感,融入对宇宙、人生的思考,音节和谐流转,历代传诵,奠定了他在唐诗史上的地位。

孟浩然

孟浩然(689—740),浩然,号孟山人,襄州襄阳(现湖北襄阳)人,世称孟襄阳。因他未曾入仕,又称之为孟山人,是唐代著名的山水田园派诗人。

孟诗绝大部分为五言短篇,其诗清淡幽远,长于写景,多反映隐逸生活。其中虽不无愤世嫉俗之词,而更多属于诗人的自我表现。孟浩然的诗虽不如王维诗境界广阔,但在艺术上有独特的造诣,故后人把孟浩然与王维并称为"王孟",有《孟浩然集》三卷传世。

王维

王维(701？—761),唐代诗人、画家。字摩诘,先世为太原祁(今山西祁县)人,其父迁居于蒲州(治今山西永济西南浦州镇),遂为河东人。开元进士。累官至给事中。安禄山军陷长安时曾受伪职,乱平后,降为太子中允。官至尚书右丞,故世称王右丞。中年后居蓝田辋川,过着亦官亦隐的优游生活。前期写过一些以边塞为题材的诗篇。但其作品以山水诗最为后世所称,通过田园山水的描绘,叙写隐逸情趣和佛教禅理,体物精细,状写传神,具有独特成就。诗与孟浩然齐名,并称"王孟"。兼通音乐,精绘画。善写破墨山水及松石,笔迹雄壮,似吴道子,始用皴法和渲晕,布置重深,尤工平远之景。曾绘《辋川图》,山谷郁郁盘盘,云水飞动。北宋苏轼称他"诗中有画,画中有诗"。明董其昌推为"南宗"之祖,并说"文人之画,自王右丞始"。存世的《雪溪图》《伏生授经图》,相传是他的画迹。著有《王右丞集》。

边塞诗派

中国唐代诗歌流派。汉魏六朝时已有一些边塞诗,至隋代数量不断增多,初唐四杰和陈子昂又进一步予以发展,到盛唐则全面成熟。该派诗人以高适、岑参、李颀、王昌龄最为知名,而高、岑成就最高,所以也叫"高岑诗派"。他们的诗歌主要是描写边塞战争和边塞风土人情,以及战争带来的各种矛盾如离别、思乡、闺怨等,形式上多为七言歌行和五言、七言绝句,诗风悲壮,格调雄浑,最足以表现盛唐气象。其诗人除高适、岑参外,还有王昌龄、李颀、崔颢、王之涣、王翰等。

李白

李白(701—762),字太白,号青莲居士,又号谪仙人,绵州昌隆县(今四川省江油市)人,是唐代伟大的浪漫主义诗人,被后人誉为"诗仙"。为了与另两位诗人李商隐与杜牧即"小李杜"区别,杜甫与李白合称"大李杜"。其人爽朗大方,爱饮酒作诗,喜交友。李白深受黄老列庄思想影响,有《李太白集》传世,代表作有《望庐山瀑布》《行路难》《蜀道难》《将进酒》《梁甫吟》《早发白帝城》等多首。

杜甫

杜甫(712—770),字子美,河南巩县(今河南巩义)人,出身京兆杜氏分支之一的襄阳杜氏。自号少陵野老,唐代伟大的现实主义诗人。

杜甫在中国古典诗歌中的影响非常深远,被后人称为"诗圣",他的诗被称为"诗史"。后世称其杜拾遗、杜工部,也称杜少陵、杜草堂。杜甫创作了《春望》《北征》《三吏》《三别》等名作。虽然杜甫是个现实主义诗人,但他也有狂放不羁的一面,从其名作《饮中八仙歌》不难看出杜甫的豪气干云。杜甫共有约1 500首诗歌被保留了下来,大多集于《杜工部集》。

孟郊

孟郊(751—814),字东野,湖州武康(今浙江德清县)人,唐代著名诗人。因其诗作多写世态炎凉,民间苦难,故有"诗囚之称",与贾岛齐名"郊寒岛瘦"。孟诗现存500多首,以短篇五古最多。今传本《孟东野诗集》10卷。

贾岛

贾岛(779—843),字阆仙,人称诗奴,又名瘦岛,唐代诗人。自号"碣石山人"。据说在长安的时候因当时有命令禁止和尚午后外出,贾岛作诗发牢骚,被韩愈发现才华,并成为"苦吟诗人"。后来受教于韩愈,并还俗参加科举,但累举不中第。唐文宗的时候被排挤,贬做长江主簿。唐武宗会昌年初由普州司仓参军改任司户,未任病逝。其代表作有《寻隐者不遇》等。

古文运动

古文运动是指唐代中期以及宋朝提倡古文、反对骈文为特点的文体改革运动。因涉及文学的思想内容,所以兼有思想运动和社会运动的性质。"古文"这一概念由韩愈最先提出,他把六朝以来讲求声律及辞藻、排偶的骈文视为俗下文字,认为自己的散文继承了两汉文章的传统,所以称"古文"。韩愈提倡古文,目的在于恢复古代的儒学道统,将改革文风与复兴儒学变为相辅相成的运动。在提倡古文时,进一步强调要"以文明道"。除唐代的韩愈、柳宗元外,宋代的欧阳修、王安石、曾巩、苏洵、苏轼、苏辙等人也是其中的代表。

韩愈

韩愈(768—824),字退之,河南河阳(今河南省孟州市)人,自称"郡望昌黎",世称"韩昌黎""昌黎先生"。唐代杰出的文学家、思想家、哲学家、政治家。韩愈是唐代古文运动的倡导者,被后人尊为"唐宋八大家"之首,与柳宗元并称"韩柳",有"文章巨公"和"百代文宗"之名。后人将其与柳宗元、欧阳修和苏轼合称"千古文章四大家"。在旧《广东通志》中被称为"广东古八贤"之一。他提出的"文道合一""气盛言宜""务去陈言""文从字顺"等散文的写作理论,对后人很有指导意义。著有《韩昌黎集》四十卷,《外集》十卷,《师说》等。

柳宗元

柳宗元(773—819),字子厚,河东(现山西运城永济一带)人,"唐宋八大家"之一,唐代文学家、哲学家、散文家和思想家,世称"柳河东""河东先生",因官终柳州刺史,又称"柳柳州"。柳宗元与韩愈并称为"韩柳",与刘禹锡并称"刘柳",与王维、孟浩然、韦应物并称"王孟韦柳"。柳宗元一生留诗文作品达600余篇,其文的成就大于诗。骈文有近百篇,散文论说性强,笔锋犀利,讽刺辛辣。游记写景状物,多所寄托,有《河东先生集》,代表作有《溪居》《江雪》《渔翁》。

新乐府运动

新乐府运动又称诗歌革新运动,由唐代诗人白居易、元稹、张籍、王建等所倡导,主张恢复古代的采诗制度,发扬《诗经》和汉魏乐府讽喻时事的传统,使诗歌起到"补察时政""泄导人情"的作用,强调以自创的新的乐府题目咏写时事。

白居易

白居易(772—846),字乐天,号香山居士,又号醉吟先生,祖籍太原,到其曾祖父时迁居下邽,生于河南新郑。是唐代伟大的现实主义诗人,唐代三大诗人之一。白居易与元稹共同倡导新乐府运动,世称"元白",与刘禹锡并称"刘白"。白居易的诗歌题材广泛,形式多样,语言平易通俗,有"诗魔"和"诗王"之称。官至翰林学士、左赞善大夫。公元846年,白居易在洛阳逝世,葬于香山。有《白氏长庆集》传世,代表诗作有《长恨歌》《卖炭翁》《琵琶行》等。

刘禹锡

刘禹锡(772—842),字梦得,洛阳人,又自言系出中山,其先为中山靖王刘胜,唐朝文学家、哲学家,有"诗豪"之称。刘禹锡诗文俱佳,涉猎题材广泛,与柳宗元并称"刘柳",与韦应物、白居易合称"三杰",并与白居易合称"刘白",有《陋室铭》《竹枝词》《杨柳枝词》《乌衣巷》等名篇。哲学著作《天论》三篇,论述天的物质性,分析"天命论"产生的根源,具有唯物主义思想。有《刘梦得文集》,存世有《刘宾客集》。

元稹

元稹(779—831),字微之,河南(河南府,今河南洛阳)人,唐朝著名诗人。元稹聪明机智过人,年少即有才名,与白居易同科及第,并结为终生诗友,二人共同倡导新乐府运动,世称"元白",诗作号为"元和体",给世人留下"曾经沧海难为水,除却巫山不是云"的千古佳句。元稹其诗辞浅意哀,仿佛孤凤悲吟,极为扣人心扉,动人肺腑。元稹的创作,以诗成就最大。其乐府诗创作,多受张籍、王建的影响,而其"新题乐府"则直接缘于李绅。名作有传奇《莺莺传》《菊花》《离思五首》《遣悲怀三首》等。现存诗八百三十余首,收录诗赋、诏册、铭谏、论议等共100卷,留世有《元氏长庆集》。

李贺

李贺(约791—约817),字长吉,唐代河南福昌(今河南洛阳宜阳县)人,有"诗鬼"之称,是与"诗圣"杜甫、"诗仙"李白、"诗佛"王维相齐名的唐代著名诗人。有《雁门太守行》《李凭箜篌引》等名篇。著有《昌谷集》。

李贺是中唐的浪漫主义诗人,与李白、李商隐称为唐代三李。李贺的诗作想象极为丰富,经常应用神话传说来托古寓今,所以后人常称他为"鬼才""诗鬼",创作的诗文为"鬼仙之辞",有"太白仙才,长吉鬼才"之说。李贺是继屈原、李白之后,中国文学史上又一位颇享盛誉的浪漫主义诗人。

杜牧

杜牧(803—约852),字牧之,号樊川居士,京兆万年(今陕西西安)人。唐代杰出的诗人、散文家。因晚年居长安南樊川别墅,故后世称"杜樊川",著有《樊川文集》。杜牧的诗歌以七言绝句著称,内容以咏史抒怀为主,其诗英发俊爽,多切经世之物,在晚唐成就颇高。

温庭筠

温庭筠(约812—约866),本名岐,艺名庭筠,字飞卿,太原祁(今天山西省祁县)人,晚唐时期诗人、词人。其诗辞藻华丽,浓艳精致,内容多写闺情,少数作品对时政有所反应。其词艺术成就在晚唐诸词人之上,为"花间派"首要词人,对词的发展影响较大。在词史上,与韦庄齐名,并称"温韦"。存词七十余首。有《花间集》遗存。后人辑有《温飞卿集》及《金奁集》。其词作更是刻意求精,注重词的文采和声情。被尊为"花间词派"之鼻祖。

李商隐

李商隐(约813—约858),晚唐著名诗人,字义山,号玉溪生,又号樊南生,原籍怀州河内(今河南沁阳),祖辈迁荥阳(今河南荥阳市)。

李商隐是晚唐乃至整个唐代,为数不多的刻意追求诗美的诗人。他擅长诗歌写作,骈文文学价值也很高,和杜牧合称"小李杜",与温庭筠合称为"温李"。其诗构思新奇,风格秾丽,尤其是一些爱情诗和无题诗写得缠绵悱恻,优美动人,广为传诵。但部分诗歌过于隐晦迷离,难于索解,至有"诗家总爱西昆好,独恨无人作郑笺"之说。

李煜

李煜(937—978),南唐中主李璟第六子,初名从嘉,字重光,号钟隐、莲峰居士,祖籍彭城(今江苏徐州铜山区),南唐最后一位国君。

李煜精书法、工绘画、通音律,诗文均有一定造诣,尤以词的成就最高。李煜的词,继承了晚唐以来温庭筠、韦庄等花间派词人的传统,又受李璟、冯延巳等的影响,语言明快、形象生动、用情真挚,风格鲜明,其亡国后的词作更是题材广阔,含意深沉,在晚唐五代词中别树一帜,对后世词坛影响深远。

唐传奇

唐传奇是唐代的汉族文言短篇小说,内容多传述奇闻逸事,后人称为唐人传奇。代表作家有元稹、白行简等,代表作品有《莺莺传》《李娃传》等。对后代小说、戏曲及讲唱文学有较大影响。唐传奇繁盛于中唐时期,在晚唐时期开始衰落。

（五）宋代文学

唐宋八大家

唐宋八大家，又称唐宋古文八大家，是唐代韩愈、柳宗元和宋代苏轼、苏洵、苏辙、欧阳修、王安石、曾巩八位散文家的合称。其中韩愈、柳宗元是唐代古文运动的领袖，欧阳修、三苏等四人是宋代古文运动的核心人物，王安石、曾巩是临川文学的代表人物。他们先后掀起的古文革新浪潮，使诗文发展的陈旧面貌焕然一新。

欧阳修

欧阳修（1007—1072），字永叔，号醉翁、六一居士，吉州永丰（今江西省吉安市永丰县）人，北宋政治家、文学家，且在政治上负有盛名。后人又将其与韩愈、柳宗元和苏轼合称"千古文章四大家"。

欧阳修是在宋代文学史上最早开创一代文风的文坛领袖。领导了北宋诗文革新运动，继承并发展了韩愈的古文理论。他的散文创作的高度成就与其古文理论成就相辅相成，从而开创了一代文风。欧阳修在变革文风的同时，也对诗风词风进行了革新。在史学方面，也有较高成就。

王安石

王安石（1021—1086），字介甫，号半山，临川（今江西抚州市临川区）人，北宋著名的思想家、政治家、文学家、改革家，名列"唐宋八大家"。

王安石在文学中具有突出成就。其散文论点鲜明、逻辑严密，有很强的说服力，充分发挥了古文的实际功用；短文简洁峻切、短小精悍。其诗"学杜得其瘦硬"，擅长于说理与修辞，晚年诗风含蓄深沉、深婉不迫，以丰神远韵的风格在北宋诗坛自成一家，世称"王荆公体"。有《王临川集》《临川集拾遗》等存世。

苏轼

苏轼(1037—1101),字子瞻,又字和仲,号东坡居士,世称苏东坡、苏仙。汉族,北宋眉州眉山(今属四川省眉山市)人,祖籍河北栾城,北宋著名文学家、书法家、画家。

苏轼是宋代文学最高成就的代表,并在诗、词、散文、书、画等方面取得了很高的成就。其诗题材广阔,清新豪健,善用夸张比喻,独具风格,与黄庭坚并称"苏黄";其词开豪放一派,与辛弃疾同是豪放派代表,并称"苏辛";其散文著述宏富,豪放自如,与欧阳修并称"欧苏",为"唐宋八大家"之一;苏轼亦善书,为"宋四家"之一;工于画,尤擅墨竹、怪石、枯木等。有《东坡七集》《东坡易传》《东坡乐府》等传世。

苏门四学士

苏门四学士都出于苏轼门下,最先将此四人并称加以宣传即苏轼本人。他说:"如黄庭坚鲁直、晁补之无咎、秦观太虚、张耒文潜之流,皆世未之知,而轼独先知。"另外,"苏门四学士"又和陈师道、李廌合称"苏门六学士"。

黄庭坚

黄庭坚(1045—1105),字鲁直,号山谷道人,晚号涪翁,洪州分宁(今江西修水县)人。北宋著名文学家、书法家,为盛极一时的江西诗派开山之祖,与杜甫、陈师道和陈与义素有"一祖三宗"(黄庭坚为其中一宗)之称。生前与苏轼齐名,世称"苏黄"。著有《山谷词》,且黄庭坚书法亦能独树一格,为"宋四家"之一。

秦观

秦观(1049—1100),字少游,一字太虚,江苏高邮人。别号邗沟居士,学者称其淮海居士。北宋文学家、词人,被尊为婉约派一代词宗。宋神宗元丰八年(1085年)进士。代表作品有《鹊桥仙》《淮海集》《淮海居士长短句》。

柳永

柳永(约984—约1053),原名三变,字景庄,后改名柳永,字耆卿,因排行第七,又称柳七,福建崇安人,北宋著名词人,婉约派代表人物。

柳永是第一位对宋词进行全面革新的词人,也是两宋词坛上创用词调最多的词人。柳永大力创作慢词,将敷陈其事的赋法移植于词,同时充分运用俚词俗语,以适俗的意象、淋漓尽致的铺叙、平淡无华的白描等独特的艺术个性,对宋词的发展产生了深远影响。著有《乐章集》《雨霖铃》等。

范仲淹

范仲淹(989—1052),字希文,北宋著名的思想家、政治家、军事家、文学家。范仲淹政绩卓著,文学成就突出,他倡导的"先天下之忧而忧,后天下之乐而乐"思想和仁人志士节操,对后世影响深远。

梅尧臣

梅尧臣(1002—1060),字圣俞,世称宛陵先生,宣州宣城(今安徽省宣城市宣州区)人。北宋著名现实主义诗人。

梅尧臣少即能诗,与苏舜钦齐名,时号"苏梅",又与欧阳修并称"欧梅"。为诗主张写实,反对西昆体,所作力求平淡、含蓄,被誉为宋诗的"开山祖师"。曾参与编撰《新唐书》,并为《孙子兵法》作注。另有《宛陵先生集》60卷、《毛诗小传》等。

司马光

司马光(1019—1086),字君实,号迂叟,陕州夏县(今山西夏县)涑水乡人,世称涑水先生。北宋政治家、史学家、文学家。历仕仁宗、英宗、神宗、哲宗四朝,卒赠太师、温国公,谥文正,为人温良谦恭、刚正不阿;做事用功刻苦、勤奋。以"日力不足,继之以夜"自诩,其人格堪称儒学教化下的典范,历来受人景仰。

王安石变法以后,司马光离开朝廷十五年,主持编纂了中国历史上第一部编年体通史《资治通鉴》。其生平著作甚多,主要有史学巨著《资治通鉴》《温国文正司马公文集》《稽古录》《涑水记闻》《潜虚》等。

李清照

李清照(1084—1155),号易安居士,齐州章丘(今山东章丘)人。宋代女词人,婉约词派代表,有"千古第一才女"之称。其词善用白描手法,自辟途径,语言清丽,论词强调协律,崇尚典雅、情致,提出词"别是一家"之说,反对以作诗文之法作词。并能诗,留存不多,感时咏史,情辞慷慨,与其词风不同。有《易安居士文集》《易安词》,已散佚。后人有《漱玉词》辑本。今有《李清照集校注》。

陆游

陆游(1125—1210),字务观,号放翁,越州山阴(今绍兴)人,南宋文学家、史学家、爱国诗人。

陆游一生笔耕不辍,诗词文俱有很高成就,其诗语言平易晓畅、章法整饬谨严,兼具李白的雄奇奔放与杜甫的沉郁悲凉,饱含爱国热情,对后世影响深远。陆游亦有史才,他的《南唐书》"简核有法",史评色彩鲜明,具有很高的史料价值。

范成大

范成大(1126—1193),字至能,一字幼元,早年自号此山居士,晚号石湖居士。平江府吴县(今江苏苏州)人。南宋名臣、文学家、诗人。

范成大素有文名,尤工于诗。风格平易浅显、清新妩媚。诗题材广泛,以反映农村社会生活内容的作品成就最高。与杨万里、陆游、尤袤合称南宋"中兴四大诗人"。其作品在南宋末年即产生了显著的影响,到清初影响更大,有"家剑南而户石湖"的说法。著有《石湖集》《揽辔录》《吴船录》《吴郡志》《桂海虞衡志》等。

杨万里

杨万里(1127—1206),字廷秀,号诚斋南宋著名文学家、爱国诗人、官员,与陆游、尤袤、范成大并称"南宋四大家""中兴四大诗人"。

杨万里一生作诗两万多首,但只有 4 200 首流传下来,被誉为一代诗宗。杨万里诗歌大多描写自然景物,且以此见长,为七言绝句,也有不少篇章反映民间疾苦、抒发爱国感情的作品,创造了语言浅近明白,清新自然,富有幽默情趣的"诚斋体"。著有《诚斋集》等,代表作有《晓出净慈寺送林子方》《小池》《宿新市徐公店》《闲居初夏午睡起》等。

辛弃疾

辛弃疾(1140—1207),字幼安,号稼轩,山东东路济南府历城县(今济南市历城区遥墙镇四凤闸村)人,中国南宋豪放派词人,人称词中之龙,与苏轼合称"苏辛",与李清照并称"济南二安"。

有词集《稼轩长短句》,现存词六百多首,强烈的爱国主义思想和战斗精神是他词的基本思想内容。著名词作《水调歌头·带湖吾甚爱》《摸鱼儿·更能消几番风雨》《满江红·家住江南》《沁园春·杯汝来前》《西江月·夜行黄沙道中》等。其词艺术风格多样,以豪放为主,风格沉雄豪迈又不乏细腻柔媚之处。其词题材广阔又善化用前人典故入词,抒写力图恢复国家统一的爱国热情,倾诉壮志难酬的悲愤,对当时执政者的屈辱求和颇多谴责;也有不少吟咏祖国河山的作品。著有《美芹十论》与《九议》。

文天祥

文天祥(1236—1283),初名云孙,字宋瑞,一字履善。自号文山、浮休道人。江西吉州庐陵(今江西省吉安市青原区富田镇)人,宋末政治家、文学家,爱国诗人,抗元名臣,民族英雄,与陆秀夫、张世杰并称为"宋末三杰"。宝祐四年(1256年)状元及第,官至右丞相,封信国公。于五坡岭兵败被俘,宁死不降。至元十九年(1282年)十二月初九,在柴市从容就义。著有《文山诗集》《指南录》《指南后录》《正气歌》等。

(六）元代文学

元曲

元曲是元杂剧和散曲的合称。两者都使用当时流行的北曲，出现了很多优秀的作家、作品，因此常被作为元代文学的代表，同唐诗、宋词并称。尤以杂剧的成就更高。也有以元曲作为元杂剧的同义语，如《元曲选》即元杂剧的选集。

元杂剧

元杂剧是元代用北曲演唱的戏曲形式。金末元初产生于我国北方。在宋杂剧、金院本和诸宫调基础上吸收多种词曲和技艺发展而成。剧本体裁一般每本分为四折，每折用同一宫调的若干曲牌组成套曲，必要时另加"楔子"。角色有正末、正旦、净等。一剧基本上由正末或正旦一种角色唱到底；正末主唱的称"末本"，正旦主唱的称"旦本"。创作和演出先以大都（今北京）为中心，元灭宋后，又逐渐流行到南方。至元代后期渐趋衰落。今知有记载的元杂剧作家（包括金末和明初杂剧作家）在120人左右，著名作家有关汉卿、王实甫等。现存作品有《窦娥冤》《西厢记》等150种左右，对后来戏曲的发展有深远影响。

元曲四大家

元曲四大家指关汉卿、白朴、郑光祖、马致远四位元代杂剧作家。四者代表了元代不同时期不同流派杂剧创作的成就，因此被称为"元曲四大家"。

关汉卿

关汉卿（约1219－1301），元代杂剧奠基人，元代戏剧作家，"元曲四大家"之首。晚号已斋（一说名一斋）、已斋叟。以杂剧的成就最大，最著名的是《窦娥冤》。关汉卿塑造的"我是个蒸不烂，煮不熟，捶不匾，炒不爆，响珰珰一粒铜豌豆"的形象也广为人称，被誉"曲圣"。

白朴

白朴（1226－约1306），原名恒，字仁甫，后改名朴，字太素，号兰谷。元代著名的杂剧作家。代表作主要有《唐明皇秋夜梧桐雨》《裴少俊墙头马上》《董秀英花月东墙记》等。

马致远

马致远(1250—1321至1324间),字千里,号东篱,元代著名杂剧家、散曲家,元大都(今北京)人。

马致远是元代著名杂剧作家,因《天净沙·秋思》而被称为秋思之祖。所作杂剧今知有15种,《汉宫秋》是其代表作;散曲120多首,有辑本《东篱乐府》。他的作品见于著录的有十六种,今存《汉宫秋》《荐福碑》《岳阳楼》《青衫泪》《陈抟高卧》《任风子》六种,另有《黄粱梦》,是他和李时中、红字李二、花李郎合作的。以《汉宫秋》最著名。散曲有《东篱乐府》。

王实甫

王实甫(约1260—1316),名德信,大都(今北京市)人,祖籍河北省保定市定兴(今定兴县)。元代著名戏曲作家,著有杂剧《西厢记》。著有杂剧十四种,现存《西厢记》《丽春堂》《破窑记》三种。《破窑记》写刘月娥和吕蒙正悲欢离合的故事,有人怀疑不是王实甫的手笔。另有《贩茶船》《芙蓉亭》二种,各传有曲文一折。

王实甫与关汉卿齐名,其作品全面地继承了唐诗宋词精美的语言艺术,又吸收了元代民间生动活泼的口头语言,并将它们完美地融合在一起,创造了文采璀璨的元曲词汇,成为中国戏曲史上"文采派"最杰出的代表。

郑光祖

郑光祖(1264—?),字德辉,汉族,元代著名的杂剧家和散曲家,平阳襄陵(今山西临汾市襄汾县)人。所作杂剧可考者十八种,现存《周公摄政》《王粲登楼》《翰林风月》《倩女离魂》《无盐破连环》《伊尹扶汤》《老君堂》《三战吕布》等八种;其中,《倩女离魂》最著名,后三种被质疑并非郑光祖作品。除杂剧外,郑光祖写散曲,有小令六首、套数二套流传。

《西厢记》

《西厢记》全名《崔莺莺待月西厢记》,又称"北西厢",元代汉族戏曲剧本,王实甫撰。

《西厢记》中无不体现出道家哲学上善若水、素朴之美、追求自由的思想,它的曲词华艳优美,富于诗的意境;是我国古典戏剧的现实主义杰作,对后来以爱情为题材的小说、戏剧创作影响很大。

纪君祥

纪君祥,元代杂剧、戏曲作家。字、号、生平及生卒年均不详,约元世祖至元年间在世,名一作纪天祥。大都(今北京)人,与李寿卿、郑廷玉同时。作有杂剧六种,现存《赵氏孤儿》一种及《陈文图悟道松阴梦》残曲。

元杂剧四大悲剧

元杂剧的四大悲剧是指关汉卿的《窦娥冤》、马致远的《汉宫秋》、白朴的《梧桐雨》以及纪君祥的《赵氏孤儿》。

元杂剧四大爱情剧

王实甫的《西厢记》、关汉卿的《拜月亭》、白朴的《墙头马上》、郑光祖的《倩女离魂》,合称为元杂剧的四大爱情剧。

南戏

南戏亦称"戏文"。原为宋代流行于南方,用南曲演唱的戏曲形式。明代祝允明《猥谈》:"南戏出于宣和之后,南渡之际,谓之'温州杂剧'。"徐渭《南词叙录》:"南戏始于宋光宗朝,永嘉人所作《赵贞女》《王魁》二种实首之。……号曰'永嘉杂剧'。"元灭南宋后,渐以"南戏"称之,为中国戏曲最早的成熟形式之一,对明清两代的戏曲影响颇大。剧本今知有两百余种,但全本留传者仅有《小孙屠》、《张协状元》、《宦门子弟错立身》(合称《永乐大典戏文三种》)、《牧羊记》、《拜月亭》、《荆钗记》、《白兔记》、《杀狗记》、《琵琶记》等十余种，且多经明人改编。

《张协状元》

《张协状元》是中国宋元南戏作品。南宋时温州九山书会才人编撰。载于明《永乐大典》第 13991 卷，今存全本。《张协状元》是唯一完整保存下来的南宋戏文，也是中国迄今所发现最早、保存最完整的中国古代戏曲剧本。

四大南戏

南戏是中国北宋末至元末明初，即 12 世纪到 14 世纪两百年间在中国南方地区最早兴起的汉族戏曲剧种。元代南戏著名的作品《荆钗记》《刘知远》（又称《白兔记》）、《拜月亭》、《杀狗记》被后人称为"四大南戏"，在明清时期传演甚广，影响深远。这些剧本，明徐渭在《南词叙录》"宋元旧篇"内有著录。"四大南戏"是南戏在元末明初的代表作品，也叫"四大传奇"，简称荆、刘、拜、杀。

（七）明代文学

明代四大奇书

明代四大奇书是指《三国演义》《水浒传》《西游记》和《金瓶梅》，并称为中国古代小说的"四大奇书"。这四部小说基本上代表了中国古代小说的四种类型，即历史演义小说、英雄传奇小说、神魔小说和世情小说；实际上，它们又是南宋时期说话艺术中主要四家的延续和发展，即《三国演义》是讲史小说的发展，是我国第一部长篇章回体小说；《水浒传》是英雄传奇小说的发展，是中国历史上第一部用白话文写成的章回体小说；《西游记》是说经小说的发展，我国第一部长篇神怪小说是一部艺术上卓有成就、影响很大的浪漫主义杰作；《金瓶梅》则是小说家小说的发展，我国第一部由文人独立创作的长篇小说。

《三国演义》

《三国演义》是中国古典四大名著之一，是中国第一部长篇章回体历史演义小说,全名为《三国志通俗演义》,作者是元末明初的小说家罗贯中。故事起于刘、关、张桃园结义,终于王濬平吴,生动描写了东汉末年和整个三国时代的社会动乱及几个统治、军事集团之间的矛盾和斗争,塑造出关羽、张飞、刘备、诸葛亮、曹操等一系列各具内涵和特点的人物形象。全书结构宏伟,情节曲折,行文用半文半白的语言,却写得波澜壮阔,有条不紊,表现出长篇叙事技巧的巨大进展,成为我国历史小说中的经典之作。

《水浒传》

《水浒传》是中国古典四大名著之一。全书以北宋末年的宋江起义为题材,描写了各阶层人士在奸臣当道的背景下被逼上梁山,从聚义、壮大到因受招安而失败的过程,塑造出李逵、武松、林冲、鲁智深、宋江等一系列各具个性特征而虎虎有生气的人物形象。相对于《三国演义》而言,该书的虚构成分大为增强,语言纯用白话,人物描写初步个性化,结构如百川汇海,既与题材内容相适应,又独具特色,成为中国英雄传奇小说的经典之作。

《西游记》

《西游记》,长篇小说。一般认为是明吴承恩所撰。二十卷,一百回。在民间流传的唐僧取经故事和有关话本、杂剧的基础上,经过再创作而成。前七回叙述孙悟空出世、大闹天宫的故事。此后,转而写他被迫皈依佛门,在八戒和沙僧的协助下,保护唐僧去西天取经,沿途降妖伏魔的经过。成功塑造了孙悟空、猪八戒、沙和尚、牛魔王、铁扇公主等一系列兼具人性、神性和动物性特征的艺术形象,显示出作者具有超乎寻常的虚构和想象能力。成为中国古代神魔小说的经典之作。

《金瓶梅词话》

《金瓶梅词话》,长篇小说。明万历刻本序谓"兰陵笑笑生作",但姓氏不详。一百回。作者借《水浒传》中西门庆、潘金莲的故事敷演成长篇巨制,成为中国第一部以家庭日常生活为素材的世情小说经典之作。全书以西门庆和他的家庭生活为中心线索,采用网状结构把当时复杂的现实生活交织在一起,借以展示其政治上的升迁史、经济上以经商为主的发家史以及其私生活中任性纵欲的情爱史。写入书中的形形色色的人物多达八百多个,构成一幅丰富生动的城市生活的风俗画。小说善于刻画人物,描摹人情世态颇为细致,表现了熟练的语言技巧。但受当时社会风气影响,书中存在大量性行为的描写,表现出作者在创作思想上缺乏鲜明的爱憎和严肃的批判,产生了不良影响。

"三言二拍"

"三言二拍",明末五种话本集及拟话本集的总称。"三言"指《喻世明言》(《古今小说》)、《警世通言》和《醒世恒言》,明冯梦龙纂辑,共收话本小说一百二十篇。"二拍"指《初刻拍案惊奇》和《二刻拍案惊奇》,明凌濛初编著,共八十篇,内有一篇重复,一篇杂剧,实录话本小说七十八篇。后有抱瓮老人从诸集中选录四十篇,题名《今古奇观》,刻以单行。

汤显祖

汤显祖(1550—1616),中国明代戏曲家、文学家。字义仍,号海若、若士、清远道人。江西临川人。

在汤显祖多方面的成就中,以戏曲创作为最,其戏剧作品《还魂记》《紫钗记》《南柯记》和《邯郸记》合称"临川四梦",其中《牡丹亭》是他的代表作。这些剧作不但为中国人民所喜爱,而且已传播到英、日、德、俄等很多国家,被视为世界戏剧艺术的珍品。汤氏的专著《宜黄县戏神清源师庙记》也是中国戏曲史上论述戏剧表演的一篇重要文献,对导演学起了拓荒开路的作用。汤显祖还是一位杰出的诗人,其诗作有《玉茗堂集》《红泉逸草》《问棘邮草》。

《牡丹亭》

昆剧《牡丹亭》,全名《牡丹亭还魂记》,与《紫钗记》《邯郸记》和《南柯记》合称"玉茗堂四梦",也叫"临川四梦"。受寻幽爱静的道家理念的影响,汤显祖在这部《牡丹亭》中大量涉及神鬼异境。剧中歌颂青年男女大胆追求自由爱情,坚决反对压迫,体现出追求内心精神的完全超脱、绝对自由的道家思想。《牡丹亭》是明代大戏曲家汤显祖的代表作。明代话本小说《杜丽娘慕色还魂》为《牡丹亭》提供了基本情节。《牡丹亭》与《西厢记》《窦娥冤》《长生殿》并称中国四大古典戏剧。

公安派

公安派是明代文学流派之一。形成于万历年间,以主将袁宏道为公安(今属湖北)人而得名,代表作家还有江盈科、袁宗道、陶望龄、黄辉、袁中道等。他们主张文学应因时而变,提倡"独抒性灵,不拘格套",以矫前后七子的拟古风气。其创作真率自然,有"公安体"之称,尤以小品散文名世,而诗歌革新则毁誉不一,曾遭"近平、近俚、近徘"之讥。故后来在理论上调整为"本之以性灵,裁之以法律",创作风格也有所转变。

(八)清代文学

苏州派

苏州派是清初的苏州派戏剧。苏州派戏曲在题材上跳出了写儿女私情的狭隘圈子,贴近世俗人生,关注时事政治;在思想上揭露黑暗现实较为有力,具有鲜明的伦理教化指向;在人物塑造上,富于平民色彩,许多下层人物以正面形象活跃在舞台上。

李渔

李渔(1611—1680),初名仙侣,后改名渔,字谪凡,号笠翁。浙江金华兰溪人。明末清初文学家、戏剧家、戏剧理论家、美学家。

李渔提出了较为完善的戏剧理论体系,被后世誉为"中国戏剧理论始祖""世界喜剧大师""东方莎士比亚",是休闲文化的倡导者、文化产业的先行者,被列入世界文化名人之一。

他的一生著述丰富,著有《笠翁十种曲》(含《风筝误》)、《无声戏》(又名《连城璧》)、《十二楼》、《闲情偶寄》、《笠翁一家言》等五百多万字。还批阅《三国志》,改定《金瓶梅》,倡编《芥子园画谱》等,是中国文化史上不可多得的一位艺术天才。

南洪北孔

南洪北孔即清初著名历史剧作家洪昇和孔尚任。清代初年,剧坛出现了洪昇和孔尚任两位著名的剧作家。洪昇(南方浙江杭州人)创作的《长生殿》和孔尚任(北方山东曲阜人)创作的《桃花扇》,是康熙时期剧坛上最成功、最有影响力的作品,他们因此也享有了"南洪北孔"的美誉。

《长生殿》

《长生殿》,昆曲经典剧目,后亦为京剧传统剧目。清初洪昇创作,共二卷,五十出。历十余年始成。

《长生殿》取材自唐代诗人白居易的长诗《长恨歌》和元代剧作家白朴的剧作《梧桐雨》,讲的是唐玄宗和贵妃杨玉环之间的爱情故事,但作者在原来题材上发挥演绎出两个重要的主题:一是极大地增加了当时的社会和政治方面的内容;二是改造和充实了爱情故事。

《桃花扇》

《桃花扇》是一部表现亡国之痛的历史剧。作者孔尚任将明末侯方域与秦淮艳姬李香君的悲欢离合同南明弘光朝的兴亡有机地结合在一起,塑造了一系列栩栩如生的人物形象,悲剧的结局突破了才子佳人大团圆的传统模式,男女之情与兴亡之感都得到哲理性的升华。

《聊斋志异》

《聊斋志异》简称《聊斋》,俗名《鬼狐传》,是中国清代著名小说家蒲松龄创作的文言短篇小说集。《聊斋志异》的意思是在书房里记录奇异的故事。全书共有短篇小说491篇。题材广泛,内容丰富,有极高的艺术成就。作品成功地塑造了众多的艺术典型,人物形象鲜明生动,故事情节曲折离奇,结构布局严谨巧妙,文笔简练,描写细腻,堪称文言短篇小说的巅峰之作。

《儒林外史》

《儒林外史》,长篇小说,清代吴敬梓作。全书共五十六回,成书于1749年(乾隆十四年)或稍前,先以抄本传世,初刻于1803年(嘉庆八年)。以写实主义描绘各类人士对于"功名富贵"的不同表现,一方面真实地揭示人性被腐蚀的过程和原因,从而对当时吏治的腐败、科举的弊端和礼教的虚伪等进行了深刻的批判和嘲讽;一方面热情地歌颂了少数人物以坚持自我的方式所做的对于人性的守护,从而寄寓了作者的理想。

《儒林外史》中,白话的运用已趋纯熟自如,人物性格的刻画也颇为深入细腻,尤其是采用高超的讽刺手法,使该书成为中国古典讽刺文学的佳作。该书代表着中国古代讽刺小说的高峰,开创了以小说直接评价现实生活的范例。

《红楼梦》

《红楼梦》是中国古典四大名著之首,清代作家曹雪芹创作的章回体长篇小说,又名《石头记》《金玉缘》。

此书分为120回"程本"和80回"脂本"两种版本系统。新版通行本前八十回据脂本汇校,后四十回据程本汇校,署名"曹雪芹著,无名氏续,程伟元、高鹗整理"。

《红楼梦》的作者具有初步的民主主义思想,他对现实社会包括宫廷及官场的黑暗、封建贵族阶级及其家庭的腐朽,封建的科举制度、婚姻制度、奴婢制度、等级制度,以及与此相适应的社会统治思想即孔孟之道和程朱理学、社会道德观念等,都进行了深刻的批判,并提出了朦胧的带有初步民主主义性质的理想和主张。这些理想和主张正是当时正在滋长的资本主义经济萌芽因素的曲折反映。

纪昀

纪昀(1724—1805),字晓岚,一字春帆,晚号石云,道号观弈道人,直隶献县(今河北沧州市)人。清代政治家、文学家,乾隆年间官员。历官左都御史,兵部、礼部尚书、协办大学士加太子太保管国子监事致仕,曾任《四库全书》总纂修官。

纪昀学宗汉儒,博览群书,工诗及骈文,尤长于考证训诂。任官50余年,年轻时才华横溢、血气方刚,晚年的内心世界却日益封闭。其《阅微草堂笔记》正是这一心境的产物。他的诗文,经后人搜集编为《纪文达公遗集》。

(九) 近代文学

龚自珍

龚自珍(1792—1841),字璱人,号定庵。仁和(今浙江杭州)人。晚年居住昆山羽琌山馆,又号羽琌山民。清代思想家、诗人、文学家和改良主义的先驱者。其著有《定庵文集》,留存文章300余篇,诗词近800首,今人辑为《龚自珍全集》。著名诗作《己亥杂诗》共350首。多咏怀和讽喻之作。

魏源

魏源(1794—1857),清代启蒙思想家、政治家、文学家。名远达,字默深,又字墨生、汉士,号良图。近代中国"睁眼看世界"的首批知识分子的优秀代表。魏源认为论学应以"经世致用"为宗旨,提出"变古愈尽,便民愈甚"的变法主张,倡导学习西方先进科学技术,并提出了"师夷长技以制夷"的主张,开启了解世界、向西方学习的新潮流,这是中国思想从传统转向近代的重要标志。

黄遵宪

黄遵宪(1848—1905),客家人,字公度,别号人境庐主人。清朝诗人,外交家、政治家、教育家。

黄遵宪出生于广东嘉应州,1876年中举人,历充师日参赞、旧金山总领事、驻英参赞、新加坡总领事,戊戌变法期间署湖南按察使,助巡抚陈宝箴推行新政,被誉为"近代中国走向世界第一人"。工诗,喜以新事物熔铸入诗,有"诗界革新导师"之称。黄遵宪的作品有《人境庐诗草》《日本国志》《日本杂事诗》等。

梁启超

梁启超(1873—1929),字卓如,一字任甫,号任公,又号饮冰室主人、饮冰子、哀时客、中国之新民、自由斋主人。清朝光绪年间举人,中国近代思想家、政治家、教育家、史学家、文学家。戊戌变法(百日维新)领袖之一、中国近代维新派、新法家代表人物。他倡导新文化运动,支持五四运动。其著作合编为《饮冰室合集》。

晚清四大谴责小说

由于资产阶级改良派和民主革命派的大力倡导,晚清的小说创作得到了空前的发展,涌现出了一大批有影响的小说,形成了晚清小说创作繁荣的局面。而"晚清四大谴责小说"的出现,则是中国小说创作进入到又一个繁荣时期的重要标志。鲁迅认为的晚清四大谴责小说是中国清末四部谴责小说的合称,即李宝嘉(李伯元)的《官场现形记》、吴沃尧(吴趼人)的《二十年目睹之怪现状》、刘鹗的《老残游记》、曾朴的《孽海花》。

南社

南社是清末民初文学团体。由陈去病、柳亚子、高旭等发起,1909年在苏州成立,社名取"操南音不忘其旧"之意。早期社员多同盟会成员,曾参加辛亥革命和反袁复辟的斗争,后社员激增至千余人,流品渐杂,纠纷时起,至1923年因内讧而解散。同年柳亚子又与叶楚伧等创立新南社,但不到两年即终止。旧南社编有《南社丛刻》,共出二十二集;新南社所编《新南社社刊》,仅出一集。

王国维

王国维(1877—1927),初名国桢,字静安,亦字伯隅,初号礼堂,晚号观堂,又号永观,谥忠悫。浙江省海宁人。王国维是中国近、现代之交时期一位享有国际声誉的著名学者。

王国维早年追求新学,接受资产阶级改良主义思想的影响,把西方哲学、美学思想与中国古典哲学、美学相融合，研究哲学与美学，形成了独特的美学思想体系，继而攻词曲戏剧，后又治史学、古文字学、考古学，郭沫若称他为新史学的开山。不止如此，他平生学无专师，自辟户牖，成就卓越，贡献突出，在教育、哲学、文学、戏曲、美学、史学、古文学等方面均有较深造诣和创新，为中华民族文化宝库留下了广博精深的学术遗产。

二、现当代文学

"五四"运动

"五四"运动是1919年5月4日爆发的中国人民反帝反封建的爱国运动。第一次世界大战结束后，英、法、美、日、意等国家于1919年1月在巴黎召开"和平会议"。中国北洋政府在人民的压力下，向和会提出希望帝国主义放弃在华特权，要求取消"二十一条"和收回被日本夺去的原德国在山东的权利，遭到与会的帝国主义国家拒绝，北洋政府竟准备在和约上签字。消息传出，举国愤怒。5月4日北京学生3 000余人在天安门前集合，高呼"外争主权，内除国贼""废除二十一条""还我青岛"等口号，会后举行游行示威。"五四"运动是中国旧民主主义革命转变为新民主主义革命的转折点，促进了新文化运动的深入发展及马克思主义同中国工人运动的结合，为中国共产党的成立做了思想上和干部上的准备。

新文学

新文学泛指"五四"时期产生的内容和形式都与传统文学不同的文学。思想倾向上反映了中国知识分子冲破传统道德束缚、走向现代化的政治要求及其审美表达；形式上反对文言文与传统的文学样式，提倡与口语接近的白话文和来自西方的小说、诗歌与话剧等样式。"五四"新文学作者一般都从晚清的文学改良运动和外国文学作品中吸取了有益的东西，代表作品有鲁迅的小说集《呐喊》《彷徨》，郭沫若的诗集《女神》等。

鲁迅

鲁迅(1881—1936),原名周樟寿,后改名周树人,字豫山,后改豫才,浙江绍兴人。"鲁迅"是他 1918 年发表《狂人日记》时所用的笔名,也是他影响最为广泛的笔名。著名文学家、思想家,"五四"新文化运动的重要参与者,中国现代文学的奠基人。毛泽东曾评价:"鲁迅的方向,就是中华民族新文化的方向。"

鲁迅一生在文学创作、文学批评、思想研究、文学史研究、翻译、美术理论引进、基础科学介绍和古籍校勘与研究等多个领域具有重大贡献。他对于"五四"运动以后的中国社会思想文化发展具有重大影响,蜚声世界文坛,尤其在韩国、日本思想文化领域有极其重要的地位和影响,被誉为"二十世纪东亚文化地图上占最大领土的作家"。代表作品集有《呐喊》《彷徨》《朝花夕拾》《野草》《华盖集》《中国小说史略》等。

文学研究会

文学研究会,文学社团,于 1921 年 1 月成立于北京。发起人有郑振铎、沈雁冰、叶圣陶、王统照、周作人等。坚持"为人生的艺术"的文学主张,反对"将文艺当作高兴时的游戏或失意时的消遣",反对以鸳鸯蝴蝶派为代表的小市民文学,注重文学创作和介绍外国文学,尤其俄国和东欧文学。主办刊物有《小说月报》(十二卷以后)、《文学周报》、《晨报·文学旬刊》、《诗》月刊等,并编辑出版《文学研究会创作丛书》《文学周报社丛书》《文学研究会世界文学名著丛书》《小说月报丛刊》等,对新文学运动起了积极作用。"五卅"运动后,活动减少。1932 年《小说月报》停刊后,活动基本停止。

周作人

周作人(1885—1967),散文家、翻译家。原名櫆寿,字启明,晚年改名遐寿,浙江绍兴人。青年时代留学日本,与其兄周树人(鲁迅)一起翻译介绍外国文学。"五四"运动时任北京大学等校教授,并从事写作。

论文《人的文学》《美学》,新诗《小河》在新文学运动中均有影响。所作散文,风格冲淡朴讷,从容平和。20世纪30年代和林语堂一起鼓吹"闲适幽默"小品。抗战时期曾任伪华北政务委员会教育总署督办。著有《自己的园地》《雨天的书》《谈龙集》《谈虎集》《瓜豆集》及《中国新文学的源流》等。新中国成立后主要从事翻译工作,译有《日本狂言选》《伊索寓言》等;著有《鲁迅的故家》《鲁迅小说中的人物》《知堂回想录》等。

欧阳予倩

欧阳予倩(1889—1962),戏剧艺术家、戏剧教育家。原名立袁,号南杰,湖南浏阳人。1904年赴日本留学。1907年参加"春柳社"。1911年回国,1912年与陆镜若等合作组织新剧同志会、春柳剧场,倡导新剧运动,并编、演京剧。1919年起任南通伶工学社主任。1922年参加上海戏剧协社。1926年先后编写电影剧本《玉洁冰清》,编导无声影片《三年以后》和《天涯歌女》。1927年参加南国社。1929年—1931年主持广东戏剧研究所,同时从事话剧创作。1932年参加中国左翼戏剧家联盟。同年编导《新桃花扇》《清明时节》《小玲子》《海棠红》等影片。抗日战争时期任广西艺术馆馆长。抗战胜利后编写电影剧本《关不住的春光》《弱者,你的名字是女人》等。新中国成立后历任中央戏剧学院院长、中国文联副主席、中国剧协副主席及中国舞协主席。是中国话剧开拓者之一。著有回忆录《自我演剧以来》《电影半路出家记》,论文集《予倩论剧》《一得余抄》等以及《运动力》《屏风后》《车夫之家》《忠王李秀成》《桃花扇》《黑奴恨》等剧本20余部。

胡适

胡适(1891—1962),原名嗣穈,学名洪骍,字希疆,后改名胡适,字适之。著名学者、诗人。徽州绩溪人,以倡导"白话文、领导新文化运动闻名于世"。

胡适一生的学术活动主要在史学、文学和哲学几个方面,主要著作有《中国哲学史大纲》(上)、《尝试集》、《白话文学史》(上)和《胡适文存》(四集)等。

他在学术上影响最大的是提倡"大胆地假设、小心地求证"的治学方法。

创造社

创造社是"五四"新文化运动初期成立的文学社团,是中国现代文学团体。1921年7月中旬由留学日本归来的郭沫若、成仿吾、郁达夫、张资平、田汉、郑伯奇等人在日本东京成立。其社员回国后积极从事文学创作与文学翻译。早期曾强调艺术自身的独立价值,作品在艺术上倾向浪漫主义。1925年前后,郭沫若等人提出"革命文学"口号,此后大部分成员投入了大革命。1928年初又增加了一批具有革命思想的新成员,提倡无产阶级革命文学。创办的刊物先后有《创造》季刊、《创造周报》、《创造日》、《创造月刊》、《洪水》、《文化批判》及《思想》等,并编辑出版《创造社丛书》等。

郭沫若

郭沫若(1892—1978),原名郭开贞,字鼎堂,号尚武,笔名沫若等。出生于四川乐山沙湾,毕业于日本九州帝国大学,现代文学家、历史学家、新诗奠基人之一,中国科学院首任院长,中国科学技术大学首任校长。

1914年郭沫若留学日本,在九州帝国大学学医。1921年,发表第一本新诗集《女神》。1930年,他撰写了《中国古代社会研究》。1949年,郭沫若当选为中华全国文学艺术会主席。代表作有诗集《女神》,历史剧《棠棣之花》《王昭君》等。

丁西林

丁西林(1893—1974),剧作家、物理学家、社会活动家。原名丁燮林,字巽甫。主要作品有《一只马蜂》《压迫》《三块钱国币》《等太太归来》等,剧作构思新颖,人物语言机智风趣,具有轻松幽默的风格。

叶圣陶

叶圣陶(1894—1988),原名叶绍钧,字秉臣、圣陶,江苏苏州人,现代作家、教育家、文学出版家和社会活动家,有"优秀的语言艺术家"之称。1907

年考入草桥中学。1916年进上海商务印书馆附设尚公学校执教,推出第一篇童话故事《稻草人》。1918年发表第一篇白话小说《春宴琐谭》。1921年与周作人、沈雁冰、郑振铎等人发起成立"文字研究会",共同举起"为人生"的现实主义文学旗帜。1923年发表长篇小说《倪焕之》。1930年任开明书店编辑,主办《中学生》杂志。1949年后,先后出任教育部副部长、人民教育出版社社长和总编、中国作家协会顾问等职。

洪深

洪深(1894—1955),中国剧作家、导演。字浅哉,江苏常州人。1912年入北京清华学校,1916年赴美学烧瓷工程,后改学戏剧。1922年回国,在上海从事戏剧活动,先后领导戏剧协社、复旦剧社,并参加南国社。30年代初参加左翼戏剧运动。抗日战争爆发后,领导上海救亡演剧二队赴内地,后参加国民政府军委会政治部第三厅,任戏剧科科长,参与筹组10个抗敌演剧队,积极推动抗日救亡演剧活动。先后创作《赵阎王》《五奎桥》《香稻米》《包得行》《鸡鸣早看天》等剧本,并从事戏剧电影导演,对中国现代话剧的形成和剧场艺术水平的提高有显著贡献。同时长期执教于复旦大学、暨南大学、山东大学、中山大学、上海市立实验戏剧学校。新中国成立后历任文化部对外文化联络局局长、中国人民对外文化协会副会长、中国戏剧家协会副主席等。有《洪深文集》四卷行世。

鸳鸯蝴蝶派

鸳鸯蝴蝶派是盛行于清末至"五四"运动前后的文学流派。大量发表以文言文描写才子佳人的哀情小说。"鸳鸯蝴蝶"是一种借喻性说法,早期代表作家有徐枕亚、吴双热、李定夷等,代表作有《玉梨魂》《兰娘哀史》《美人福》等。五四运动以后,又将言情小说、侦探小说、武侠小说等包括在内,也被统称为"民国旧派小说"。20世纪20年代后逐渐渗透到通俗文学领域,属于渐进的改良派,改进旧派章回体小说,取得一定的成就。主要刊物有《小说时报》《民权素》《小说丛报》《小说大观》等。1914年—1923年刊行的《礼拜六》周刊,其主要作者被称为"礼拜六派",虽亦兼用白话文写作,但内容与鸳鸯蝴蝶派作品同一性质,故也被认为是"鸳鸯蝴蝶派",这时的代表作家有周瘦鹃、包天笑等。

张恨水

张恨水(1895—1967),现代著名小说家。原名心远,恨水是笔名,安徽潜山人。早年任《皖江报》总编辑。1919年去北京,先后任《益世报》《世界日报》等编辑,并开始写章回小说。1929年发表《啼笑因缘》,颇有影响。抗日战争期间,写了许多以抗日为题材的作品。新中国成立后,主要工作是改编优秀的传统民间故事。一生致力于通俗文艺创作,著有《春明外史》《金粉世家》《八十一梦》等100多种长篇通俗小说,大多是章回体,以传统形式描写现代社会人情世态,有一定社会意义。

张恨水是著名章回小说家,也是鸳鸯蝴蝶派代表作家。被尊称为现代文学史上的"章回小说大家"和"通俗文学大师"第一人。

语丝社

语丝社是中国现代文学史上的一个重要社团。从1924年底至1930年初,历时约五年多时间,以《语丝》周刊为依托,围绕着鲁迅和周作人聚集了一批后来在文学史上留下赫赫名声的作家和学者,其中既有"五四"时期的文坛老将,亦有20世纪20年代中期于文坛崭露头角的青年作者。

林语堂

林语堂(1895—1976),福建龙溪人,原名和乐,后改玉堂,又改语堂,现代著名作家、学者、翻译家、语言学家,新道家代表人物。林语堂于1940年和1950年先后两度获得诺贝尔文学奖提名。1924年后,为《语丝》主要撰稿人之一。曾创办《论语》《人世间》《宇宙风》等刊物,作品包括小说《京华烟云》《啼笑皆非》,散文和杂文文集《人生的盛宴》《生活的艺术》以及译著《东坡诗文选》《浮生六记》等。1966年定居台湾,1967年受聘为香港中文大学研究教授,主持编撰《林语堂当代汉英词典》。

郁达夫

郁达夫(1896—1945),原名郁文,字达夫,浙江富阳人,现代作家、诗人、革命烈士。郁达夫是新文学团体"创造社"的发起人之一,一位为抗日救国而殉难的爱国主义作家。在文学创作的同时,还积极参加各种反帝抗日组织,先后在上海、武汉、福州等地从事抗日救国宣传活动,其文学代表作有《怀鲁迅》《沉沦》《故都的秋》《春风沉醉的晚上》《过去》《迟桂花》等。

茅盾

茅盾(1896—1981),原名沈德鸿,笔名茅盾,字雁冰,浙江嘉兴桐乡人。现代著名作家、文学评论家、文化活动家以及社会活动家。

茅盾出生在一个思想观念颇为新颖的家庭里,从小接受新式的教育,后考入北京大学预科,毕业后入商务印书馆工作,从此走上了改革中国文艺的道路,他是新文化运动的先驱者、中国革命文艺的奠基人之一。他的代表作有小说《子夜》《春蚕》《林家铺子》,散文集《白杨礼赞》和文学评论《夜读偶记》等。1981年3月14日,茅盾自知病将不起,将稿费25万元人民币捐出设立茅盾文学奖,以鼓励当代优秀长篇小说的创作。

新月社

新月社,文学社团。1923年以聚餐会形式形成于北京。主要成员有胡适、徐志摩、梁实秋、闻一多等。1925年由徐志摩编辑《晨报副刊》,增辟《诗镌》《剧社》,提倡现代格律诗和国剧运动。1927年春在上海创办新月书店,出版《现代文化丛书》等文艺书籍。1928年3月出版《新月》月刊,由徐志摩、梁实秋、梁隆基等先后编辑,前期偏重于发表新诗,讲究格律,形成一种文学流派,被称为"新月派";1933年6月出至第四卷第七期停刊。在政治思想上,提倡西方的自由思想和民主政治。

徐志摩

徐志摩(1896—1931),中国诗人。名章垿,初字槱森,后改字志摩,浙江海宁人。曾留学欧美,先后在美国哥伦比亚大学、英国剑桥大学攻读政治、经济,获硕士学位。1921年开始写诗。1922年回国后历任北京大学、清华大学、大夏大学、中央大学等校教授,并参与主编《诗刊》《新月》等文学期刊。1931年因飞机失事去世。是"新月派"代表诗人,诗风纤浓委婉,大都咏叹爱情与梦幻,在艺术形式上对新诗的发展有重要影响。著有诗集《志摩的诗》《翡冷翠的一夜》《猛虎集》《云游》,散文集《落叶》《巴黎的鳞爪》《秋》,小说集《轮盘》等。

田汉

田汉(1898—1968),湖南省长沙县人。剧作家、戏曲作家、电影编剧、小说家、词作家、诗人、文艺批评家、文艺活动家,中国现代戏剧三大奠基人之一。他为电影《风云儿女》谱写的主题曲《义勇军进行曲》后来成为中华人民共和国国歌。田汉早年留学日本时曾自署为"中国未来的易卜生"。1968年,在"文化大革命"中不幸被迫害,死于狱中。主要作品有《获虎之夜》《名优之死》《回春之曲》《关汉卿》等。

闻一多

闻一多(1899—1946),中国诗人、学者。本名家骅,湖北浠水人。留学美国,学美术、文学。早年参加新月社,先后在青岛大学、清华大学等校任教。著有诗集《红烛》《死水》,表现了对祖国深挚的感情和对黑暗现实的憎恶和抗议。在形式上主张格律化,讲求"节的匀称、句的均齐",追求"音乐美、绘画美、建筑美",诗风秾丽深沉,结构整饬谨严。后主要从事学术研究,在《周易》《诗经》《庄子》《楚辞》的研究中取得相当的成就。抗日战争期间,任昆明西南联合大学教授。1943年后,积极参加反对独裁、争取民主的斗争。抗日战争胜利后,投身反对内战的民主运动,1946年7月15日在昆明被国民党特务暗杀。有《闻一多全集》行世。

朱自清

朱自清(1898—1948),原名自华,号秋实,后改名自清,字佩弦。原籍浙江绍兴,出生于江苏东海(今连云港市东海县平明镇)。现代杰出的散文家、诗人、学者、民主战士。

1916年中学毕业并成功考入北京大学预科。1919年开始发表诗歌。1928年第一本散文集《背影》出版。早期诗作表现对黑暗现实的忧愤和对光明、对美的憧憬;散文风格素朴缜密,清隽沉郁,以语言洗练、文笔秀丽著称。著有诗集《雪朝》(与人合作),诗文集《踪迹》,散文集《背影》《欧游杂记》《你我》《伦敦杂记》,文艺论著《诗言志辨》《论雅俗共赏》等。

老舍

老舍(1899—1966),原名舒庆春,字舍予。因为老舍生于阴历立春,父母为他取名"庆春",大概含有庆贺春来、前景美好之意。上学后,自己更名为舒舍予,含有"舍弃自我",亦即"忘我"的意思。

现代小说家、著名作家,杰出的语言大师、人民艺术家,新中国第一位获得"人民艺术家"称号的作家。代表作有《骆驼祥子》《四世同堂》《茶馆》等。老舍的一生,总是忘我地工作,是文艺界当之无愧的"劳动模范"。

冰心

冰心(1900—1999),原名谢婉莹,福建长乐人,中国民主促进会(民进)成员。现代作家,诗人,翻译家,儿童文学作家,社会活动家,散文家。笔名冰心取自"一片冰心在玉壶"。

1919年8月的《晨报》上,冰心发表了第一篇散文《二十一日听审的感想》和第一篇小说《两个家庭》。1921年加入文学研究会,创作提倡"爱的哲学"。1923年出国留学前后,开始陆续发表总名为《寄小读者》的通讯散文,成为中国儿童文学的奠基之作。早期所作"问题小说"具有反封建意义,散文、诗歌讴歌童心和母爱。后期作品以儿童文学为主。著有小说集《超人》,诗集《繁星》《春水》,散文集《寄小读者》《樱花赞》等,译著《吉檀迦利》《泰戈尔抒情诗选》等。

夏衍

夏衍(1900—1995),原名沈乃熙,字端先,浙江杭州人。中国著名文学、电影、戏剧作家和社会活动家,中国左翼电影运动的开拓者、组织者和领导者之一。1994年,夏衍向中国现代文学馆捐赠第一批藏书2800册。同年10月被国务院授予"国家有杰出贡献的电影艺术家"称号。

主要著作有《心防》《法西斯细菌》。话剧剧本有《秋瑾传》《上海屋檐下》。出版的选集有《夏衍剧作选》《夏衍选集》。报告文学《包身工》。创作改编的电影剧本有《狂流》《春蚕》《祝福》《林家铺子》等。作品触及各个时期、各个社会阶级,风格简洁明快,语言清新自然。

沈从文

沈从文(1902—1988),原名沈岳焕,湖南凤凰人。中国著名作家、历史文物研究者。他1924年开始进行文学创作,撰写出版了《长河》《边城》等小说。1946年回到北京大学任教,新中国成立后在中国历史博物馆和中国社会科学院历史研究所工作,主要从事中国古代历史与文物的研究,著有《中国古代服饰研究》。

作品中影响较大的是乡土小说,主要表现士兵、船夫和湘西少数民族的生活,富有人情美和风俗美,代表作有《边城》《长河》,散文集《湘行散记》等。

中国左翼作家联盟

中国左翼作家联盟,简称"左联",是中国共产党于20世纪30年代在中国上海领导创建的一个文学组织,目的是与中国国民党争取宣传阵地,吸引广大民众支持其思想。领导成员有鲁迅、夏衍、冯雪峰、冯乃超、丁玲、周扬等,旗帜人物是鲁迅。"左联"对无产阶级文艺事业的发展做出了积极贡献。

柔石

柔石(1902—1931),浙江宁海人。姓赵,名平福,后改为平复,柔石是其笔名。作家,"左联"五烈士之一。其著有短篇小说集《疯人》《希望》,中篇小说《三姊妹》《二月》《为奴隶的母亲》,长篇小说《旧时代之死》,诗歌《战》《血在沸——纪念一个在南京被杀害的湖南小同志的死》,报告文学《一个伟大的印象》以及杂文《个人主义与流氓本相》等,译作有《丹麦短篇小说集》《颓废》,他还编辑出版了刊物《语丝》26期、《朝花周刊》20期、《朝花旬刊》12期,以及专门介绍外国版画的画集《艺苑朝华》5辑,对繁荣我国的革命文艺创作,推进新文化运动和扶植新生的木刻艺术有着不朽的功绩。

巴金

巴金(1904—2005),原名李尧棠,字芾甘。作家、翻译家、社会活动家、无党派爱国民主人士。1904年11月出生在四川成都一个封建官僚家庭里。"五四"运动后,巴金深受新潮思想的影响,并在这种思想的影响下开始了他个人的反封建斗争。1923年巴金离家赴上海、南京等地求学,从此开始了他长达半个世纪的文学创作生涯。其代表作有《激流三部曲》(《家》《春》《秋》)、《爱情三部曲》(《雾》《雨》《电》)以及《寒夜》《第四病室》等。

巴金在"文革"后撰写的《随想录》,内容朴实、感情真挚,充满着作者的忏悔和自省,他因此被誉为"二十世纪中国文学的良心"。

丁玲

丁玲(1904—1986),原名蒋伟,字冰之,著名作家、社会活动家。1936年11月,丁玲到达陕北保安,是第一个到延安的文人。丁玲的到来,给陕甘宁抗日根据地原本力量薄弱的文艺运动增添了新鲜的血液。其在中国现代文学史上做过无法取代的贡献。代表著作有处女作《梦珂》,长篇小说《太阳照在桑干河上》《莎菲女士的日记》,短篇小说集《在黑暗中》等。

戴望舒

戴望舒(1905—1950),名承,字朝安,浙江杭县(今杭州市余杭区)人。中国现代派象征主义诗人,翻译家。他先后在鸳鸯蝴蝶派的刊物上发表过三篇小说:《债》《卖艺童子》和《母爱》。曾经和杜衡、张天翼和施蛰存等人成立了一个名谓"兰社"的文学小团体,创办了《兰友》旬刊。早期作品大都吟咏个人的悒郁情怀和生活遭遇,《雨巷》《我的记忆》等作品讲究音乐性和象征性,追求意象的朦胧,是现代诗派代表人物;后期诗作《狱中题壁》《我用残损的手掌》等表现出反抗精神,情调趋向明朗。生前结集出版的诗集有《望舒草》《望舒诗稿》《灾难的岁月》等。

臧克家

臧克家(1905—2004),山东潍坊诸城人,是闻一多的学生,现代诗人。忠诚的爱国主义者。曾任《诗刊》主编,他的第一部诗集是《烙印》,主要讽刺诗集《宝贝儿》,文艺论文集《在文艺学习的道路上》。其短诗《有的人》被广泛传颂。所作诗讲究炼字炼意,音调自然和谐,富有社会意义。

赵树理

赵树理(1906—1970),原名赵树礼,山西沁水县人,现代小说家、人民艺术家,"山药蛋派"创始人。他的小说多以华北农村为背景,反映农村社会的变迁和存在其间的矛盾斗争,塑造农村各式人物的形象。其开创的文学"山药蛋派",成为新中国文学史上最重要、最有影响的文学流派之一。代表作品有《小二黑结婚》《李有才板话》等。

张天翼

张天翼(1906—1985),中国现代著名作家。学名张元定,字汉弟,号一之,生于江苏南京。作品多以嘲讽笔调,描写城市灰色人生和小市民心理,文笔活泼新鲜,风格辛辣。后期转以儿童文学创作为主。代表作有童话《大林与小林》《宝葫芦的秘密》《秃秃大王》,小说《华威先生》《鬼土日记》等。他的童话在儿童文学史上占有重要位置。

周立波

周立波(1908—1979),原名绍仪,湖南益阳人,现代著名作家、编译家。早年在上海劳动大学读过书,1928年开始写作,1934年参加"左联",抗战爆发后作为战地记者走遍华北前线,1939年到延安,任教于鲁迅文学艺术学院,后主编《解放日报》文艺副刊。1942年参加延安文艺座谈会,1946年去东北参加土改工作。新中国成立后创作了大量描写农村新人新貌的小说和散文,代表作有《暴风骤雨》《山乡巨变》《铁水奔流》等,其作品思想深刻,笔调轻松幽默,具有民族传统特色和个人风格。

曹禺

曹禺(1910—1996),原名万家宝,字小石。中国杰出的现代话剧剧作家。中国现代话剧史上成就最高的剧作家。其代表作品有《雷雨》《日出》《原野》《北京人》。

作为中国新文化运动的开拓者之一,曹禺与鲁迅、郭沫若、茅盾、巴金、老舍齐名。他是中国现代戏剧的泰斗,戏剧教育家。1934年曹禺的话剧处女作《雷雨》问世,在中国现代话剧史上具有重大的意义,它被公认为是中国现代话剧成熟的标志,曹禺也因此被誉为"东方的莎士比亚"。

七月诗派

七月诗派是抗日战争时期和解放战争时期国统区重要的现实主义诗歌流派。七月诗派崛起于抗战烽火之中,跨越了抗日战争与解放战争两个历史阶段,是这一时期坚持时间最长、影响广大的文学流派。主要代表作家有绿原、阿城、曾卓、牛汉等。

艾青

艾青(1910—1996),原名蒋海澄,浙江金华人。现代文学家、诗人。1933年第一次用笔名发表长诗《大堰河——我的保姆》。1932年在上海加入中国左翼美术家联盟,从事革命文艺活动。1935年,出版了第一本诗集《大堰河》。1957年被错划为右派,曾赴黑龙江、新疆生活和劳动,创作中断了二十余年。1985年获法国文学艺术最高勋章。

其诗作反映民族和人民的苦难和命运,反映现实的生活和斗争,突出表现为对光明的热烈向往和讴歌,风格朴素雄浑。在诗歌理论上,主张内容和形式的统一,民族性和多样性的统一,强调诗人的时代使命感。著有诗集《大堰河》《北方》《向太阳》《归来的歌》,诗论有《诗论》,长篇小说有《绿洲笔记》,译有《原野与城市》。

钱钟书

钱钟书(1910—1998),江苏无锡人,原名仰先,字哲良。中国现代作家、文学研究家。1933年毕业于清华大学外文系。1941年,完成《谈艺录》《写在人生边上》的写作。1947年,长篇小说《围城》由上海晨光出版公司出版。1958年创作的《宋诗选注》,列入中国古典文学读本丛书。1972年3月,62岁的钱钟书开始写作《管锥篇》。1976年,由钱钟书参与翻译的《毛泽东诗词》英译本出版。1982年,钱钟书创作的《管锥编增订》出版。

萧红

萧红(1911—1942),原名张廼莹,笔名萧红,黑龙江呼兰人。中国近现代女作家,"民国四大才女"之一,被誉为"20世纪30年代的文学洛神"。1933年,以悄吟为笔名发表第一篇小说《弃儿》。1935年,在鲁迅的支持下,发表成名作《生死场》。1936年,东渡日本,创作散文《孤独的生活》、长篇组诗《砂粒》等。1940年,与端木蕻良同抵香港,之后发表中篇小说《马伯乐》、长篇小说《呼兰河传》等。

新感觉派

新感觉派小说是20世纪我国第一个被引进的现代主义小说流派,主要作家有施蛰存、刘呐鸥、穆时英,此外还有黑婴、禾金等。1928年刘呐鸥创办《无轨列车》半月刊,开始了对日本新感觉主义文学的介绍,1932年至1935年,施蛰存主编大型文学期刊《现代》,为新感觉派小说提供了重要的发表阵地,新感觉派小说得以成长为中国最完整的现代主义小说流派。

穆时英

穆时英(1912—1940),浙江慈溪人。中国现代小说家,新感觉派代表人物。代表小说有《黑旋风》《南北极》等,所作小说多描写20世纪30年代上海的都市风情,大量移用日本新感觉派与西方现代主义的写作手法,注重描写人物的内心感觉与瞬间意识。

孙犁

孙犁(1913—2002),原名孙树勋,河北省衡水市安平人。现当代著名小说家、散文家,"荷花淀派"的创始人。代表作《荷花淀》《芦花荡》等。

杨朔

杨朔(1913—1968),山东蓬莱人。原名杨毓瑨,字莹叔。现当代著名作家、散文家。他的作品基调是歌颂新时代、新生活和普通的劳动者,代表作有散文集《海市》《东风第一枝》,长篇小说《三千里江山》及《洗兵马》的上卷《风雨》等。

杨沫

杨沫(1914—1995),当代女作家。原名成业。其代表作是描写一个知识女性成长为无产阶级先锋战士的长篇小说《青春之歌》,其中鲜明、生动地刻画了林道静等一系列青年知识分子形象。小说于1958年出版后受到广大读者特别是青年学生的欢迎,并被改编为电影。

魏巍

魏巍(1920—2008),原名魏鸿杰,当代诗人、散文作家、小说家。1942年创作的长诗《黎明的风景》因成功地表现了抗日斗争的生活而获晋察冀边区文学艺术界联合会颁发的"鲁迅文艺奖金"。1951年4月11日在《人民日报》刊登《谁是最可爱的人》,在全国引起了广泛影响。1952年与白艾共同创作出版了中篇小说《长空怒风》后,1956年又与钱小惠合作写出了电影小说《红色的风暴》。1978年，创作完成了抗美援朝题材长篇小说《东方》，并于1982年获首届茅盾文学奖。

张爱玲

张爱玲（1920—1995），中国现代作家，原籍河北省唐山市，原名张煐。出生在上海。作品主要有小说、散文、电影剧本以及文学论著，她的书信也被人们作为著作的一部分加以研究。代表作有《金锁记》《倾城之恋》《半生缘》《红玫瑰与白玫瑰》《小团圆》等。

贺敬之

贺敬之（1924—），山东枣庄人。现代著名诗人和剧作家。1945年和丁毅执笔，集体创作我国第一部新歌剧《白毛女》，获1951年斯大林文学奖。该剧是我国新歌剧发展的里程碑，作品生动地表现出"旧社会把人逼成鬼，新社会把鬼变成人"这一深刻的主题。新中国成立后，写作了《回延安》《放声歌唱》等有名的诗篇。

金庸

金庸（1924—），原名查良镛，浙江海宁人。武侠小说作家、新闻学家、企业家、政治评论家、社会活动家。代表作有《射雕英雄传》《神雕侠侣》《倚天屠龙记》《天龙八部》《笑傲江湖》《鹿鼎记》《雪山飞狐》等。

梁羽生

梁羽生（1924—2009），原名陈文统。中国著名武侠小说家，与金庸、古龙并称为中国武侠小说三大宗师，被誉为新派武侠小说的开山祖师。作品大多为武侠小说，注重历史真实和人物心理的刻画，风格深沉，文字精练。代表作品有《白发魔女传》《七剑下天山》《萍踪侠影录》《云海玉弓缘》等。

余光中

余光中（1928—），出生于江苏南京。一生从事诗歌、散文、评论、翻译，自称为自己写作的"四度空间"。至今驰骋文坛已逾半个世纪,涉猎广泛,被誉为"艺术上的多妻主义者"。为当代诗坛健将、散文重镇、著名批评家、优秀翻译家。现已出版诗集21种,散文集11种,评论集5种,翻译集13种,共40余种。代表作有《白玉苦瓜》《记忆像铁轨一样长》以及《分水岭上:余光中评论文集》等。

王蒙

王蒙(1934—),河北南皮人。当代著名作家、学者,文化部原部长、中国作家协会名誉主席。著有长篇小说《青春万岁》《活动变人形》等近百部小说,其作品反映了中国人民在前进道路上的坎坷历程。曾获意大利蒙德罗文学奖、日本创作学会和平与文化奖、俄罗斯科学院远东研究所与澳门大学荣誉博士学位、约旦作家协会名誉会员等荣衔。作品被翻译为二十多种语言在各国发行。

琼瑶

琼瑶(1938—),原名陈喆,笔名"琼瑶"出自《诗经》"投我以木桃,报之以琼瑶",当代作家、编剧、影视制作人。代表作有《窗外》《几度夕阳红》《庭院深深》《还珠格格》《梅花烙》《一帘幽梦》等。

伤痕文学

伤痕文学是20世纪70年代末到80年代初在中国大陆文坛占据主导地位的一种文学现象。它得名于卢新华以"文革"中知青生活为题材的短篇小说《伤痕》。

十年"文革"期间,无数知识青年被卷入了上山下乡运动中。"伤痕文学"的出现直接起因于上山下乡,它主要描述了知青、知识分子,受迫害官员及城乡普通民众在那个不堪回首的年代里悲剧性的遭遇。

较早在读者中引起反响的"伤痕文学"是四川作家刘心武刊发于《人民文学》1977年第11期的《班主任》,当时评论界认为这一短篇的主要价值是揭露了"文革"对"相当数量的青少年的灵魂"的"扭曲"所造成的"精神的内伤",有的认为该篇发出的"救救被四人帮坑害了的孩子"的时代呼声,与当年鲁迅在

《狂人日记》中发出的"救救被封建礼教毒害的孩子"的呼声遥相呼应,使小说产生了一种深刻的历史感,充满了一种强烈的启蒙精神。

刘心武

刘心武(1942—),当代著名作家、红学研究家。其作品以关注现实为特征,以短篇小说《班主任》而闻名文坛,其长篇小说《钟鼓楼》曾获得茅盾文学奖。20世纪90年代后,成为《红楼梦》的积极研究者,曾在中央电视台《百家讲坛》栏目进行系列讲座,对红学在民间的普及与发展起到促进作用。2014年推出最新长篇小说《飘窗》。

余秋雨

余秋雨(1946—),浙江省余姚人,现任澳门科技大学人文艺术学院院长。中国著名文化学者,理论家、文化史学家、散文家。1966年毕业于上海戏剧学院戏剧文学系。1980年陆续出版了《戏剧理论史稿》《中国戏剧文化史述》《戏剧审美心理学》。1987年被授予国家级突出贡献专家的荣誉称号。代表作《文化苦旅》《山居笔记》《中国文脉》《君子之道》《何谓文化》等。

张承志

张承志(1948—),回族,当代作家、学者。1978年开始发表作品,早年的作品带有浪漫主义色彩,语言充满诗意,洋溢着青春热情的理想主义气息。后来的作品转向宗教题材,引起过不少争议。80年代以小说创作为主,90年代至今以散文为主。代表作有《北方的河》《黑骏马》《心灵史》等。

路遥

路遥(1949—1992),当代著名作家,生于陕北榆林清涧县。其小说直面当下生活中的矛盾,表现当代城乡青年的心理,充满现实主义艺术的力量。代表作长篇小说《平凡的世界》以恢宏的气势和史诗般的品格,全景式地展现了改革时代中国城乡的社会生活和人们思想情感的巨大变迁,该作获得第三届茅盾文学奖。另著有中篇小说《人生》。

朦胧诗派

20世纪70年代末,诗坛出现了一个新的诗派,被称为"朦胧派"。以舒婷、顾城、北岛、江河等为先驱者。所作诗歌摒弃了直白明说的诗风,以大跨度跳跃的间断形象或多变意象,营造出一种朦胧的氛围,以表现复杂的意蕴。

舒婷

舒婷(1952—),出生于福建石码镇,原名龚佩瑜,当代女诗人,朦胧诗派的代表人物。从小随父母定居于厦门,1969年下乡插队,1972年返城当工人,1979年开始发表诗歌作品,1980年至福建省文联工作,从事专业写作。代表作《致橡树》《四月的黄昏》《祖国啊,我亲爱的祖国》等。

王小波

王小波(1952—1997),当代著名学者、作家。其代表作品有《地久天长》《黄金时代》《白银时代》《青铜时代》《黑铁时代》等。被誉为中国的乔伊斯兼卡夫卡。他的唯一一部电影剧本《东宫西宫》获阿根廷国际电影节最佳编剧奖,并且入围1997年的戛纳国际电影节。

贾平凹

贾平凹(1952—),出生于陕西商洛,当代著名作家。1974年开始发表作品。1975年毕业于西北大学中文系。1982年发表作品《鬼城》《二月杏》。长篇小说《浮躁》获1987年美国"美孚飞马文学奖"。1992年创刊《美文》。1993年创作《废都》。1997年凭借《满月儿》,获得首届全国优秀短篇小说奖。2008年凭借《秦腔》,获得第七届茅盾文学奖。2011年凭借《古炉》,获得施耐庵文学奖。

莫言

莫言(1955—),原名管谟业,祖籍山东高密,是第一个获得诺贝尔文学奖的中国籍作家。他自20世纪80年代以一系列乡土作品崛起，充满着"怀乡"以及"怨乡"的复杂情感，被称为"寻根文学"作家。2000年，莫言的《红高粱》入选《亚洲周刊》评选的"20世纪中文小说100强"。2005年《檀香刑》全票入围茅盾文学奖初选。2011年莫言凭借《蛙》荣获茅盾文学奖。2012年莫言获得诺贝尔文学奖。据不完全统计，莫言的作品目前至少已经被翻译成40种语言。

顾城

顾城(1956—1993)，中国朦胧诗派的重要代表诗人，被称为当代的"唯灵浪漫主义"诗人。顾城在新诗、旧体诗和寓言故事诗上都有很高的造诣，其《一代人》中的一句"黑夜给了我黑色的眼睛/我却用它寻找光明"成为中国新诗的经典名句。

铁凝

铁凝(1957—)，河北赵县人。当代著名作家。现任中国作家协会主席。主要著作有《玫瑰门》《无雨之城》《大浴女》《麦秸垛》《哦，香雪》《孕妇和牛》以及散文、电影文学剧本等百余篇（部），总计300余万字。散文集《女人的白夜》获中国首届鲁迅文学奖，中篇小说《永远有多远》获第二届鲁迅文学奖。根据小说改编的电影《哦，香雪》获第41届柏林国际电影节青春片最高奖。电影《红衣少女》获1985年中国电影"金鸡奖""百花奖"优秀故事片奖。

王朔

王朔(1958—)，出生于江苏南京。当代著名作家、编剧。1978年，他开始创作，先后发表了《玩的就是心跳》《看上去很美》《动物凶猛》《无知者无畏》等中长篇小说。出版有《王朔文集》《王朔自选集》等；后进入影视业，代表作有《海马歌舞厅》和《编辑部的故事》。

余华

余华(1960—)，出生于浙江杭州。当代著名作家，"先锋派"代表作家。

1977年中学毕业后,进入北京鲁迅文学院进修深造。1983年开始创作,同年进入浙江省海盐县文化馆。1984年开始发表小说,《活着》和《许三观卖血记》同时入选百位批评家和文学编辑评选的20世纪90年代最具有影响的十部作品。1998年获意大利格林扎纳·卡佛文学奖。2005年获得中华图书特殊贡献奖。

苏童

苏童(1963—),原名童忠贵。当代著名作家。1980年考入北京师范大学中文系,现为中国作家协会江苏分会驻会专业作家、江苏省作协副主席。代表作包括《园艺》《红粉》《妻妾成群》《河岸》和《碧奴》等。中篇小说《妻妾成群》入选20世纪中文小说100强,并且被张艺谋改编成电影《大红灯笼高高挂》,获提名第64届奥斯卡最佳外语片,蜚声海内外。2015年8月,苏童凭《黄雀记》获第九届茅盾文学奖。

海子

海子(1964—1989),原名查海生,出生于安徽安庆。当代青年诗人。海子1984年创作成名作《亚洲铜》和《阿尔的太阳》,第一次使用"海子"作为笔名。1982年至1989年,海子创作了近200万字的作品,出版了《土地》《海子、骆一禾作品集》《海子的诗》和《海子诗全编》等。在诗人生命里,从1984年的《亚洲铜》到1989年3月14日的最后一首诗《春天,十个海子》,海子创造了近200万字的诗歌、诗剧、小说、论文和札记。比较著名的有《亚洲铜》《麦地》《以梦为马》《黑夜的献诗——献给黑夜的女儿》《面朝大海,春暖花开》等。

第二节 外国文学常识

一、古希腊文学

《荷马史诗》

《荷马史诗》相传是由古希腊盲诗人荷马创作的两部长篇史诗,也是《伊利亚特》和《奥德赛》的统称。两部史诗都分成24卷。《荷马史诗》以扬抑格六音部写成,集古希腊口述文学之大成,是古希腊最伟大的作品,也是西方文学中最伟大的作品。西方学者将其作为史料去研究公元前11世纪到公元前9世纪的社会和迈锡尼文明。《荷马史诗》具有文学艺术上的重要价值,它在历史、地理、考古学和民俗学方面也提供给后世很多值得研究的东西。

《伊索寓言》

《伊索寓言》相传为公元前6世纪,被释放的古希腊奴隶伊索所著,搜集所有古希腊民间故事,并加入印度、阿拉伯及基督教故事,共357篇。大部分把人比喻为动物来讽刺。

埃斯库罗斯

埃斯库罗斯(约前525—前456),古希腊三大悲剧家之一。出身贵族。曾参加希波战争。政治上拥护奴隶主民主派。相传写有90部悲剧和羊人剧,现存悲剧7部。代表作《被缚的普罗米修斯》借用神话歌颂雅典奴隶主民主派反对贵族专制统治的斗争。三联剧《俄瑞斯忒亚》(《阿伽门农》、《奠酒人》、《复仇女神》)反映了父权制对母权制和法治精神对血族复仇观念的胜利。唯一一部以现实生活为题材的《波斯人》反映希腊军在希波战争中战胜外族的入侵。剧作结构单纯,语言雄浑有力,神话形象寓意深刻,反映了雅典奴隶主民主政治成长时期的社会政治生活和道德观念,突出描写了自由公民的爱国精神和英雄气概。恩格斯称他是"有强烈倾向的诗人"。埃斯库罗斯首创三联剧的悲剧形式,使登场的演员由一个增为两个,并缩减合唱,把韵文对白变为悲剧的主要部分,使希腊悲剧渐趋完善,被称为"悲剧之父"。

索福克勒斯

索福克勒斯(约前496—前406),古希腊三大悲剧家之一。生于雅典富商家庭。政治上接近奴隶主民主派立场。相传写有100余部悲剧和羊人剧,现存《安提戈涅》《俄狄浦斯王》《厄勒克特拉》等七部完整的悲剧。剧作取材于神话和传说,多描写理想化的英雄人物与命运的冲突和他们不能挣脱命运的摆布而毁灭的历程。反映了雅典奴隶主民主政权盛极而衰时期的社会面貌。剧作结构严谨,情节曲折。索福克勒斯取消了传统的"三联剧"形式,写单出的悲剧,把同时登场的演员增加到三个,并添设彩画布景,改进悲剧音乐,使希腊悲剧有了进一步的革新与发展。

欧里庇得斯

欧里庇得斯(约前480—约前406),古希腊三大悲剧家之一。出身贵族。受当时智者派影响,对雅典民主政治既拥护又有所不满;对神的存在公开表示怀疑,但并不反对传统的宗教。相传写有悲剧90余部,现存《美狄亚》《希波吕托斯》《特洛亚妇女》《阿尔刻斯提斯》等18部和一出羊人剧《圆目巨人》。剧作取材于神话,但着重表现自由公民的思想感情,使神话题材富有现实意义,反映了雅典奴隶主民主政治危机时期的许多现实问题,语言接近口语,尤擅长描写人物心理。对后世剧作家有很大影响。

阿里斯托芬

阿里斯托芬(约前446—前385),古希腊早期喜剧代表作家,生于阿提卡的库达特奈昂,一生大部分时间在雅典度过,同哲学家苏格拉底、柏拉图有交往。相传写有44部喜剧,现存《阿卡奈人》《骑士》《和平》《鸟》《蛙》等11部,有"喜剧之父"之称。阿里斯托芬及在他之前的喜剧被称为旧喜剧,后起的则被称为中喜剧和新喜剧。公元前5世纪,雅典产生三大喜剧诗人:第一个是克拉提诺斯,第二个是欧波利斯,第三个是阿里斯托芬,只有阿里斯托芬传下一些完整的作品。

二、英国文学

杰弗雷·乔叟

杰弗雷·乔叟(约1343—1400),英国文学之父,被公认为中世纪最伟大的英国诗人,也是首位葬在维斯特敏斯特教堂诗人之角的诗人。作为诗人、哲学家、炼金术士和天文学家,乔叟生前声名显赫。除此之外,他还积极投身于为民服务的职业中,做过海关监督,法官和议员。他的众多作品中比较著名的有《公爵之书》《声誉之屋》《贤妇传奇》《托爱乐斯与克莱西达》,最为著名的要数《坎伯雷故事集》。乔叟在促进中世纪英语白话的正统方面起着举足轻重的作用,当时英国贵族社会通用法语和拉丁语,他改用伦敦方言创作,对英国民族语言的形成有很大影响。

莎士比亚

威廉·莎士比亚(1564—1616),华人社会常尊称为"莎翁",清末民初鲁迅在《摩罗诗力说》称"莎翁是英国文学史上最杰出的戏剧家",也是欧洲文艺复兴时期最重要、最伟大的作家,全世界最卓越的文学家之一。

1590年到1613年是莎士比亚的创作的黄金时代,在16世纪末期达到了深度和艺术性的高峰。他的早期剧本主要是喜剧和历史剧。后他主要创作悲剧。莎士比亚崇尚高尚情操,常常描写牺牲与复仇,包括《奥赛罗》《哈姆雷特》《李尔王》和《麦克白》,被认为属于英语最佳范例。在他人生最后阶段,他开始创作悲喜剧,又称为传奇剧。

笛福

丹尼尔·笛福(1660—1731),英国作家。英国启蒙时期现实主义丰富小说的奠基人,被誉为欧洲的"小说之父""英国小说之父"和"英国报纸之父"。其作品可读性强,信奉新教威廉三世。其代表作《鲁滨孙漂流记》中,乐观又勇敢的鲁滨孙通过努力,靠智慧和勇气战胜了困难,表现了当时追求冒险,倡导个人奋斗的社会风气。

斯威夫特

乔纳森·斯威夫特(1667—1745),18世纪英国著名文学家、讽刺作家、政治家,被高尔基誉为"世界伟大文学创造者"。其代表作品是寓言小说《格列佛游记》,其他作品有《桶的故事》《书的战争》,另有大量的政论和讽刺诗抨击英国殖民主义政策,受到读者热烈欢迎。

华兹华斯

华兹华斯(1770—1850),英国浪漫主义诗人,曾当上桂冠诗人。所作散文风格质朴,用字贴切,被视为英语写作的典范。其诗歌理论动摇了英国古典主义诗学的统治,有力地推动了英国诗歌的革新和浪漫主义运动的发展。他是文艺复兴运动以来最重要的英语诗人之一,其诗句"朴素生活,高尚思考"被作为牛津大学基布尔学院的格言。

简·奥斯汀

简·奥斯汀(1775—1817),英国著名女性小说家,她的作品主要关注乡绅家庭女性的婚姻和生活,以女性特有的细致入微的观察力和活泼风趣的文字真实地描绘了她周围世界的小天地。奥斯汀21岁时写成她的第一部小说,题名《最初的印象》,她与出版商联系出版,没有结果。就在这一年,她又开始写《埃莉诺与玛丽安》,以后她又写《诺桑觉寺》,于1799年写完。十几年后,《最初的印象》经过改写,换名为《傲慢与偏见》,《埃莉诺与玛丽安》经过改写,换名为《理智与情感》,分别得到出版。至于《诺桑觉寺》,作者生前没有出书。

拜伦

乔治·戈登·拜伦(1788—1824),英国 19 世纪初期伟大的浪漫主义诗人,代表作品有《恰尔德·哈罗德游记》《唐璜》等,他的诗歌里塑造了一批"拜伦式英雄"。他不仅是一位伟大的诗人,还是一个为理想战斗一生的勇士,积极而勇敢地投身革命——参加了希腊民族解放运动,并成为领导人之一。

雪莱

珀西·比希·雪莱(1792—1822),简称雪莱,被认为是历史上最出色的英语诗人之一。英国浪漫主义民主诗人、第一位社会主义诗人、小说家、哲学家、散文随笔和政论作家、改革家、柏拉图主义者和理想主义者,受空想社会主义思想影响颇深。1810 年,雪莱进入牛津大学,1811 年 3 月 25 日由于散发《无神论的必然》,入学不足一年就被牛津大学开除。1813 年 11 月完成叙事长诗《麦布女王》,1818 年至 1819 年完成了两部重要的长诗《解放了的普罗米修斯》和《倩契》,以及其不朽的名作《西风颂》。恩格斯称他是"天才预言家"。

狄更斯

狄更斯(1812—1870),英国作家。1837 年发表《匹克威克外传》,讽刺英国社会的黑暗面。1838 年和 1839 年先后完成长篇小说《奥利弗尔·退斯特》和《尼古拉斯·尼可贝》,描写资本主义社会中贫苦儿童的悲惨生活,揭露贫民救济所和学校教育的黑暗。1842 年去美国旅行后,发表《美国札记》和长篇小说《马丁·朱述尔维特》,抨击种族歧视和金元崇拜。1844 年—1847 年旅居意大利、瑞士和法国。19 世纪 50 年代前后,接连写出长篇小说《董贝父子》《大卫·科波菲尔》《荒凉山庄》《艰难时世》等,进一步揭露资产阶级的贪婪、伪善和司法、行政机构的腐败。1859 年完成以法国大革命为背景,揭露封建贵族残暴的长篇小说《双城记》。其作品从人道主义出发,抨击资本主义社会,主张用改良手段变革社会,是英国现实主义文学的重要代表。

夏洛蒂·勃朗特

夏洛蒂·勃朗特(1816—1855),有两个姐姐、两个妹妹和一个弟弟。两个妹妹,即艾米莉·勃朗特和安妮·勃朗特,也是著名作家,因而在英国文学史上常有"勃朗特三姐妹"之称。

1847年,夏洛蒂·勃朗特出版著名的长篇小说《简·爱》,轰动文坛。1848年秋到1849年她的弟弟和两个妹妹相继去世。在死亡的阴影和困惑下,她坚持完成了《谢利》一书,寄托了她对妹妹艾米莉的哀思,并描写了英国早期自发的工人运动。她另有作品《维莱特》(1853)和《教师》(1857),这两部作品均根据其本人生活经历写成。夏洛蒂·勃朗特善于以抒情的笔法描写自然景物,作品具有浓厚的感情色彩。

艾米莉·勃朗特

艾米莉·勃朗特(1818—1848),19世纪英国作家与诗人,著名的"勃朗特三姐妹"之一,世界文学名著《呼啸山庄》的作者。这部作品是其一生中唯一的一部小说,奠定了她在英国文学史以及世界文学史上的地位。此外,她还创作了193首诗,被认为是英国一位天才型的女作家。

哈代

托马斯·哈代(1840—1928),英国诗人、小说家。他是横跨两个世纪的作家,早期和中期的创作以小说为主,继承和发扬了维多利亚时代的文学传统,晚年以其出色的诗歌开拓了英国20世纪的文学。哈代一生共发表了近20部长篇小说,其中最著名的当推《德伯家的苔丝》《无名的裘德》《还乡》和《卡斯特桥市长》。诗8集,共918首,此外,还有许多以"威塞克斯故事"为总名的中短篇小说,以及长篇史诗剧《列王》。代表作品有《韦塞克斯诗集》《早期与晚期抒情诗》《德伯家的苔丝》。

柯南·道尔

柯南道尔(1859—1930),生于苏格兰爱丁堡,因塑造了成功的侦探人物——

—夏洛克·福尔摩斯而成为侦探小说历史上最重要的作家之一,堪称侦探悬疑小说的鼻祖。代表作有《福尔摩斯探案集》(包括《血字的研究》《四签名》《巴斯克维尔的猎犬》等)。柯南道尔对侦探小说的贡献是巨大的,其小说的故事结构、推理手法和奇巧的构思都给该类题材的小说树立了范本,他是当之无愧的文学大师,将侦探小说推向了一个崭新的时代。《福尔摩斯探案全集》可谓是开辟了侦探小说历史"黄金时代"的不朽经典,风靡全世界,是历史上最受读者推崇的侦探小说。

毛姆

毛姆(1874—1965),英国小说家、戏剧家。他的作品常以冷静、客观乃至挑剔的态度审视人生,基调超然,带讽刺和怜悯意味,在国内外拥有大量读者。著名的有戏剧《圈子》,长篇小说《人生的枷锁》《月亮和六便士》,短篇小说集《叶的震颤》《卡苏里那树》《阿金》等。毛姆属于现实主义作家,但是小说当中有部分自然主义特征。例如重视环境描写,以及反映中下层人民的生活等。

弗吉尼亚·伍尔芙

弗吉尼亚·伍尔芙(1882—1941),英国女作家、文学批评家和文学理论家,意识流文学代表人物,被誉为二十世纪现代主义与女性主义的先锋。两次世界大战期间,她是伦敦文学界的核心人物,同时也是布卢姆茨伯里派的成员之一。最知名的小说有《达洛维夫人》《到灯塔去》等。

托马斯·斯特尔那斯·艾略特

托马斯·斯特尔那斯·艾略特(1888—1965),诗人、剧作家和文学批评家,诗歌现代派运动领袖。其诗歌创作受19世纪法国象征派诗人影响,重视乔叟、莎士比亚和玄学派诗人的传统,强调运用日常口语的节奏,追求语词的独特含义和新奇比喻。1922年发表的《荒原》为他赢得了国际声誉,被评论界看作是20世纪最有影响力的一部诗作,被认为是英美现代诗歌的里程碑。1927年,艾略特加入英国国籍。1943年结集出版的《四个四重奏》使他获得了

1948年度诺贝尔文学奖并确立了当时在世的最伟大英语诗人和作家的地位。

阿加莎·克里斯蒂

阿加莎·克里斯蒂(1890—1976),英国著名女侦探小说家、剧作家,三大推理文学宗师之一。阿加莎·克里斯蒂开创了侦探小说的"乡间别墅派",即凶杀案发生在一个特定封闭的环境中,而凶手也是几个特定关系人之一。欧美甚至日本很多侦探作品也是使用了这一模式。她始终以动机和分析人性,为读者展现一个个特异怪诞的心理世界,由此揭露人心之丰富,展现生动多彩的人物性格,深层揭示曲折摇曳的人性迷宫。阿加莎·克里斯蒂著作数量之丰仅次于莎士比亚。她也因此被称为"推理女王"。代表作品有《东方快车谋杀案》和《尼罗河谋杀案》等。

三、爱尔兰文学

王尔德

奥斯卡·王尔德(1854—1900),19世纪出生于爱尔兰。最伟大的作家与艺术家之一,以其剧作、诗歌、童话和小说闻名。唯美主义代表人物,19世纪80年代美学运动的主力和90年代颓废派运动的先驱,提出"为艺术而艺术",反对用道德伦理支配艺术。代表作《道连·格雷的画像》《快乐王子》《温德米尔夫人的扇子》等。

萧伯纳

萧伯纳(1856—1950),爱尔兰剧作家。1925年因作品具有理想主义和人道主义而获诺贝尔文学奖,他是英国现代杰出的现实主义戏剧作家,是世界著名的擅长幽默与讽刺的语言大师,同时他还是积极的社会活动家和费边社会主义的宣传者。他支持妇女的权利,呼吁选举制度的根本变革,倡导收入平等,主张废除私有财产。萧伯纳的一生,是和社会主义运动发生密切关系的一生。他认真研读过《资本论》,公开声言他"是一个普通的无产者""一个社会主义者"。他主张艺术应当反映迫切的社会问题,反对"为艺术而艺术"。其思想深受德国哲学家叔本华及尼采的影响,而他又读过马克思的著作,不过他却主张用渐进的方法改变资本主义制度,反对暴力革命。代表作有《圣女贞德》《伤心之家》《华伦夫人的职业》等。

艾捷尔·丽莲·伏尼契

艾捷尔·丽莲·伏尼契(1864—1960),爱尔兰女作家。原名艾捷尔·丽莲·布尔,是著名的英国数学家乔治·布尔的第五个女儿,出生在爱尔兰的科克市,幼年丧父,家境贫困。1885年毕业于柏林音乐学院。1897年出版了小说《牛虻》,这部小说在中国影响巨大。

詹姆斯·乔伊斯

詹姆斯·乔伊斯(1882—1941),爱尔兰作家、诗人,20世纪最伟大的作家之一,后现代文学的奠基者之一,其作品及"意识流"思想对世界文坛影响巨大。创作中使用意识流手法,刻意描写现代西方人的都市生活与心理变态。作品结构复杂,造语奇特,极富独创性,但思想内容和语言都较晦涩,尤以后期作品如《芬尼根守灵夜》,使人难以理解。主要作品短篇小说集《都柏林人》描写下层市民的日常生活,显示社会环境对人的理想和希望的毁坏。自传体小说《青年艺术家画像》以大量内心独白描述人物心理及其周围世界。代表作长篇小说《尤利西斯》表现现代社会中人的孤独与悲观。

四、法国文学

拉伯雷

拉伯雷(约1494—1553),文艺复兴时期法国人文主义作家之一。出身律师家庭,早年在修道院接受教育,后来以行医为业,16世纪30年代开始转向文学创作。他通晓医学、天文、地理、数学、哲学、神学、音乐、植物、建筑、法律、教育等多种学科和希腊文、拉丁文、希伯来文等多种文字,堪称"人文主义巨人"。拉伯雷的主要著作是长篇小说《巨人传》。《巨人传》共分五卷,取材于法国民间传说故事,主要写格朗古杰、高康大、庞大固埃三代巨人的活动史,尖锐讽刺封建制度,揭露教会的黑暗、教士的无知与战争的荒诞,提出"做你所愿做的事"等信条,反映了文艺复兴时期个性解放的时代要求。

莫里哀

莫里哀(1622—1673),原名让·巴蒂斯特·波克兰,法国喜剧作家、演员、戏剧活动家,法国芭蕾舞喜剧的创始人。莫里哀是他的艺名。莫里哀是法国17世纪古典主义文学最重要的作家,古典主义喜剧的创建者,在欧洲戏剧史上占有十分重要的地位。代表作有《无病呻吟》《伪君子》《悭吝人》《唐璜》等。

伏尔泰

伏尔泰(1694—1778),本名弗朗索·瓦马利·阿鲁埃,伏尔泰是他的笔名,法国启蒙思想家、文学家、哲学家、史学家。伏尔泰是18世纪法国资产阶级启蒙运动的泰斗,被誉为"法兰西思想之王""法兰西最优秀的诗人""欧洲的良心"。主张开明的君主政治,强调自由和平等。法国启蒙运动的著名人物如狄德罗、卢梭、孔狄亚克、布封等人,无不是他的后辈,对他推崇备至,公认他是他们的导师。代表作有《哲学通信》《形而上学论》《路易十四时代》《老实人》等。

卢梭

让·雅克·卢梭(1712—1778),法国18世纪伟大的启蒙思想家、哲学家、教育家、文学家,18世纪法国大革命的思想先驱,杰出的民主政论家和浪漫主义文学流派的开创者,启蒙运动最卓越的代表人物之一。主要著作有《论人类不平等的起源和基础》《社会契约论》《爱弥儿》《忏悔录》《新爱洛漪丝》《植物学通信》等。

司汤达

司汤达(1783—1842),19世纪法国批判现实主义作家,原名马利·亨利·贝尔,"司汤达"是他的笔名。他的一生不到六十年,并且在文学上的起步很晚,三十几岁才开始发表作品。然而,他却给人类留下了巨大的文化遗产,包括数部长篇,数十个短篇故事,数百万字的文论、随笔、散文和游记。他以准确的人物心理分析和凝练的笔法而闻名。被誉为最重要和最早的现实主义的实践者之一。代表著作有《阿尔芒斯》《红与黑》《巴马修道院》等。

巴尔扎克

奥诺雷·德·巴尔扎克(1799—1850),法国小说家,被称为"现代法国小说之父",出生于法国中部图尔城一个中产者家庭。1829年,他发表长篇小说《朱安党人》,迈出了现实主义创作的第一步,1831年出版的《驴皮记》使他声名大震。1834年,完成对《高老头》的著作,这也是巴尔扎克最优秀的作品之一。他要使自己成为文学事业上的"拿破仑",在19世纪30至40年代以惊人的毅力创作了大量作品,一生创作甚丰,写出了91部小说,塑造了2 472个栩栩如生的人物形象,合称《人间喜剧》。《人间喜剧》被誉为"资本主义社会的百科全书"。

大仲马

亚历山大·仲马(1802—1870),又称大仲马,法国19世纪浪漫主义作家。大仲马各种著作达300卷之多,以小说和剧作为主。代表作有:《亨利第三及其宫廷》(剧本)、《基度山伯爵》(长篇小说)、《三个火枪手》(长篇小说)等。大仲马的小说大都以真实的历史作背景,情节曲折生动,往往出人意料,有历史惊险小说之称。结构清晰明朗,语言生动有力,对话灵活机智等构成了大仲马小说的特色。大仲马也因而被后人美誉为"通俗小说之王"。

雨果

维克多·雨果(1802—1885),法国作家,19世纪前期积极浪漫主义文学的代表作家,人道主义的代表人物,法国文学史上卓越的资产阶级民主作家,被人们称为"法兰西的莎士比亚"。一生写过多部诗歌、小说、剧本、各种散文和文艺评论及政论文章,在世界上有着广泛的影响力。其代表作有长篇小说《巴黎圣母院》《九三年》和《悲惨世界》,短篇小说有《"诺曼底"号遇难记》。

福楼拜

居斯塔夫·福楼拜(1821—1880),法国著名作家。出生于法国卢昂一个传统医生家庭。福楼拜的成就主要表现在对19世纪法国社会风俗人情进行真实细致描写记录的同时,超时代、超意识地对现代小说审美趋向进行探索。19世纪自然主义的代表作家左拉认为福楼拜是"自然主义之父",而20世纪的法国"新小说"派又把他称为"鼻祖"。代表作有《包法利夫人》等。

小仲马

亚历山大·仲马(1824—1895),是法国著名小说家大仲马任奥尔良公爵秘书处的文书抄写员时与一女裁缝所生的私生子。因与其父重名而被称为"小仲马"。小仲马的第一部扬名文坛的力作《茶花女》,表达了人道主义思想,体现出人间的真情,人与人之间的关怀、宽容与尊重,体现了人性的爱,这种思想感情引起人们的共鸣,并且受到普遍的欢迎。也曾写剧本《半上流社会》《金钱问题》《私生子》《放荡的父亲》《欧勃雷夫人的见解》《阿尔米斯先生》《福朗西雍》和《克洛德妻子》等。

凡尔纳

儒勒·凡尔纳(1828—1905),19世纪法国著名小说家、剧作家及诗人。

凡尔纳一生创作了大量优秀的文学作品,以《在已知和未知的世界中的奇异旅行》为总名,代表作为三部曲《格兰特船长的儿女》《海底两万里》《神秘岛》《从地球到月球》《八十天环绕地球》和《地心游记》等。他的作品对科幻文学流派有着重要的影响,因此他与赫伯特·乔治·威尔斯一起,被一些人称作"科幻小说之父"。而随着20世纪后叶对凡尔纳研究的不断深入以及其原始手稿的发现,科幻学界对于凡尔纳的认识也在趋于多样化。

都德

阿尔丰斯·都德(1840—1897),19世纪法国著名的现实主义小说家。出生于普罗旺斯。都德家世贫穷,母亲酷爱读书,他自幼便展现出了过人的聪慧。1857年开始文学创作,代表作品有散文和故事集《磨坊书简》,长篇小说《小东西》,短篇小说集《月曜日故事集》。他的短篇小说集具有委婉、曲折、富有暗示性的独特风格,1874年的《小弗洛蒙特和大黎斯雷》让他成为当时最伟大的小说家之一,《最后一课》《柏林之围》等作品都已成为世界文学的珍品。

莫泊桑

居伊·德·莫泊桑(1850—1893),19世纪后半叶法国优秀的批判现实主义作家,与契诃夫和欧·亨利并称为"世界三大短篇小说家"。莫泊桑出生于法国上诺曼府滨海塞纳省的一个没落贵族家庭,曾参加过普法战争,这经历成为他日后创作的重要主题。他一生创作了6部长篇小说、359篇中短篇小说及3部游记,是法国文学史上短篇小说创作数量最大、成就最高的作家,三百余篇短篇小说的巨大创作量在当时是绝无仅有的。代表作有《羊脂球》《项链》《我的叔叔于勒》等。

罗曼·罗兰

罗曼·罗兰(1866—1944),出生于法国克拉姆西。思想家,文学家,批判现实主义作家,音乐评论家,社会活动家。1915年诺贝尔文学奖得主,是20世纪上半叶法国著名的人道主义作家。他的小说特点被人们归纳为"用音乐写小说"。另外,罗曼·罗兰还一生为争取人类自由、民主与光明进行不屈的斗争,他积极投身进步的政治活动,声援西班牙人民的反法西斯斗争,并出席巴黎保卫和平大会,对人类进步事业做出了一定的贡献。代表作有长篇小说《约翰·克利斯朵夫》,名人传记《贝多芬传》《米开朗琪罗传》《托尔斯泰传》。

普鲁斯特

马塞尔·普鲁斯特(1871—1922)是20世纪法国最伟大的小说家之一,意识流文学的先驱与大师,也是20世纪世界文学史上最伟大的小说家之一。普鲁斯特出生于一个非常富有的家庭,自幼体质孱弱、生性敏感、富于幻想,这对他文学禀赋早熟起了促进作用。1984年6月,法国《读书》杂志公布了由法国、西班牙、联邦德国、英国、意大利王国报刊据读者评选的欧洲十名"最伟大作家",普鲁斯特名列第六。代表作有《追忆似水年华》。

萨特

让·保罗·萨特(1905—1980),法国20世纪最重要的哲学家之一,法国无神论存在主义的主要代表人物,西方社会主义最积极的鼓吹者之一,一生中拒绝接受任何奖项,包括1964年的诺贝尔文学奖。在战后的历次斗争中都站在正义的一边,对各种被剥夺权利者表示同情,反对冷战。他也是优秀的文学家、戏剧家、评论家和社会活动家。代表作《存在与虚无》《辨证理性批判》和剧本《苍蝇》《隔离》,小说《呕吐》等。

尤涅斯库

尤金·尤涅斯库(1909—1994),出生于罗马尼亚,1949年开始戏剧创作。尤涅斯库的戏剧荒诞不经,剧情显得支离破碎,有时根本没有矛盾冲突,因此起初并不被人接受。可尤涅斯库认为戏剧的语言呈现僵化状,而自己所做的一切就是使已经僵化的状态得以改变,冲破旧的语言表达模式。当他第13个剧本《犀牛》上演之后,得到了广泛好评。尤涅斯库被公认为荒诞派戏剧的鼻祖之一。

加缪

阿尔贝·加缪(1913—1960),法国声名卓著的小说家、散文家和剧作家,存在主义文学大师,"荒诞哲学"的代表人物。1957年因"热情而冷静地阐明了当代向人类良知提出的种种问题"而获诺贝尔文学奖,是有史以来最年轻的诺贝尔奖获奖作家之一。其代表作有《局外人》《瘟疫》《堕落》,剧本《加星古拉》《正义者》《西西带斯的神话》等。

玛格丽特·杜拉斯

玛格丽特·杜拉斯(1914—1996),原名玛格丽特·陶拉迪欧,法国著名作家、剧作家、电影编导。她的成名作是1950年发表的自传体小说《抵挡太平洋的堤坝》。代表作有《广岛之恋》《情人》等。曾获龚古尔文学奖、法兰西学院戏剧大奖等奖项。她的写作风格别具一格,一度成为许多女作家模仿的对象。

五、德国文学

歌德

歌德(1749—1832),出生于美因河畔法兰克福,德国诗人、剧作家、思想家。代表作有剧本《葛兹·冯·伯利欣根》,书体信小说《少年维特之烦恼》,诗作《浮士德》等。

席勒

弗里德里希·冯·席勒(1759—1805),德国18世纪著名诗人、哲学家、历史学家和剧作家,德国启蒙文学的代表人物之一。其代表作有《阴谋与爱情》《强盗》《威廉·退尔》等。

海涅

海涅(1799—1856),出生于德国杜塞尔多夫一个犹太人家庭,诗人、散文家和政治家。其代表作有散文集《哈尔茨山游记》,论文《论浪漫派》《论德国宗教和哲学的历史》,诗作《西星西亚织工》,长篇政治讽刺诗《德国——一个冬天的童话》。

布莱希特

贝尔托·布莱希特(1898—1956),德国著名戏剧家与诗人。年轻时曾任剧院编剧和导演,1955年获列宁和平奖金。他提倡不以激起情感共鸣为主的非亚里士多德美学思想,重视戏剧的教育作用,多年探索"宣传、鼓动和艺术"相结合的问题,提出"叙述体戏剧"理论和"间离效果"的演出方法,强调创作过程中的理性因素,破除舞台上的"生活幻觉",给观众冷静分析和主动思考的空间。1949年创办柏林剧团,通过舞台实践,逐渐形成自己的演出流派。有论著《戏剧小工具篇》《表演艺术新技巧》等,诗歌两千多首,剧作有《卡拉尔大娘的枪》《胆大妈妈和她的孩子们》《四川好人》《伽利略传》《高加索灰阑记》《巴黎公社的日子》等,及长篇小说《三毛钱小说》等。被认为是20世纪重要的戏剧改革家。

雷马克

雷马克(1898—1970)德国小说家,第一次世界大战时被征入伍,战后当过教员、商人和记者,由其1929年发表的处女作反战长篇小说《西线无战事》而成名。该书是描写第一次世界大战最著名和最有代表性的作品,被译成近30种文字,其声名大震的同时也引起法西斯势力的仇视。1931年被迫移居瑞士,1939年迁往纽约,1947年加入美国籍。所作长篇小说《凯旋门》,写德国流亡者在法国的经历,反映了知识分子的惶惑与悲观;《生死存亡的时代》表现了德国年青一代反法西斯意识的觉醒。还写有《最后一站》《里斯本之夜》《黑色方尖碑》等长篇小说。作品情节紧张,语言生动。

君特·格拉斯

君特·格拉斯(1927—2015),德国作家。著有长篇小说《铁皮鼓》《猫与鼠》。其语言新颖,想象丰富,手法独特,使他在当代世界文学中占有一定地位,曾多次获奖,几次被提名为诺贝尔文学奖的候选人,最终获得1999年诺贝尔文学奖。他除了在文学界享有盛名,还活跃在战后德国的政治舞台上,是一个立场坚定的和平主义者,坚决反对北约在德国的土地上部署核武器。两德统一后,格拉斯更致力于反对逐渐滋生的仇外主义和新纳粹黑暗势力。

六、意大利文学

但丁

但丁(1265—1321),意大利中世纪诗人,现代意大利语的奠基者,欧洲文艺复兴时代的开拓者,以史诗《神曲》留名后世。但丁是欧洲最伟大的诗人,也是全世界最伟大的作家之一。恩格斯评价说:"封建的中世纪的终结和现代资本主义纪元的开端,是以一位大人物为标志的,这位人物就是意大利人但丁,他是中世纪的最后一位诗人,同时又是新时代的最初一位诗人。"但丁、彼特拉克、薄伽丘是文艺复兴的先驱,被称为"文艺复兴三巨头",也称为"文坛三杰"。

彼特拉克

弗兰齐斯科·彼特拉克(1304—1374),意大利学者、诗人,文艺复兴第一个人文主义者,被誉为"文艺复兴之父"。他以其十四行诗著称于世,为欧洲抒情诗的发展开辟了道路,后世人尊他为"诗圣"。他与但丁、薄伽丘齐名,文学史上称他们为"三颗巨星"。主要作品有意大利文写的《抒情诗集》,抒写他对恋人的爱情,描写自然景色,渴望祖国统一;用拉丁文写的《没有收信人的信》,批判教皇的统治。还写有叙事诗《阿非利加》和忏悔录式的作品《我的秘密》,描写宗教思想和生活欲望在他身上的冲突。

薄伽丘

乔万尼·薄伽丘(1313—1375),意大利文艺复兴运动的杰出代表,人文主义杰出作家。与诗人但丁、彼特拉克并称为佛罗伦萨文学"三杰"。其代表作《十日谈》有100篇故事,反映当时意大利的社会生活,谴责禁欲主义,表达人文主义思想,是欧洲文学史上第一部现实主义作品。它批判宗教守旧思想,主张"幸福在人间",被视为文艺复兴的宣言。

哥尔多尼

哥尔多尼(1707—1793),出生于威尼斯资产阶级家庭。意大利剧作家,现代喜剧创始人。自幼接触戏剧,早年参加流浪剧团。曾就学于帕维亚大学,后获法律学位。代表作有《一仆二主》《女店主》《狡猾的寡妇》等。

七、西班牙文学

塞万提斯

塞万提斯(1547—1616),文艺复兴时期西班牙小说家、剧作家、诗人,被誉为西班牙文学世界里最伟大的作家。评论家们称他的小说《堂吉诃德》是文学史上的第一部现代小说,同时也是世界文学的瑰宝之一。

维加

维加(1562—1635),文艺复兴时期西班牙黄金世纪最重要的诗人和剧作家,有"西班牙民族戏剧之父""天才中的凤凰"以及"大自然中的魔鬼"之称。他革新了西班牙戏剧的模式,在那一时期戏剧开始成为一种大众化的文化现象。直到今天,他的作品也一直在被搬上舞台,这些作品代表了西班牙文学和艺术的最高峰之一。其主要剧作有《羊泉村》《园丁之犬》《最好的法官是国王》《贝里瓦涅斯或奥卡尼亚统领》《奥尔梅多骑士》等。此外,他还写有诗体戏剧论文《当代写作喜剧的新艺术》。其剧作对西班牙民族戏剧的发展影响很大。

八、中、东欧文学

裴多菲

裴多菲·山陀尔(1823—1849),匈牙利的爱国诗人和英雄,伟大的革命诗人,也是匈牙利民族文学的奠基人,革命民主主义者。代表作有《自由与爱情》

《民族之歌》《使徒》等。

茨威格

斯蒂芬·茨威格(1881—1942),奥地利著名作家、小说家、传记作家,擅长写小说、人物传记,也写诗歌戏剧、散文特写和翻译作品。主要作品有短篇小说《看不见的收藏》《马来狂人》《一个女人一生中的二十四小时》《一个陌生女人的来信》《象棋的故事》和长篇小说《心灵的焦灼》等,传记《三位大师》《罗曼·罗兰》《三个描摹自己生活的诗人》,为巴尔扎克、狄更斯、陀思妥耶夫斯基、罗曼·罗兰、托尔斯泰、司汤达、卡萨诺瓦作传,开拓了侧重人物性格描绘的文学传记样式。还著有回忆录《昨天的世界》。

卡夫卡

弗兰兹·卡夫卡(1883—1924),奥地利作家,现代主义、表现主义文学的重要代表。主要作品有长篇小说《美国》《审判》和《城堡》(均未完成),短篇小说《变形记》《在流放地》和《地洞》等。多描写人的孤独以及人在不可思议的力量面前的渺小,带有浓厚的神秘气息。常把现实生活的细节和幻想情境交织在一起,用假定的场景、荒诞无稽的情节突出人的某种普遍生存处境和内心状态。在当代西方文学中占有显著地位。

伏契克

伏契克(1903—1943),捷克作家、文艺评论家。出生于工人家庭,在俄国十月革命鼓舞下投身革命活动,18岁加入前捷克斯洛伐克共产党,曾任党刊《创造》和《红色权利报》的编辑。代表作《绞刑架下的报告》是其在法西斯监狱里写下的一部长篇特写。

米兰·昆德拉

米兰·昆德拉(1929—),小说家,出生于捷克斯洛伐克布尔诺,自1975年起,在法国定居。长篇小说《玩笑》《生活在别处》《告别圆舞曲》《笑忘录》《不能承受的生命之轻》和《不朽》,短篇小说集《好笑的爱》是以作者母语捷克文写成。而他最新出版的长篇小说《慢》《身份》和《无知》及随笔集《小说的艺术》《被背叛的遗嘱》是以法文写成。《雅克和他的主人》系作者戏剧代表作。

九、北欧文学

安徒生

汉斯·克里斯汀·安徒生(1805—1875),丹麦19世纪著名的童话作家,既是世界文学童话的代表人物之一,也是个虔诚的基督教徒,被誉为"世界儿童文学的太阳"。他最著名的童话故事有《小锡兵》《海的女儿》《拇指姑娘》《卖火柴的小女孩》《丑小鸭》《皇帝的新装》等。安徒生生前曾得到皇家的致敬,并被高度赞扬"给全欧洲的一代孩子带来了欢乐"。他的作品《安徒生童话》已经被译为150多种语言在全球陆续发行和出版。

易卜生

亨利克·易卜生(1828—1906),挪威戏剧家,现代散文剧的创始人。其作品强调个人在生活中的快乐,无视传统社会的陈腐礼仪。最著名的有诗剧《彼尔·京特》,社会悲剧《玩偶之家》《群鬼》《人民公敌》《海达·加布勒》;其象征性剧作《野鸭》《当我们死而复醒时》等反映其"精神死亡"的思想。

十、俄国、苏联文学

克雷洛夫

克雷洛夫(1769—1844),俄国著名的寓言家、作家,全名是伊万·安德列耶维奇·克雷洛夫。有两百多篇诗体寓言。主要借动物形象讽喻帝俄社会,刻画人物性格,如《狼和小羊》《兽类的瘟疫》等揭露封建统治阶级对人民的压迫;《鱼的跳舞》《杂色羊》等影射沙皇的假仁假义;《蜜蜂和苍蝇》《蜻蜓和蚂蚁》讽嘲地主贵族的懒惰愚蠢;《梭子鱼和猫》《猫和厨子》《狼落狗舍》等,反映俄法

1812年战争等历史事件。作品对俄国文学和语言发展有一定影响。

普希金

普希金(1799—1837),俄国著名的文学家,被许多人认为是俄国最伟大的诗人、现代俄国文学的奠基人,19世纪俄国浪漫主义文学主要代表,被誉为"俄国文学之父"。他的作品是俄国民族意识高涨以及贵族革命运动在文学上的反应。代表作有诗歌《自由颂》《致大海》《致恰达耶夫》《假如生活欺骗了你》等,诗体小说《叶甫盖尼·奥涅金》,小说《上尉的女儿》《黑桃皇后》等。

果戈理

果戈理(1809—1852),俄国批判主义作家,善于描绘生活,将现实和幻想结合,具有讽刺性的幽默,他最著名的作品是《死魂灵》。果戈理是俄国现实主义文学的奠基人。他的创作与普希金的创作相配合,奠定了19世纪俄国批判现实主义文学的基础,是俄国文学中自然派的创始者。他的创作加强了俄国文学的批判和讽刺倾向。他对俄国小说艺术发展的贡献尤其显著,车尔尼雪夫斯基在《俄国文学果戈理时期概观》中称他为"俄国散文之父"。屠格涅夫、冈察洛夫、谢德林、陀思妥耶夫斯基等杰出作家都受到果戈理创作的重要影响,开创了俄国文学的新时期。

冈察洛夫

冈察洛夫(1812—1891),19世纪俄国最著名的批判现实主义作家之一。他的长篇小说创作在19世纪俄罗斯文学史上占有相当重要的位置。早期中篇小说《癫痫》《因祸得福》和特写《伊凡·萨维奇·波德查勃林》等,带有自然派特色。其主要代表作为三部长篇小说:第一部《平凡的故事》、第二部《奥勃洛莫夫》、第三部长篇小说《悬崖》。

赫尔岑

赫尔岑(1812—1870),俄国哲学家、作家、革命家。他的主要作品有《谁之罪》和《往事与随想》,他的作品影响了几代俄罗斯人的思想和生活。屠格涅夫曾评价:"赫尔岑在刻画他所遇到的人物的性格方面是没有敌手的。"

莱蒙托夫

莱蒙托夫(1814—1841),继普希金之后俄国又一位伟大诗人,被别林斯基誉为"民族诗人"。主要作品有《海盗》《罪犯》《奥列格》《梦》《悬崖》《塔马拉》《约会》《叶》《海的公主》和《预言家》。

屠格涅夫

屠格涅夫(1818—1883),俄国19世纪批判现实主义作家、诗人和剧作家,享有世界声誉的"现实主义艺术大师"和"现实主义作家"。早期写诗,1847年—1852年发表《猎人笔记》,揭露农奴主的残忍,农奴的悲惨生活,因此被放逐。在监禁中写成中篇小说《木木》,对农奴制表示抗议。以后又发表长篇小说《罗亭》《贵族之家》,中篇小说《阿霞》《多余人的日记》等,描写贵族地主出身的知识分子好发议论而缺少斗争精神的性格。在长篇小说《前夜》中,塑造出保加利亚革命者英沙罗夫的形象。后来发表了长篇小说《父与子》,刻画贵族自由主义者同平民知识分子之间的思想冲突。后期还创作了长篇小说《烟》和《处女地》。屠格涅夫以写作中篇和长篇小说为主要,善于刻画少女形象,并以描写俄罗新自然景色见长,文笔细腻,富于诗意。他的创作为俄国文学的发展做出了巨大贡献。

陀思妥耶夫斯基

陀思妥耶夫斯基(1821—1881),19世纪群星灿烂的俄国文坛上一颗耀眼的明星,与列夫·托尔斯泰、屠格涅夫等人齐名,是俄国文学的卓越代表,他所走过的是一条极为艰辛、复杂的生活与创作道路,是俄国文学史上最复杂、最矛盾的作家之一。即如有人所说,"托尔斯泰代表了俄罗斯文学的广度,陀思妥耶夫斯基则代表了俄罗斯文学的深度"。其代表作品有《罪与罚》《白痴》,中篇小说《穷人》等。

列夫·托尔斯泰

列夫·尼古拉耶维奇·托尔斯泰(1828—1910),19世纪中期俄国批判现实主义作家、文学家、思想家,哲学家。世袭伯爵,曾参加克里米亚战争。返回雅斯纳·亚波利亚纳的农庄后致力于农民教育。1862年结婚后,创作了俄罗斯文学史上的巨著《战争与和平》《安娜·卡列尼娜》。名著还有长篇小说《复活》、戏剧《黑暗的势力》和若干短篇小说及评论。他的文学传统不仅通过高尔基而且为苏联作家所批判地继承和发展,在世界文学中也有巨大影响。在文学创作和社会活动中,他提出了"托尔斯泰主义",对很多政治运动有着深刻影响。

契诃夫

契诃夫(1860—1904),俄国的世界级短篇小说巨匠,是俄国19世纪末期最后一位批判现实主义艺术大师,与法国的莫泊桑和美国的欧·亨利并称为"世界三大小说巨匠",是一个有强烈幽默感的作家。他的小说紧凑精炼,言简意赅,给读者以独立思考的余地。其剧作对19世纪戏剧产生了很大的影响。他坚持现实主义传统,注重描写俄国人民的日常生活,塑造具有典型性格的小人物,借此真实反映出当时俄国社会的状况。他的作品的最大特征是对丑恶现象的嘲笑与对贫苦人民的深切同情,且无情地揭露了沙皇统治下的不合理的社会制度和社会的丑恶现象。他被认为是19世纪末俄国现实主义文学的杰出代表。主要作品有《变色龙》《装在套子里的人》《小公务员之死》等。

高尔基

高尔基(1868—1936),苏联作家,社会主义现实主义文学奠基人,无产阶级艺术最伟大的代表者、无产阶级革命文学导师、苏联文学的创始人之一。1892年用笔名"玛克西姆·高尔基"发表处女作短篇小说《马卡尔·楚德拉》,从此专心从事写作。著名作品有自传体三部曲《童年》《在人间》《我的大学》。

法捷耶夫

法捷耶夫(1901—1956),出生于加里宁州基姆雷,苏联著名作家、无产阶级文学的主要倡导者和理论家。代表作有《青年近卫军》、长篇小说《毁灭》、中篇小说《泛滥》《逆流》等。

奥斯特洛夫斯基

尼古拉·阿列克赛耶维奇·奥斯特洛夫斯基(1904—1936),苏联作家。16岁参加红军,20岁加入俄共(布),在苏俄国内战争中受重伤,身体状况逐渐恶化,最后双目失明,全身瘫痪,在病榻上写成长篇小说《钢铁是怎样炼成的》。另一长篇小说《暴风雨所诞生的》反映乌克兰人民在内战时期保卫苏维埃政权的斗争,因作者逝世未能完成。

肖霍洛夫

米哈依尔·肖洛霍夫(1905—1984),20世纪苏联文学的杰出代表,1965年的诺贝尔文学奖得主,苏联著名作家,曾获得列宁勋章和"社会主义劳动英雄"称号,当选苏共中央委员、苏联最高苏维埃代表、科学院院士、苏联作家协会理事。1965年他的作品《静静的顿河》获得了诺贝尔文学奖。

十一、美国文学

斯托夫人

哈丽叶特·比切·斯托(1811—1896),美国女作家,著名小说《汤姆叔叔的小屋》的作者。当时许多著名的美国作家都站在废奴的一边,为解放黑奴而呼吁,斯托夫人便是这批废奴作家中最杰出的一位。《汤姆叔叔的小屋》激励了一代人的"废奴运动",也把内战搬上了历史舞台,美国总统林肯称她是"写了一本书,发动了一场战争的妇人",她被美国的权威期刊《大西洋月刊》评为影响美国的100位人物第41名。

惠特曼

沃尔特·惠特曼(1819—1892),出生于纽约州长岛,美国著名诗人,人文主义者。他创造了诗歌的自由体,代表作品是诗集《草叶集》。

马克·吐温

马克·吐温(1835—1910),美国著名作家和演说家,真实姓名是萨缪尔·兰亨·克莱门,"马克·吐温"是他的笔名,取意自密西西比河水手使用的表示在航道上所测水的深度的术语。马克·吐温一生写了大量作品,题材涉及小说、剧本、散文、诗歌等各方面。从内容上说,他的作品批判了不合理现象或人性的丑恶之处,表达了这位当过排字工人和水手的作家强烈的正义感和对普通人民的关心;从风格上说,专家们和一般读者都认为,幽默和讽刺是他的写作特点。马克·吐温是美国批判现实主义文学的奠基人,他的主要作品已大多有中文译本。他经历了美国从初期资本主义到帝国主义的发展过程,其思想和创作也表现为从轻快调笑到辛辣讽刺再到悲观厌世的发展阶段,前期以辛辣的讽刺见长,到了后期语言更为暴露激烈。马克·吐温被誉为"美国文学史上的林肯",被美国的权威期刊《大西洋月刊》评为影响美国的100位人物第16名。其主要作品有《竞选州长》《百万英镑》《汤姆·索亚历险记》等。

欧·亨利

欧·亨利(1862—1910),美国著名短篇小说家,美国现代短篇小说创始人。与法国的莫泊桑、俄国的契诃夫并称为"世界三大短篇小说巨匠"。"含泪的微笑"是欧亨利小说的创作风格,是作品喜剧形式和悲剧内涵的有机结合。他是一位高产的作家,一生中留下了一部长篇小说和近三百篇的短篇小说。他的短篇小说构思精巧,风格独特,以表现美国中下层人民的生活、语言幽默、结局出人意料(即"欧·亨利式结尾")而闻名于世。主要作品有《麦琪的礼物》《警察和赞美诗》《我们所选择的道路》等。

德莱赛

西奥多·德莱塞(1871—1945),美国现代小说的先驱、现实主义作家之一,自然主义者。他的作品贴近广大人民的生活,诚实、大胆、充满了生活的激情。其代表作《嘉莉妹妹》真实再现了当时美国社会现状,而《美国悲剧》则是德莱赛成就最高的作品,使人们清晰地看到了美国社会的真实情况,"至今依然具有巨大的现实意义"。

杰克·伦敦

杰克·伦敦(1876—1916),出生于旧金山,美国著名的现实主义作家。他的作品大都带有浓厚的社会主义和个人主义色彩,在全世界都广为流传,是最受中国读者欢迎的外国作家之一。他一生著述颇丰,在他创作的16年中留下了19部长篇小说、150多篇短篇小说以及大量文学报告集,还写了3个剧本以及相当多的随笔和论文。最著名的小说有《马丁·伊登》《野性的呼唤》《白牙》《热爱生命》等。他是世界文学史上最早的商业作家之一,因此被誉为商业作家的先锋。

尤金·奥尼尔

尤金·奥尼尔(1888—1953),美国著名剧作家,表现主义文学的代表作家。主要作品有《琼斯皇》《毛猿》《天边外》《悲悼》等。尤金·奥尼尔是美国民族戏剧的奠基人。评论界曾指出:"在奥尼尔之前,美国只有剧场;在奥尼尔之后,美国才有戏剧。"一生共4次获普利策奖(1920年,1922年,1928年,1957年),并于1936年获诺贝尔文学奖。

福克纳

福克纳(1897—1962),美国作家。第一次世界大战期间在加拿大空军服役,战后曾在密西西比大学学习。早年写作诗歌。1926年发表第一部长篇小说《士兵的报酬》,反映了作者的苦闷情绪。此后作品多以美国南方为背景,运用内心独白、意识流手法,叙述南方种植园主及资产阶级腐朽的生活,充满恐怖、犯罪和变态心理的描写。主要作品有《喧哗和骚动》《我弥留之际》《圣地》《八月之光》《村舍》和《押沙龙,押沙龙!》等。1949年获诺贝尔文学奖。

海明威

海明威(1899—1961),美国作家和记者,被认为是20世纪最著名的小说家之一,他是美国"迷惘的一代"作家中的代表人物,作品中对人生、世界、社会都表现出了迷茫和彷徨。海明威在第一次世界大战期间被授予银制勇敢勋章。1953年,他以《老人与海》一书获得普利策奖;1954年,《老人与海》又为海明威夺得诺贝尔文学奖。2001年,海明威的《太阳照样升起》与《永别了,武器》两部作品被美国现代图书馆列入"20世纪中的100部最佳英文小说"中。海明威一向以文坛硬汉著称,他是美利坚民族的精神丰碑。海明威的作品标志着他独特创作风格的形成,在美国文学史乃至世界文学史上都占有重要地位。

米切尔

米切尔(1900—1949),美国现代著名女作家。1937年获得普利策奖。1939年获纽约南方协会金质奖章。代表作有长篇小说《飘》。

海勒

约瑟夫·海勒(1923—1999)美国小说家。1961年发表的《第二十二条军规》被称为"黑色幽默"的代表作。后发表长篇小说《出了毛病》《像黄金一样美好》《上帝知道》《不是玩笑》以及剧本《我们轰炸了纽黑文》等。写作风格摒弃现实主义传统手法,开创欧美讽刺小说新的表现手法,其别具一格的情节结构和人物塑造对不少作家产生了影响。

十二、印度文学

印度两大史诗

《摩呵婆罗多》是享誉世界的摩诃婆罗多和印度史诗,和《罗摩衍那》并列为印度的两大史诗,《摩呵婆罗多》现存的本子是在一部史诗的基础上编订加工而成,其中有长篇英雄史诗,而且有大量的传说故事作为插话,是富含宗教哲学以及法典性质的著作。有 10 万"颂"(诗节),内容篇幅相当于《罗摩衍那》的 4 倍,被称为百科全书式的史诗,规模宏大、内容庞杂。印度现代学者认为《摩呵婆罗多》是印度的民族史诗,内含印度民族的"集体无意识",堪称是"印度的灵魂"。

迦梨陀娑

迦梨陀娑,印度古代剧作家、诗人。约生活于公元 3 世纪—5 世纪的笈多王朝时期。流传的诗篇有《罗怙世系》《鸠摩罗出世》《云使》和短歌集《时令之环》;剧作有《摩罗维迦和火友王》《优哩婆湿》和《沙恭达罗》等。其剧作反映宫廷贵族生活,善于刻画人物心理,语言生动,富于民族特色。是梵文古典文学的代表作家之一。

泰戈尔

拉宾德拉纳特·泰戈尔(1861—1941),印度著名诗人、文学家、社会活动家、哲学家和印度民族主义者。1913 年,他以《吉檀迦利》成为第一位获得诺贝尔文学奖的亚洲人。他的诗含有深刻的宗教和哲学的见解,在印度享有史诗的地位。代表作有《吉檀迦利》《飞鸟集》《眼中沙》《四个人》《家庭与世界》《园丁集》《新月集》《最后的诗篇》《戈拉》《文明的危机》等。

十三、日本文学

紫式部

紫式部(约973—约1016至1025),日本平安时代著名女作家,中古三十六歌仙之一。主要作品有长篇小说《源氏物语》,作品描写人物心理细腻,文字典雅,情节曲折,被认为是世界最早的长篇小说,对往后日本文学之影响极大。另著《紫式部日记》,成书于公元1010年秋。

夏目漱石

夏目漱石(1867—1916),本名夏目金之助,别号漱石,日本明治时代小说家,夏目漱石在日本近代文学史上享有很高的地位,被称为"国民大作家"。他对东西方的文化均有很高造诣,既是英文学者,又精擅俳句、汉诗和书法。写小说时他擅长运用对句、叠句、幽默的语言和新颖的形式。他对个人心理的描写精确细微,开启了后世私小说的风气之先。他的门下出了不少文人,芥川龙之介也曾受他提携。他一生坚持对明治社会的批判态度。其代表作有《我是猫》《三四郎》《路边草》《偶有所感》等。1984年,他的头像被印在日元1 000元的纸币上。

川端康成

川端康成(1899—1972),日本新感觉派作家,著名小说家。他的一生创作小说100多篇,中短篇多于长篇。作品富抒情性,追求人生升华的美,并深受佛教思想和虚无主义影响。早期多以下层女性作为小说的主人公,写她们的纯洁和不幸。后期一些作品写了近亲之间、甚至老人的变态情爱心理,手法纯熟,浑然天成。成名作小说《伊豆的舞女》描写一个高中生"我"和流浪艺人的感伤且不幸的生活。代表作有《伊豆的舞女》《雪国》《千只鹤》《古都》以及《睡美人》等。1968年获诺贝尔文学奖,亦是首位获得该奖项的日本作家。

小林多喜二

小林多喜二(1903—1933),日本著名作家,日本无产阶级文学的奠基人,日本无产阶级文学运动的领导人之一。小林多喜二是20世纪30年代日本最杰出的无产阶级作家。小林多喜二与中国进步文学界有较多交往,对中国现代文学有一定影响。其代表作有《蟹工船》《为党生活的人》《在外地主》等。

大江健三郎

大江健三郎(1935—),日本著名作家,诺贝尔文学奖获得者。1957年5月,短篇小说《奇妙的工作》获《东京大学新闻刊》"五月祭奖"。1958年,具有标志性意义的短篇小说《饲育》发表于《文学界》,获得第39届芥川文学奖,以职业作家的身份正式登上日本文坛。1965年《个人的体验》获第11次"新潮文学奖"。1967年发表《万延元年的足球》,获第3次"谷崎润一郎奖"。1989年,荣获欧洲共同体设立的"犹罗帕利文学奖"。1992年,又获得意大利的"蒙特罗文学奖"。1973年,长篇小说《洪水荡及我的灵魂》,获第26次"野间文学奖"。1994年,获得诺贝尔文学奖。

村上春树

村上春树(1949—),日本现代著名小说家,生于京都伏见区。29岁开始写作,第一部作品《且听风吟》即获得日本群像新人奖,1987年第五部长篇小说《挪威的森林》上市至2010年在日本畅销一千万册,国内简体版到2004年销售总量786万,引起"村上现象"。其作品风格深受欧美作家的影响,基调轻盈,少有日本战后阴郁沉重的文字气息,被称作第一个纯正的"二战后时期作家",并被誉为日本20世纪80年代的文学旗手,其作品在世界范围内具有广泛知名度。

十四、拉丁美洲文学

博尔赫斯

博尔赫斯(1899—1986),阿根廷诗人、小说家、散文家兼翻译家,被誉为作家中的考古学家。出生于布宜诺斯艾利斯一个有英国血统的律师家庭。在日内瓦上中学,在剑桥读大学。掌握英、法、德等多国文字。作品涵盖多个文学范畴,包括:短文、随笔小品、诗、文学评论、翻译文学。其中以拉丁文隽永的文字和深刻的哲理见长。代表作有《小径分叉的花园》《深沉的玫瑰》《阿莱夫》等。

加西亚·马尔克斯

加夫列尔·加西亚·马尔克斯(1927—2014),哥伦比亚作家、记者和社会活动家,拉丁美洲魔幻现实主义文学的代表人物,20世纪最有影响力的作家之一,1982年诺贝尔文学奖得主。作为一个天才的、赢得广泛赞誉的小说家,被誉为"二十世纪文学标杆",加西亚·马尔克斯将现实主义与幻想结合起来,创造了一部风云变幻的哥伦比亚和整个南美大陆的神话般的历史。代表作有《百年孤独》《霍乱时期的爱情》。

第四章

CHAPTER FOUR

艺术综合常识

第一节　戏剧戏曲常识

一、戏剧基本常识

戏剧

戏剧是综合艺术的一种。是由演员扮演角色,当众表演情节、显示情境的一种艺术。在中国,戏剧是戏曲、话剧、歌剧等的总称,也曾被用来专指话剧。多由古代的傩披祭祀、宗教礼仪和歌舞伎艺演变而来,后逐渐发展为由文学、表演、音乐、美术等多种艺术成分有机组成的综合艺术。其基本要素是情节性的动态造型,通过从空间到时间、从视觉到听觉的对观众的多方面作用,引起演员与观众、观众与观众之间的反复交流,进入集体的心理体验。按作品类型可分为悲剧、喜剧、悲喜剧、正剧等;按题材内容可分为历史剧、现代剧、情节剧、哲理剧、寓言剧、童话剧等。

戏剧冲突

戏剧冲突是表现人与人之间矛盾关系和人的内心矛盾的特殊艺术形式。它来源于拉丁文,可译为分歧、争斗、冲突等等。同时也是戏剧中矛盾产生、发展、解决的过程,由戏剧动作体现出来。从戏剧冲突中可以带出人物的性格与剧本的立意。

戏剧文学

戏剧文学指供戏剧舞台演出用的剧本,是一种与小说、散文、诗歌并列的文学体裁。

舞台指示

舞台指示，戏剧术语。指剧本里的叙述性文字说明。内容包括对人物的形象特征、心理活动、情感变化和场景、气氛的描写，时间、地点、动作的规定、提示或说明，以及对灯光、布景、音响效果等艺术处理的要求等。中国传统戏曲剧本中的"科"或"介"也属舞台指示。

台词

台词，戏剧术语。指剧中人物所说的话。包括对白、独白、旁白。是剧作者刻画人物、展示剧情、表达主题的主要手段之一。

悲剧

悲剧是戏剧的主要体裁之一，主要是以剧中主人公与现实之间不可调和的冲突及其悲惨的结局，构成基本内容的作品。悲剧的主人公大都是人们理想、愿望的代表者。悲剧以悲惨的结局，来揭示生活中的罪恶，从而激起观众的悲愤及崇敬，达到提高思想情操的目的。亚里士多德关于悲剧的定义是：悲剧是一个严肃、完整、有一定长度行动的模仿；它的媒介是语言，具有各种悦耳之音，分别在剧的各部分使用；模仿方式是借人物的动作来表达，而不是采用叙述法；借引起怜悯和恐惧来使这种情感得到陶冶。

喜剧

喜剧是戏剧的一种类型，大众一般解作笑剧或笑片，以夸张的手法、巧妙的结构、诙谐的台词及对喜剧性格的刻画，从而引起人们对丑的、滑稽的对象的嘲笑，对正常的人生和美好的理想予以肯定。基于描写对象和手法的不同，可分为讽刺喜剧、抒情喜剧、荒诞喜剧和闹剧等样式。内容可为带有讽刺及政治机智或才智的社会批判，或为纯粹的闹剧或滑稽剧。喜剧冲突的解决一般比较轻快，往往以代表进步力量的主人公获得胜利或如愿以偿为结局。1895

年6月10日,法国路易斯·卢米埃尔出品了世界上第一部喜剧片《水浇园丁》,从此开辟了喜剧片的先河。

正剧

正剧是戏剧的主要体裁之一,在悲剧与喜剧之后形成的第三种戏剧类型。18世纪欧洲启蒙运动时期的部分作家从反对封建专制和教会黑暗,宣传市民阶级的社会理想和生活愿望的需要出发,提倡这种戏剧类型。其特征是不受古典主义创作原则的束缚,在内容和形式上都兼具悲、喜剧因素,能更真实、更直接地表现普遍的社会生活形态。正剧理论的首创者狄德罗曾称之为"严肃的喜剧";博马舍继狄德罗之后就正剧的内容和形式做了进一步的阐述,并定名为"严肃戏剧"。

音乐剧

音乐剧,早期亦称为歌舞剧,是一种舞台艺术形式,结合了歌唱、对白、表演和舞蹈。通过歌曲、台词、音乐、肢体动作等的紧密结合,把故事情节以及其中所蕴含的情感表现出来。虽然音乐剧和歌剧、舞剧、话剧等舞台表演形式有相似之处,但它的独特之处在于:它对歌曲、对白、肢体动作、表演等因素给予同样的重视。音乐剧在全世界各地都有上演,但演出最频密的地方是美国纽约市的百老汇和英国的伦敦西区。

话剧

话剧指以对话方式为主的戏剧形式,于19世纪末20世纪初来到中国。与传统舞台剧、戏曲相区别,话剧的主要叙述手段为演员在台上无伴奏的对白或独白,但可以使用少量音乐、歌唱等。话剧是一门综合性艺术,剧本创作、导演、表演、舞美、灯光、评论缺一不可。中国传统戏剧均不属于话剧,一些西方传统戏剧如古希腊戏剧,因为大量使用歌队,也不被认为是严格的话剧。现代西方舞台剧如不注为音乐剧、歌剧等的一般都是话剧。

三一律

三一律亦称"三整一律",戏剧术语。欧洲古典主义戏剧的剧本创作规则规定剧本情节、地点、时间三者必须完整一致,即每剧限于单一的故事情节,事件发生在一个地点并于一天内完成。古希腊哲学家亚里士多德在《诗学》中曾论及希腊悲剧情节的"整一性"和演出时间对戏剧创作的限制。文艺复兴时期的意大利学者据此提出"一个事件、一个整天、一个地点"的主张。17世纪法国的法兰西学院极力推行这一原则。古典主义剧作家大都严格遵守。18世纪以后受到浪漫主义作家的反对,遂被打破。

第四堵墙

第四堵墙,戏剧术语。指在镜框舞台上匣形布景构筑的内景只有三面墙,为了使演员造成生活真实的幻觉,忘却观众的存在,要求演员想象在台口存在第四堵墙,是自然主义戏剧演剧观念的一个标志。法国戏剧家柔琏曾提出:大幕升起,犹如升起一堵墙,它对观众是透明的,对演员是不透明的。

间离效果

间离效果,简而言之,就是让观众看戏,但并不融入剧情。这是布莱希特专门创造的一个术语。

世界三大古老戏剧

世界三大古老戏剧即古希腊戏剧、古印度梵剧和中国戏曲。

世界三大戏剧表演体系

20世纪以来,有三个戏剧艺术家团体产生了世界性影响,这就是以斯坦尼斯拉夫斯基为首的莫斯科艺术剧院,布莱希特领导的柏林剧团和以梅兰芳为代表的中国京剧艺术家群体。这三个戏剧艺术家团体创造的戏剧艺术,分别自成一格,体现了现代三种不同的戏剧观或戏剧美学思想。

二、中国戏曲常识

戏曲

中国戏曲主要是由民间歌舞、说唱和滑稽戏三种不同的艺术形式综合而成。它起源于原始歌舞,是一种历史悠久的综合舞台艺术样式。经过汉、唐到宋、金才形成比较完整的戏曲艺术,它由文学、音乐、舞蹈、美术、武术、杂技以及表演艺术综合而成,约有三百六十多个种类。它的特点是将众多艺术形式以一种标准聚合在一起,在共同具有的性质中体现其各自的个性。中国的戏曲经过长期的发展演变,逐步形成了以"京剧、越剧、黄梅戏、评剧、豫剧"五大戏曲剧种为核心的中华戏曲百花苑。中国戏曲剧种种类繁多,据不完全统计,中国各民族地区的戏曲剧种约有三百六十多种,传统剧目数以万计。其他比较著名的戏曲种类有:昆曲、坠子戏、粤剧、淮剧、川剧、秦腔、沪剧、晋剧、汉剧、河北梆子、河南越调、河南坠子、湘剧、湖南花鼓戏等。

行当

行当是戏曲演员专业分工的类别,主要根据角色类型来划分,如京剧的生、旦、净、丑。

生

生,戏曲角色行当。扮演净、丑以外的男性人物。宋元南戏及明清传奇都有这行角色,一般扮演青壮年男子,常是剧中的主要人物。此后各地方戏曲剧种中的生行,大多根据所扮人物年龄、身份的不同,划分为若干专行,如老生、小生、武生等,表演上各有特点。

旦

旦,戏曲角色行当。扮演女性人物。宋杂剧已有"装旦";元杂剧中旦行角色很多,如正旦、小旦、搽旦等,其中正旦是同正末并重的两个主要角色之一。

明清传奇至近代各戏曲剧种都有这行角色,又根据所扮人物年龄、性格和社会地位的不同而划分为若干专行,如京剧的青衣(正旦)、花旦、武旦、刀马旦、老旦等。

净

净,俗称"花脸""花面"。戏曲角色行当。一般认为是从宋杂剧"副净"发展而来。大多扮演性格粗犷豪放或阴险奸诈以及相貌特异的男性人物,如张飞、李逵、曹操、严嵩等。面部化妆用脸谱,唱用宽音或假音,动作幅度大,以突出性格、气度和声势。又根据所扮人物性格、身份的不同而分为若干专行,如京剧的正净、副净、武净等。

丑

丑,戏曲角色行当。宋元南戏已有这一行角色。由于化妆时常在鼻梁上抹一小块白粉而俗称"小花脸",又同净角的"大花脸"、"二花脸"并列而俗称"三花脸"。扮演的人物种类繁多,有的语言幽默、行动滑稽、心地善良,如京剧《女起解》的崇公道;有的奸诈刁恶、悭吝卑鄙,如京剧《审头刺汤》的汤勤。又根据所扮人物性格、身份的不同而划分为文丑、武丑两支,表演上各有特点。扮演女性人物时称彩旦或丑旦、摇旦。

龙套

龙套,亦称"文堂""流行"。戏曲角色行当。扮演剧中内侍、士兵、夫役等随从人员。因所穿特殊形式的龙套衣而得名。一般以四人为一堂,在舞台上用一堂或两堂,以表示人员众多,起烘托声势的作用。其队形变化较多,已形成固定的程式。

行头

行头,戏曲服装的通称。包括盔、帽、蟒、靠、帔、官衣、褶子、靴、鞋等。一般不分朝代、地域和季节,只按不同的剧目、角色行当和人物特点,分为各种基本固定的式样和规格。一般色彩鲜明,纹饰华美,着重装饰性,富有独特的民族风格。

文武场

文武场指戏曲的乐队,总称为场面,分为文场和武场。文场以胡琴(又称京胡)为主奏乐器,伴以弹拨弦乐、吹管乐器,拉、弹、吹兼有;武场以鼓板为主,小锣、大锣次之,合文场的胡琴、月琴、三弦,向称"六场通透"。

四功五法

四功五法是戏曲界经常说的一句术语。四功,就是唱、念、做、打四项基本功,是戏曲舞台上一刻也离不开的表演手段。五法,一般是指手、眼、身、法、步。

五音四呼

五音四呼是戏曲演员在唱念时吐字发音的规范之一,五音不正,四呼不准,唱念时必然字音不正。五音即唇、齿、舌、牙、喉五个发音部位,四呼指开口呼、齐齿呼、合口呼、撮口呼四种口形,简称开、齐、合、撮。

四大声腔

南戏四大声腔是指中国明代形成的四种汉族戏曲声腔。分别为海盐腔(浙江)、余姚腔(浙江)、昆山腔(江苏)、弋阳腔(江西),合称南戏四大声腔。汉族戏曲声腔的发展源远流长,海盐腔冠南戏四大声腔之首。

折子戏

折子戏,戏曲术语。相对整体戏而言。过去传奇戏大都每本分为若干折(出),其中有些较精彩的、在情节上有相对完整性的折,往往单独演出。汇合几个折子戏,可以作为一场演出。折子戏由于经常演出、不断加工,情节和表演往往更精练。

压轴戏

压轴戏指压轴子的戏曲节目,一般是指戏曲的倒数第二个节目,现在常用来比喻令人注目,最后出现的事情。

梨园

梨园,原是古代对戏曲班子的别称。我国人民在习惯上称戏班、剧团为

"梨园",称戏曲从业人员为"梨园子弟",把几代人从事戏曲艺术的家庭称为"梨园世家",戏剧界称为"梨园界"等。

四大徽班

四大徽班,即三庆班、四喜班、和春班、春台班。多以安徽籍艺人为主,故名。

京剧三鼎甲

京剧三鼎甲指的是京剧形成初期,第一代演员中的三位杰出老生人才:程长庚、余三胜、张二奎。

四大须生

四大须生,指四位著名的京剧老生表演艺术家。在京剧史上,有前四大须生和后四大须生的说法。而在前四大须生和后四大须生中马连良均榜上有名,因此,列名四大须生的著名京剧演员有七位,他们分别是:余叔岩、言菊朋、高庆奎、马连良、谭富英、杨宝森、奚啸伯。

四大名旦

京剧四大名旦是指梅兰芳、程砚秋、尚小云、荀慧生,他们是我国京剧旦角行当中四大艺术流派的创始人。

三大贤

三大贤是在20世纪20至30年代,京剧界的一种习称。三大贤有两种说法,一种是指当时老生行中的三位代表人物:余叔岩、马连良、高庆奎;另一种更为普遍的说法是指旦行的梅兰芳、生行的余叔岩、武生行的杨小楼(又称武生宗师)三位具有代表性的人物。

样板戏

样板戏是指"文革"时期被树立为"革命样板戏"的,以戏剧为主的二十几个舞台艺术作品的俗称。代表性的作品有京剧《智取威虎山》《红灯记》《沙家浜》《杜鹃山》和芭蕾舞剧《红色娘子军》《白毛女》等剧目。

京剧

京剧,曾称平剧,中国五大戏曲剧种之一,腔调以西皮、二黄为主,用胡琴和锣鼓等伴奏,被视为中国国粹,中国戏曲三鼎甲"榜首"。代表剧目有《霸王别姬》《群英会》《打渔杀家》《三岔口》等。京剧走遍世界各地,成为介绍、传播中国传统艺术文化的重要媒介。分布地以北京为中心,遍及中国。在2010年11月16日,京剧被列入"人类非物质文化遗产代表作名录"。

吕剧

吕剧,又称化装扬琴、琴戏,国家级非物质文化遗产,中国八大戏曲剧种之一,流行于山东大部和江苏、安徽、东北三省的部分地区,起源于山东以北黄河三角洲,由山东琴书演变而来。它以淳朴生动的语言,优美悦耳的唱腔,丰富多彩的音乐语汇深得广大人民群众的喜爱。代表剧目有《姊妹易嫁》《李三嫂改嫁》等。

豫剧

豫剧,起源于中原(河南),是中国五大戏曲剧种之一,中国第一大地方剧种。被西方人称赞是"东方咏叹调""中国歌剧"等。豫剧以唱腔铿锵大气、抑扬有度、行腔酣畅、吐字清晰、韵味醇美、生动活泼、有血有肉、善于表达人物内心情感著称,凭借其高度的艺术性而广受各界人士欢迎。因其音乐伴奏用枣木梆子打拍,故早期得名河南梆子。代表剧目有《花栏》《穆桂英挂帅》《唐知县诰命》等。2006年,豫剧被国务院列入第一批国家级非物质文化遗产名录。

越调

越调,戏曲剧种。有河南越调(亦称"四股弦")和湖北越调(亦称"襄河越调")等。流行于河南和湖北北部。清代中叶已盛行。唱腔以越调为主,兼唱吹腔、昆腔。板式有慢板、流水、导板、飞板等。伴奏乐器以四弦为主。

秦腔

秦腔,中国汉族最古老的戏剧之一,起于西周,源于西府(核心地区是陕西省宝鸡市的岐山与凤翔），成熟于秦。秦腔又称乱弹，流行于中国西北的陕西、甘肃、青海、宁夏、新疆等地，其中以宝鸡的西府秦腔口音最为古老，保留了较多古老发音。又因其以枣木梆子为击节乐器，所以又叫"梆子腔"，俗称"桄桄子"。代表剧目有《赵氏孤儿》《三滴血》《火焰驹》等。2006年5月20日，经国务院批准列入第一批国家级非物质文化遗产名录。

晋剧

晋剧，汉族地方戏曲，山西四大梆子剧种之一，又名山西梆子，中国传统戏曲。因产生于山西中部，故又称"山西中路梆子"，也称为"中戏"，主要流行于山西省中、北部及陕西北部、内蒙古和河北省的部分地区。代表剧目有《打金枝》《金水桥》《刘胡兰》等。2006年5月20日，晋剧经国务院批准列入第一批国家级非物质文化遗产名录。

沪剧

沪剧，汉族地方戏曲剧种。流行于上海和江浙地区。源于上海浦东的民歌东乡调，清末形成上海滩簧，其间受苏州滩簧的影响。后采用文明戏的演出形式，发展成为小型舞台剧"申曲"。主要有长腔长板、三角板、赋子板等。曲调优美，富有江南乡土气息，擅长表现现代生活。代表剧目有《罗汉钱》《星星之火》《雷雨》《芦荡火种》等。2006年被列入国家级非物质文化遗产名录。

昆曲

昆曲，又称昆剧、昆腔、昆山腔，是中国最古老的剧种之一，也是中国传统文化艺术中的珍品。昆曲糅合了唱念做打、舞蹈及武术等，以曲词典雅、行腔婉转、表演细腻著称，被誉为"百戏之祖"。昆曲以鼓、板控制演唱节奏，以曲笛、三弦等为主要伴奏乐器，其唱念语音为"中州韵"。昆曲在2001年被联合国教科文组织列为"人类口述和非物质遗产代表作"。

越剧

越剧，中国第二大剧种，有第二国剧之称，又被称为是"流传最广的地方剧种",有观点认为是"最大的地方戏曲剧种",在国外被称为"中国歌剧",亦为中国五大戏曲剧种(依次为京剧、越剧、黄梅戏、评剧、豫剧)之一。越剧长于抒情,以唱为主,声音优美动听,表演真切动人,唯美典雅,极具江南灵秀之气;多以"才子佳人"题材为主,艺术流派纷呈,公认的就有十三大流派之多。主要流行于上海、浙江、江苏、福建、江西、安徽等广大南方地区,以及北京、天津等大部分北方地区,鼎盛时期除西藏、广东、广西等少数省、自治区外,全国都有专业剧团存在。代表剧目为《梁山伯与祝英台》《红楼梦》《祥林嫂》《盘夫索夫》等。越剧为首批入选国家级非物质文化遗产名录的剧种。

赣剧

赣剧,戏曲剧种。流行于江西东北部。源于明代的弋阳腔。分饶河班、广信班等支派。饶河班的表演风格比较古老,保存高腔剧目较多。广信班则无高腔,其乱弹唱腔幽婉而俏丽。1950年饶河、广信两派合流,称赣剧。唱腔主要有高腔、昆腔、弹腔(亦称乱弹)。传统剧目中保留了一些弋阳腔、青阳腔的剧目,如《珍珠记》《卖水记》《还魂记》《斩蛾》等。2011年入选第三批国家级非物质文化遗产名录。

黄梅戏

黄梅戏,戏曲剧种。流行于安徽、湖北和江西等省。源于湖北黄梅一带的采茶调,清乾隆末期传入安徽安庆一带,逐步发展而成。在剧目和音乐上,曾受青阳腔和徽调的影响。1926年进入城市舞台。其以歌舞并重为特色,唱腔分花腔、彩腔、正腔三类。新中国成立后整理的传统剧目《打猪草》《夫妻观灯》《天仙配》《女驸马》等影响较广。2006年,黄梅戏经国务院批准列入第一批国家级非物质文化遗产名录。

川剧

川剧,戏曲剧种。流行于四川、重庆、云南和贵州的部分地区。清乾隆年间起,昆腔、高腔、胡琴、乱弹等剧种和当地民间灯戏经常同台演出,逐渐形成共同风格,清末统称川剧。表演细腻、幽默,有完整的程式动作。分川西派、资阳河派、川北河派、下川东派四个支派。传统剧目现存两千余个。新中国成立后整理编演的《柳荫记》《夫妻桥》《巴山秀才》《四姑娘》等剧影响较广。2006年5月20日,川剧经国务院批准列入第一批国家级非物质文化遗产名录。

粤剧

粤剧,又称"广东大戏"或"大戏",汉族传统戏曲之一,源自南戏,流行于岭南等粤人聚居地。自明朝嘉靖年间开始在广东、广西出现,是糅合唱念做打、乐师配乐、戏台服饰、抽象形体的表演艺术。代表剧目有《六国封相》《刁蛮公主》《关汉卿》《搜书院》等。粤剧名列于2006年5月20日公布的第一批518项国家级非物质文化遗产名录之内。2009年9月30日,粤剧获联合国教科文组织肯定,被列入人类非物质文化遗产名录。

淮剧

淮剧,又名"江淮戏""淮戏",是一种古老的汉族戏曲剧种。源于清代盐城市和阜宁县,流行于江苏省、上海市和安徽省部分地区。淮剧后与苏北汉族民间酬神的"香火戏"结合演出,之后,又受徽戏和京剧的影响,在唱腔、表演和剧目等方面逐渐丰富,形成了淮剧。代表剧目有《探寒窑》《女审》《三女抢板》《金龙与蜉蝣》等。2008年6月,上海淮剧团、江苏省盐城市申报的淮剧经国务院批准列入第二批国家级非物质文化遗产名录。

湘剧

湘剧是湖南省的汉族戏曲剧种之一,流行于长沙、湘潭一带,主要流行于"长沙府十二属",一度被称为"长沙湘剧"。湘剧源出于明代的弋阳腔,后又吸收昆腔、皮黄等声腔,形成一个包括高腔、低牌子、昆腔、乱弹的多声腔剧种。剧目以高腔、乱弹为主,与民间艺术和地方语言巧妙结合,富有湖南民间地方特色,如《琵琶记》《白兔记》《拜月记》《投笔记》《金印记》《胭脂福》《奇双会》《生死牌》等。2006年5月,湘剧被列入第一批国家级非物质文化遗产名录。

评剧

评剧,戏曲剧种。流行于北京、天津和华北、东北各省。清末以莲花落、蹦蹦为基础,先后吸收河北梆子、京剧等音乐和表演艺术发展演变而成。早期称"平腔梆子戏""唐山落子""奉天落子"。板腔体结构,有慢板、二六板、尖板、流水板等。伴奏以板胡为主,打击乐器与京剧相同。擅长表现现代生活,新中国成立后编演了《小女婿》《刘巧儿》等一批剧目。2006 年 5 月 20 日,评剧经国务院批准列入首批国家级非物质文化遗产名录。

程长庚

程长庚(1811—1880),名椿,字玉珊,安徽省潜山县人。清代徽剧、京剧表演艺术大师。在京剧第一代人物中,与四喜班的张二奎、春台班的余三胜并称为"老生三杰""老生三鼎甲",程为"三鼎甲"之首。陈长庚为京剧艺术的形成做出了重要贡献,被誉为"徽班领袖""京剧鼻祖""京剧之父"等。擅演《文昭关》《群英会》《战长沙》等。

谭鑫培

谭鑫培(1847—1917),本名金福,艺名"小叫天",字望重。其父谭志道,主攻老旦兼老生。谭鑫培为其独子。著名京剧演员,主攻老生,曾演武生。谭鑫培被尊为京剧界的鼻祖,与孙菊仙、汪桂芬并称为"老生后三杰",其独创的老生唱腔世称"谭派",行内有"无腔不学谭"之说。擅演《定军山》《空城计》《战太平》等。

余叔岩

余叔岩(1890—1943),湖北省罗田县人,生于北京,名第祺,余三胜之孙,余紫云之子。京剧老生。余叔岩在全面继承"谭派"艺术的基础上,以丰富的演唱技巧进行了较大的发展与创造,成为"新谭派"的代表人物,世称"余派"。擅演《问樵闹府》《战太平》《定军山》《镇潭州》等。

梅兰芳

梅兰芳(1894—1961),出生于北京,江苏泰州人。中国京剧表演艺术大师。梅兰芳在50余年的舞台生活中,发展和提高了京剧旦角的演唱和表演艺术,形成一个具有独特风格的艺术流派,世称"梅派"。擅演《贵妃醉酒》《天女散花》《宇宙锋》《洛神》等,并先后培养、教授学生100多人。

尚小云

尚小云(1900—1976),名德泉,字绮霞,河北邢台人。著名京剧表演艺术家,京剧"四大名旦"之一。是中国具有深远影响的京剧表演艺术大师,中国现代京剧代表人物之一,"尚派"艺术的创始人。擅演《二进宫》《祭塔》《昭君出塞》《梁红玉》等。尚小云在近60年的舞台实践中创造出了"文武并重,歌舞兼长,清新英爽,洒脱大方"的京剧"尚派"艺术,对后世影响极其深远。

荀慧生

荀慧生(1900—1968),河北东光人,初名秉超,后改名秉彝,又改名"词",字慧声。著名京剧表演艺术家,四大名旦之一,"荀派"艺术的创始人。1925年与余叔岩合演《打渔杀家》起改名为荀慧生,号留香,艺名白牡丹。擅演《金玉奴》《红楼二尤》《钗头凤》《荀灌娘》等。

马连良

马连良(1901—1966),回名尤素福,原籍陕西扶风,生于北京,字温如。中国著名京剧艺术家,老生行当的代表性人物之一,"马派"艺术创始人,京剧"四大须生"之首。擅演《群英会》《借东风》《甘露寺》《四进士》等。1966年"文化大革命"时期,因主演《海瑞罢官》而被迫害致死。

程砚秋

程砚秋(1904—1958),北京人,原名承麟,满族索绰罗氏,满洲正黄旗人。后改为汉姓程,初名程菊侬,后改艳秋,字玉霜。1932年起更名砚秋,改字御霜。著名京剧表演艺术家,四大名旦之一,"程派"艺术的创始人。擅演《鸳鸯冢》《青霜剑》《荒山泪》《金锁记》(后改编为《窦娥冤》)等。

常香玉

常香玉(1923—2004),原名张妙玲,出生于河南省巩县(巩义市),豫剧表演艺术家。其唱腔字正腔圆,运气酣畅,韵味淳厚,格调新颖,以声绘情、以情带声;表演刚健清新、细腻大方,内涵深邃、性格鲜明。在表达人物内在的思想感情上,细致入微,一人一貌,栩栩如生。擅演《花木兰》《白蛇传》《拷红》《大祭桩》《大祭桩》等。

第二节　音乐常识

一、音乐基本常识

音乐

音乐,艺术的一种。通过一定形式的音响组合,表现人们的思想感情和生活情态。音乐是表演艺术,通过演唱、演奏,为听众的感受而产生艺术效果。其构成要素和表现手段有旋律、节奏、和声、复调、音色、力度、速度等。音乐可分声乐、器乐两大类,可按体裁、形式分为歌曲、合唱、交响音乐、室内乐以及丝竹、吹打、说明音乐等。音乐又往往与诗歌、戏剧、舞蹈等相结合而成为歌剧、舞剧、戏曲等综合艺术。

旋律

旋律,亦称"曲调"。音乐术语。指若干乐音在某一特定乐思中的有组织进行,借时值长短变化的节奏和音符高低起落的线条而规范成形。为音乐诸表现手段中最重要的元素,最为明显地体现作品的内容、风格、体裁等特征。

调式

调式是由若干高低各不相同的乐音,以其中最具稳定性者为中心,按一定的倾向关系所组建的音体系。通常中心音也即主音,为该调式之起讫,其余各音依序排列成音阶。例如最常见之大调式与小调式音阶。传统调式系人类长期音乐实践中自然形成的乐音结构形式,是传统音乐思维的基础,因而不同的历史、地区、人文环境可产生不同结构的音阶、调式,现代音乐中则有作曲家按主观愿望设计的调式,谓之"人工调式"。

曲式

曲式就是乐曲的结构形式。曲调在发展过程中形成各种段落,根据这些段落形成的规律性,而找出具有共性的格式便是曲式。

声乐

声乐是指用人声演唱的音乐形式。声乐是以人的声带为主,配合口腔、舌头、鼻腔作用于气息,发出的悦耳的、连续的、有节奏的声音。按音域的高低和音色的差异,可以分为女高音、女中音、女低音和男高音、男中音、男低音。每一种人声的音域,大约为二个八度。声乐包括:美声唱法、民族唱法和通俗唱法。2006年中国又出现了原生态唱法。通常声乐指美声唱法。

器乐

器乐是相对于声乐而言,完全使用乐器演奏而不用人声或者人声处于附属地位的音乐。演奏的乐器可以包括所有种类的弦乐器、木管乐器、铜管乐器和打击乐器,有的器乐曲也应用部分人声,一般没有歌词只是作为效果,但部分作曲家有时也加入一些人声,例如贝多芬写作的《第九交响曲》中也加入合唱部分《欢乐颂》。

八音

八音,中国古代对乐器的分类。指金、石、土、革、丝、木、匏、竹八类。钟、铃等属金类，磬等属石类，埙、陶钟等属土类，鼓、鼗等属革类，琴、瑟等属丝类，柷、敔等属木类，笙、竽等属匏类，管、籥等属竹类。

五音

五音亦称"五声"。指中国五声音阶中的宫、商、角、徵、羽五个音级。五音中各相邻两音间的音程，除角与徵、羽与宫（高八度的宫）之间为小三度外，其余均为大二度。

中国民族乐器

中国民族乐器历史悠久，源远流长。仅从已出土的文物可证实：远在先秦时期，就有了多种多样的乐器。如新石器时代文化遗址浙江河姆渡出土的骨哨，河南舞阳县的贾湖骨笛（最早的笛子距今8000年左右），仰韶文化遗址西安半坡村出土的埙，河南安阳殷墟中出土的石磬、木腔蟒皮鼓，湖北随县（随州）曾侯乙墓（公元前433年入葬）出土的编钟、编磬、悬鼓、建鼓、枹鼓、排箫、笙、篪、瑟等。这些古乐器向人们展示了中华民族的智慧和创造力。

古琴

古琴，又称瑶琴、玉琴、丝桐和七弦琴，至少有3000年以上的历史。古琴是汉文化中地位最崇高的乐器，自古"琴"为其特指，位列中国传统文化四艺"琴棋书画"之首，被文人视为高雅的代表，亦为文人吟唱时的伴奏乐器，自古以来一直是许多文人必习的知识和必修的科目。

江南丝竹

江南丝竹是中国民间传统器乐丝竹乐的一种，流行于江苏南部和浙江一带，是千灯非常流行的器乐合奏形式。江南丝竹以丝弦乐器和竹管乐器为基本编制，其中有二胡、琵琶、扬琴、三弦、笛、笙、箫等，还有一些打击乐器如鼓、板等。编制少则两三人，多则七八人。合奏时，每件乐器既富鲜明个性又互相和谐，手法常用加花变奏。风格优雅华丽，曲调流畅委婉。反映出江南人勤劳朴实，细致含蓄的性格特色。

鼓吹乐

鼓吹乐,古乐的一种。用鼓、钲、箫、笳等乐器合奏。源于北方少数民族。汉初边军用之,以壮声威,后渐用于朝廷。汉鼓吹有四种:(1)黄门鼓吹,列于殿廷,皇帝宴乐群臣时用之;(2)骑吹,皇帝出巡时奏于道路;(3)横吹,军中马上所奏;(4)短箫铙歌,军队凯旋时奏于社庙。当时鼓吹被认为是很隆重的音乐,万人将军方可备置。魏晋以后,牙门督将五校均得用之,明以后士庶吉凶之礼及迎神赛会亦均用之。历代多有歌辞配合。今民间流行的"吹打",同"鼓吹乐"不无渊源关系。

交响乐

交响乐是包含多个乐章的大型管弦乐套曲,从意大利歌剧序曲演变而成,一般是为管弦乐团创作。至18世纪后半期发展成为独立管弦乐作品,通常包含四个乐章(有时冠以慢板引子),个别也有多于或少于四个乐章的。各乐章的体裁与奏鸣曲极似,只是规模较大,音乐主题有较大发展,管弦乐法也丰富些,适于表现戏剧性较强的内容。通常由弦乐器、木管乐器、铜管乐器和击乐器等各组乐器组成。有时也根据作曲、指挥的创作意图和具体要求,对乐器有所增减。

爵士乐

爵士乐源于19世纪末20世纪初的美国,诞生于南部港口城市新奥尔良,音乐根基来自布鲁斯和拉格泰姆。爵士乐讲究即兴,是非洲黑人文化和欧洲白人文化的结合。20世纪前十几年爵士乐主要集中在新奥尔良发展,1917年后转向芝加哥,30年代又转移至纽约,直至今天,爵士乐风靡全球。爵士乐的主要风格有:新奥尔良爵士、摇滚乐、比博普、冷爵士、自由爵士、拉丁爵士、融合爵士等。

奏鸣曲

奏鸣曲是种乐器音乐的写作方式。在古典音乐史上,此种曲式随着各个乐派的风格不同也有着不同的发展。奏鸣曲的曲式从古典乐派时期开始逐步发展完善。

小夜曲

小夜曲是一种音乐体裁，是用于向心爱的人表达情意的歌曲。起源于欧洲中世纪骑士文学，流传于西班牙、意大利等欧洲国家。最初，小夜曲由青年男子夜晚对着情人的窗口歌唱，倾诉爱情，旋律优美、委婉、缠绵，常用吉他或曼陀林伴奏。随着时代的发展，其形式也有所发展。"中外著名歌曲"中登载的舒伯特、托西尼作曲的小夜曲，都在世界上流传甚广。

圆舞曲

圆舞曲，亦称音译为"华尔兹"，是奥地利的一种民间舞曲，18世纪后半叶用于社交舞会，19世纪开始流行于西欧各国，它采用3/4拍，强调第一拍上的重音，旋律流畅，节奏明显，伴奏中每小节仅用一个和弦，由于舞蹈时需由两人成对旋转，因而被称为圆舞曲。

进行曲

进行曲主要是军队中用来统一行进步伐的要求，以偶数拍作周期性反复，常用2/4、4/4的拍子。进行曲最初出现在古希腊的悲剧中。进行曲原是舞曲的一种，多用于群众出场、退场的时候。17世纪起，渐渐传入音乐艺术的领域。现代进行曲则指17世纪以后，用铜管乐队吹奏的乐曲。

协奏曲

协奏曲一词源于拉丁文，原意是在一起比赛，协奏曲是两种因素既竞争又协作的意思。协奏曲最早是作为一种声乐体裁出现的。

咏叹调

咏叹调，即抒情调。是一种配有伴奏的一个声部或几个声部以优美的旋律表现出演唱者感情的独唱曲，它可以是歌剧、轻歌剧、神剧、受难曲或清唱剧的一部分,也可以是独立的音乐会咏叹调。咏叹调有许多通用的类型,是为发挥歌唱者的才能并使作品具有对比而设计的。

康塔塔

康塔塔,是一种包括独唱、重唱、合唱的声乐套曲,一般包含一个以上的乐章,大都有管弦乐伴奏,与中国的大合唱体裁特点十分相近,因而一度被误译为大合唱。

序曲

序曲指歌剧、舞剧等开幕前演奏的短曲,亦称"开场音乐",由管弦乐队演奏,有暗示全剧梗概或介绍故事发生环境以及勾勒主要人物音乐形象的作用。

狂想曲

狂想曲源于古希腊的史诗咏吟者,他们用乐器伴奏歌唱或朗诵,后来在专业创作中是指以民歌曲调为主题而发展的器乐幻想曲。大多数"狂想曲"是以缓慢的民歌曲调为基础进行变奏,又与宣叙调式的段落和快速的民间舞曲段落相对比,音乐富于民间特色。

组曲

组曲是由几个具有相对独立性的乐章,在统一艺术构思下,排列、组合而成的器乐套曲。组曲是最古老的器乐套曲形式,源于对比性舞曲的组合。

标题音乐

标题音乐是有文字作标题的音乐,是浪漫主义作曲家将音乐与文学、戏剧、绘画等其他姊妹艺术相结合而产生的又一综合性音乐形式,这是一种用文字来说明作曲家创作意图和作品思想内容的器乐曲。

摇滚乐

摇滚乐兴起于20世纪50年代中期,主要受到节奏布鲁斯、乡村音乐和叮砰巷音乐的影响发展而来。早期摇滚乐很多都是黑人节奏布鲁斯的翻唱版,因而节奏布鲁斯是其主要根基。摇滚乐分支众多,形态复杂,主要风格有:民谣摇滚、艺术摇滚、迷幻摇滚、乡村摇滚、重金属、朋克等,代表人物有埃尔维斯·普莱斯利、鲍勃·迪伦、披头士乐队、滚石乐队等,是20世纪美国大众音乐走向成熟的重要标志。

歌剧

歌剧是一门西方舞台表演艺术,简单而言就是主要或完全以歌唱和音乐来交代和表达剧情的戏剧。歌剧在16世纪末,即1600年前后才出现在意大利的佛罗伦萨,它源自古希腊戏剧的剧场音乐。歌剧的演出和戏剧的所需一样,都要凭借剧场的典型元素,如背景、戏服以及表演等。

二、中国音乐常识

民歌

民歌,民间口头创作的诗歌。民间文学的一种。在口头流传中不断经过集体加工。初期民歌创作往往与音乐密不可分,有的还与舞蹈、音乐三位一体。种类繁多,按内容和功能分类,大致有劳动歌、仪式歌、时政歌、讽刺歌、情歌和儿歌等。中国民歌因历史悠久、地域辽阔和民族众多而丰富多样,常用比兴、夸张、重叠、谐音、隐语、双关语等表现手法。在中国文学史上占有重要地位,是文学创作的源泉之一。中国的四言诗、五言诗、七言诗以及词、曲等体裁,也大都来源于民歌。

号子

号子,民歌的一种。产生于体力劳动过程,与劳动节奏紧密配合。由于劳动方式不同而形成多种类型,如:打夯号字、车水号子、船夫号子等。演唱形式多为一人领唱,众人相和。

小调

小调,中国民歌体裁类别的一种。一般指流行于城镇集市的民间歌舞小曲。经过历代的流传,在艺术上经过较多的加工,具有结构均衡、节奏规整、曲调细腻婉柔等特点。

信天游

信天游是流传在中国西北广大地区的一种民歌形式。其歌词是以七字格二二三式为基本句格式的上下句变文体,以浪漫主义的比兴手法见长。在陕北它叫"信天游",又称"顺天游""小曲子",在山西被称为"山曲",在内蒙古则被叫作"爬山调"。

花儿

花儿是流行于青海、甘肃、宁夏的一种山歌。是当地汉、回、土、撒拉、东乡、保安等民族的口头文学形式之一。在青海又称"少年",对其中的词称"花儿",演唱称"漫少年"。声调高亢舒长,即兴编词。内容分抒情、叙事两类,前者居多。通常为独唱或对唱形式,旧时属于情歌之类的"花儿"只在山野歌唱,须回避长辈。新中国成立后,颂歌、劳动歌等均广泛采用"花儿"形式,不分场合均可演唱。被誉为大西北之魂,是国家级人类非物质文化遗产。

苗族飞歌

苗族飞歌,苗族歌曲的一种,流行于贵州台江、剑河、凯里等一带。飞歌的音调高亢嘹亮,豪迈奔放、明快,唱时声振山谷,有强烈的感染力。飞歌,多用在喜庆、迎送等大众场合,见物即兴,现编现唱。

蒙古呼麦

呼麦是蒙古族人创造的一种神奇的歌唱艺术:一个歌手纯粹用自己的发声器官,在同一时间里唱出两个声部。呼麦声部关系的基本结构为一个持续低音和它上面流动的旋律相结合。又可以分为"泛音呼麦""震音呼麦""复合呼麦"等。在中国各民族民歌中,它是独一无二的。

蒙古长调

蒙古族长调蒙古语称"乌日图道",意即长歌,它的特点为字少腔长、高亢悠远、舒缓自由,宜于叙事,又长于抒情;蒙古族长调以鲜明的游牧文化特征和独特的演唱形式讲述着蒙古民族对历史文化、人文习俗、道德、哲学和艺术的感悟,所以被称为"草原音乐活化石"。

堆谢

堆谢又名"拉萨踢踏舞",西藏民间歌舞。广泛流行于西藏各地。在藏文中,"堆"是"上"的意思,"谢"即歌曲。堆谢是指产生于雅鲁藏布江上游一带的民间歌舞。

新疆维吾尔木卡姆

木卡姆源于西域土著民族文化,又深受波斯—阿拉伯音乐文化的影响。"木卡姆",为阿拉伯语,意为规范、聚会等意,在现代维吾尔语中,"木卡姆"主要意思为"古典音乐"。木卡姆,被称为维吾尔民族历史和社会生活的百科全书,是中华民族多元文化的组成部分;它运用音乐、文学、舞蹈、戏剧等各种语言和艺术形式表现了维吾尔族人民绚丽的生活和高尚的情操。

俞伯牙

俞伯牙(前413—前354),春秋战国时期楚国郢都人,被尊为"琴仙"。虽为楚人,却任职晋国上大夫,且精通琴艺。伯牙抚琴遇知音就是他在探亲回国途中发生的故事。这个故事是从民间口头流传下来的,历史上并无确切记载。

师旷

师旷(前572—前532),字子野,冀州南和人,春秋时著名乐师、道家。他生而无目,故自称盲臣、瞑臣。为晋大夫,亦称晋野,博学多才,尤精音乐,善弹琴,辨音力极强。以"师旷之聪"闻名于后世。

朱载堉

朱载堉(1536—1611),明代律学家、历学家。字伯勤,号句曲山人。明宗室郑恭王厚烷之子。因皇族内讧、父获罪系狱,遂筑土屋于宫门外,独居十九年,钻研乐律、数学、历法。父死后,不承袭爵位,而以著述终身。著有《乐律全书》《律吕正论》《律吕质疑辩惑》《嘉量算经》等书。《乐律全书》总结前人的乐律理论,并加以发展;其中《律吕精义》通过精密计算与科学实验,创造"新法密率",是音乐史上最早用等比级数平均划分音律,系统阐明十二平均律理论的科学论著。《圣寿万年历》《律历融通》论述历算岁差的方法,亦甚详密。

中国古代十大名曲

中华古韵有十大汉族名曲一说。分别为《高山流水》《广陵散》《平沙落雁》《梅花三弄》《十面埋伏》《夕阳箫鼓》《渔樵问答》《胡笳十八拍》《汉宫秋月》和《阳春白雪》。据专家考证,这些古代汉族名曲的原始乐谱大都失传,今天流传的不少谱本都是后人委托之作。这些乐曲被历代乐师冠以十大古曲名,以历史典故为旁衬,从而借古人之旧事以壮声势。

李叔同

李叔同(1880—1942),谱名文涛,幼名成蹊,学名广侯,字息霜,别号漱筒。著名音乐家、美术教育家、书法家、戏剧活动家,是中国话剧的开拓者之一。他从日本留学归国后,担任过教师、编辑之职,后剃度为僧,法名演音,号弘一,晚号晚晴老人,后被人尊称为弘一法师。

萧友梅

萧友梅(1884—1940),广东香山人。是中国现代音乐史上开基创业的一代宗师、现代专业音乐教育的开拓者与奠基者;为中国音乐文化的建设与发展,做出了不可磨灭的历史性贡献,在中国近代音乐史上享有崇高的地位。

华彦钧

阿炳(1893—1950),原名华彦钧。民间音乐家,正一派道士。因患眼疾而双目失明。他刻苦钻研道教音乐,精益求精,并广泛吸取民间音乐的曲调,一生共创作和演出了270多首民间乐曲。从父学习鼓、笛、二胡、琵琶等乐器。12岁已能演奏多种乐器,并经常参加拜忏、诵经、奏乐等活动。18岁时被无锡道教音乐界誉为演奏能手。阿炳现留存有二胡曲《二泉映月》《听松》《寒春风曲》和琵琶曲《大浪淘沙》《龙船》《昭君出塞》。

冼星海

冼星海(1905—1945),曾用名黄训、孔宇,祖籍广东番禺,出生于澳门,中国近代著名作曲家、钢琴家,有"人民音乐家"之称。代表作有大型声乐作品《黄河大合唱》《九一八大合唱》,歌曲《在太行山上》等。

聂耳

聂耳(1912—1935),原名聂守信,字子义(一作紫艺)。中国音乐家,中华人民共和国国歌《义勇军进行曲》的作曲者。他创作了数十首革命歌曲,他的一系列作品影响中国音乐几十年。他的音乐创作具有鲜明的时代感、严肃的思想性、高昂的民族精神和卓越的艺术创造性,为中国无产阶级革命音乐的发展指出了方向,树立了中国音乐创作的榜样。

王洛宾

王洛宾(1913—1995),名荣庭,字洛宾,曾用名艾依尼丁,出生于北京。中国民族音乐家。1934年毕业于国立北平师范大学(北京师范大学)音乐系。1938年在兰州改编了新疆民歌《达坂城的姑娘》,之后便与西部民歌结下了不解之缘,并将一生都献给了西部民歌的创作和传播事业,有"西北民歌之父""西部歌王"之称。其主要作品有《在那遥远的地方》《半个月亮爬上来》《达坂城的姑娘》《掀起你的盖头来》《阿拉木汗》《在银色的月光下》等。

三、外国音乐常识

巴赫

巴赫(1685—1750),巴洛克时期的德国作曲家,杰出的管风琴、小提琴、大键琴演奏家。巴赫被普遍认为是音乐史上最重要的作曲家之一,并被尊称为

"西方近代音乐之父",也是西方文化史上最重要的人物之一。

莫扎特

莫扎特(1756—1791),出生于神圣罗马帝国时期的萨尔兹堡。欧洲古典主义音乐作曲家。1760 年,莫扎特开始学习作曲。1763 年至 1773 年,莫扎特随父亲在欧洲各国进行旅行演出。1781 年,莫扎特到维也纳开始 10 年的创作生涯。莫扎特留下的重要作品总括当时所有的音乐类型。他谱出的协奏曲、交响曲、奏鸣曲、小夜曲、嬉游曲后来成为古典音乐的主要形式。其代表作有《费加罗的婚礼》《魔笛》《唐璜》等。

贝多芬

贝多芬(1770—1827),德国杰出的音乐家,维也纳古典乐派代表人物之一,世界音乐史上最伟大的作曲家之一。他的作品对世界音乐的发展有着非常深远的影响,因此被尊称为"乐圣"和"交响乐之王"。贝多芬的作品中以九部交响曲占首要地位。代表作有降 E 大调第三交响曲《英雄》、c 小调第五交响曲《命运》、F 大调第六交响曲《田园》、A 大调第七交响曲、d 小调第九交响曲《合唱》(《欢乐颂》主旋律)、序曲《爱格蒙特》、《莱奥诺拉》、升 c 小调第十四钢琴奏鸣曲《月光》、F 大调第五小提琴奏鸣曲《春天》、F 大调第二浪漫曲。

舒伯特

舒伯特(1797—1828)。奥地利作曲家、音乐家。早期浪漫主义音乐的代表人物,被后人评价为"古典主义音乐"的最后一位巨匠。舒伯特在短短 31 年的生命中,创作了 600 多首歌曲,18 部歌剧、歌唱剧和配剧音乐,10 部交响曲,19 首弦乐四重奏,22 首钢琴奏鸣曲,4 首小提琴奏鸣曲以及许多其他作品。其最有代表性的歌曲有《魔王》《野玫瑰》《圣母颂》《菩提树》《鳟鱼》《小夜曲》,声乐套曲《美丽的磨坊女》《冬日的旅行》等。

老约翰·施特劳斯

老约翰·施特劳斯(1804—1849),出生在维也纳。老约翰·施特劳斯受父亲的影响,从小学小提琴,后来从师维也纳歌剧院提琴手伊格拉茨·冯·惠利。他和作曲家约瑟夫·兰纳一起,共同奠定了维也纳圆舞曲的基础。乐曲表达内容也比较深刻,因此,老约翰·施特劳斯被人们称之为"圆舞曲之父"。

肖邦

肖邦(1810—1849),出生于波兰。19世纪波兰作曲家、钢琴家。肖邦是历史上最具影响力和最受欢迎的钢琴作曲家之一,是波兰音乐史上最重要的人物之一,欧洲19世纪浪漫主义音乐的代表人物。他的作品以波兰民间歌舞为基础,同时又深受巴赫影响,多以钢琴曲为主,被誉为"浪漫主义钢琴诗人"。

李斯特

弗朗茨·李斯特(1811—1886),出生于匈牙利。著名的作曲家、钢琴家、指挥家,伟大的浪漫主义大师,是浪漫主义前期最杰出的代表人物之一。十六岁定居巴黎。李斯特将钢琴的技巧发展到了无与伦比的程度,极大地丰富了钢琴的表现力,在钢琴上创造了管弦乐的效果,他还首创了背谱演奏法,他也因在钢琴及以上的巨大贡献而获得了"钢琴之王"的美称。主要作品有交响诗《塔索》《匈牙利》《前奏曲》等13首,交响曲《但丁》《浮士德》,钢琴曲《匈牙利狂想曲》19首、协奏曲2部、《高级练习曲集》、《帕格尼尼大练习曲》,以及大量钢琴独奏曲与改编曲等。著有《肖邦》《匈牙利的茨冈人及其音乐》等。

约翰·施特劳斯

约翰·施特劳斯(1825—1899),奥地利著名的作曲家、指挥家、小提琴家。他自幼酷爱音乐,7岁便开始创作圆舞曲,一生写了四百多首乐曲,包括圆舞曲、进行曲以及其他音乐体裁的乐曲,其中以《蓝色的多瑙河》《维也纳森林故事》《春之声》等曲最为著名。

柴可夫斯基

彼得·伊里奇·柴可夫斯基(1840—1893),19世纪伟大的俄罗斯作曲家、音乐教育家,被誉为伟大的"俄罗斯音乐大师"。他的作品反映了沙皇专制统治下的俄国广大知识阶层的苦闷心理和对幸福美满生活的深切渴望;着力揭示人们的内心矛盾,充满强烈的戏剧冲突和炽热的感情色彩。其代表作品有第四、第五、第六(悲怆)交响曲,歌剧《叶甫根尼·奥涅金》《黑桃皇后》,舞剧《天鹅湖》《睡美人》《胡桃夹子》等。

德彪西

德彪西(1862—1918),法国人,19世纪末20世纪初欧洲音乐界颇具影响的作曲家、革新家,同时也是近代"印象主义"音乐的鼻祖,对欧美各国的音乐产生了深远的影响。德彪西的代表作品有管弦乐《大海》《牧神午后前奏曲》,钢琴曲《前奏曲》《练习曲》,而他的创作最高峰则是歌剧《佩利亚斯与梅丽桑德》。

帕瓦罗蒂

鲁契亚诺·帕瓦罗蒂(1935—2007),出生于意大利摩德纳。世界著名的男高音歌唱家,被誉为"高音C之王",与多明戈、卡雷拉斯合称"世界三大男高音"。1964年首次在米兰·斯卡拉歌剧院登台。翌年,应邀去澳大利亚演出及录制唱片。1967年被卡拉扬挑选为威尔第《安魂曲》的男高音独唱者。从此,声名节节上升,成为国际歌剧舞台上的最佳男高音之一。帕瓦罗蒂具有十分漂亮的音色,在两个八度以上的整个音域里,所有音均能迸射出明亮、晶莹的光辉。

多明戈

多明戈(1941—),出生于马德里。著名的西班牙男高音歌唱家。其父母均是西班牙民族歌剧演员,九岁时全家迁居墨西哥。他的演唱嗓音丰满华丽,坚强有力,胜任从抒情到戏剧型的各类男高音角色。他塑造的奥赛罗、拉达美斯等形象,气概不凡,富于强烈的戏剧性和悲剧色彩。

卡雷拉斯

何塞·卡雷拉斯(1946—),出生于加泰隆尼亚自治区首府巴塞罗那。西班牙男高音。1971年卡雷拉斯获得意大利"威尔第声乐大奖",逐渐成为世界顶级的抒情男高音。卡雷拉斯和帕瓦罗蒂、多明戈是享誉世界的"三大男高音"。

理查德·克莱德曼

理查德·克莱德曼(1953—),出生于法国巴黎。艺术家、钢琴表演艺术家,有"钢琴王子"的美誉。克莱德曼将中国各时期的流行歌曲改编成了钢琴曲,曲目覆盖面之广令人叹服。短时期内,克莱德曼的《红太阳》等钢琴曲在中国大地广为流传。此后《花心》《爱如潮水》《浏阳河》《与往事干杯》《何日君再来》《梁祝》都被改编成了钢琴曲。

古典主义音乐

古典主义音乐指18世纪下半叶至19世纪初,形成于维也纳的一种乐派,亦称"维也纳古典乐派"。以海顿、莫扎特、贝多芬为代表。其特点是理智和情感的高度统一;深刻的思想内容与完美的艺术形式的高度统一。创作技法上,继承欧洲传统的复调与主调乐的成就,并确立了近代鸣奏曲曲式的结构以及交响曲、协奏曲、各类室内乐的体裁和形式,对西洋音乐的发展有深远影响。

浪漫主义音乐

浪漫主义音乐与古典主义音乐所不同的是,它承袭古典乐派作曲家的传统,并在此基础上有了新的探索。如强调音乐要与诗歌、戏剧、绘画等音乐以外的其他艺术相结合,提倡一种综合艺术;提倡标题音乐;强调个人主观感觉的表现,作品常常带有自传的色彩;作品富于幻想性,描写大自然的作品很多,因为大自然很平静,没有矛盾,是理想的境界;重视戏剧,研究民族、民间的音乐文学,从中吸取营养,作品具有民族特色。在艺术形式和表现手法上,是继承古典乐派,但内容上却有很大的差异,夸张的手法也使用得特别多。在音乐形式上,它突破了古典音乐均衡完整的形式结构的限制,有更大的自由性。

印象主义音乐

印象主义音乐是19世纪末在欧洲文化活动中心巴黎萌生的一种新音乐风格,是受"象征主义文学"和"印象主义绘画"的影响而出现的一种音乐流派。印象主义音乐带有一种完全抽象的、超越现实的色彩,是音乐进入现代主义的开端。它的音乐形式、织体、表现手法、基本美学观点以及所追求的艺术目的和艺术效果都与古典和浪漫主义有着很大的分歧与差别。由法国作曲家德彪西首创。

第三节　美术常识

一、美术基本常识

美术

美术属艺术门类之一。也叫造型艺术、视觉艺术。主要包括绘画、雕塑、工艺美术、建筑艺术等。是用一定的物质材料,如颜色、纸张、画布、泥土、石头、木料、金属、木头等,塑造可视的平面或立体的视觉形象,以反映自然和社会生活,表达艺术家思想观念和感情的一种艺术活动。

绘画

绘画,造型艺术之一。用笔、刀等工具,墨、颜料、化合物等物质材料,在纸、木板、纺织物或墙壁等平面上,通过构图、造型和设色等表现手段,创制可视的形象。就使用材料、技术的不同,分为帛画、水墨画、壁画、油画、水彩画、特技画、版画、素描等;就题材内容的不同,分为人物画、风景画、静物画、动物画等;就画面形式的不同,分为单幅画、组画、连环画等;就有无具体形象的不同,分为具象绘画和抽象绘画。

油画

油画,西洋绘画的主要画种。用快干油(例如亚麻仁油、核桃油、罂粟油等)调和颜料画成。14世纪—15世纪间,经画家凡·爱克兄弟改进后,被广泛采用。一般多画在布、木板或厚纸板上。其特点是利用颜料的遮盖力和透明性能充分地表现对象,达到丰富的色彩效果。

版画

版画,造型艺术之一。特点是作者运用刀和笔等工具,在不同材料的版面上进行刻画;可直接印出多份原作,故又称"复数艺术"。早期大多用于复制图画,绘、刻、印三者分工,称为"复制版画";后发展成为独立的艺术形式,由作者自画自刻自印,称为"创作版画"。就版面性质和所用材料,可分为凸版(如木版画、麻胶版画)、凹版(如铜版画)、平版(如石版画)、孔版(如丝网版画)等。

雕塑

雕塑,造型艺术之一。是雕、刻、塑三种制作方法的总称。以各种可塑的(如黏土等)或可雕可刻的(如金属、石、木等)材料,制作出各种具有实在体积的形象。一般分为圆雕和浮雕两大类。

建筑

建筑是建筑物与构筑物的总称,是人们为了满足社会生活需要,利用所掌握的物质技术手段,并运用一定的科学规律、风水理念和美学法则创造的人工环境。是将实用价值与审美价值、工程技术手段与艺术手段紧密结合的艺术门类。建筑艺术最直接、最鲜明的体现是建筑风格。

罗马风建筑

罗马风建筑,亦称"似罗马建筑"。公元9世纪—12世纪西欧诸民族罗马帝国的废墟上建立自己国家时的建筑风格。具有古罗马建筑遗风,故名。一般以厚实的砖石墙、半圆形拱券、逐层挑出的门框装饰和交叉拱顶结构为其主要特征。如意大利比萨教堂和法国普瓦捷圣母教堂。

哥特式建筑

哥特建筑亦译"高直建筑""哥特式建筑"。欧洲中世纪后期的建筑风格。哥特式艺术是12世纪—16世纪初期盛行于欧洲的一种以新型建筑为主的艺术,包括雕塑、绘画和工艺美术。它一反罗马式厚重阴暗的半圆形拱门的教堂式样,广泛地运用线条轻快的尖拱券,造型挺秀的小尖塔,轻盈通透的飞扶壁,修长的立柱或簇柱,以及彩色玻璃镶嵌的花窗,造成一种向上升华、天国神秘的幻觉,反映了基督教盛行的时代观念和中世纪城市发展的物质文化面貌。代表作品有法国的巴黎圣母院和沙特尔大教堂、德国的科隆大教堂、意大利的米兰教堂等。

浮世绘

浮世绘,日本德川时代(亦称"江户时代",1603年—1867年)兴起的一种民间绘画。"浮世"是现世的意思,故其描绘题材大都是民间风俗、俳优、武士、游女、风景等,具有鲜明的日本民族风格。最初以墨色印刷,称"墨折绘";后发展为"丹绘""红折绘""锦绘"等多色的表现样式。浮世绘一般以色彩明艳、线条简练为特色,因多数反映当时的民间生活,曾得到广泛的流传和发展,至18世纪末期逐渐衰落。在其风行的200多年历史中,出现了三四十个大小流派、八百多位画家和刻版家,著名的有铃木春信、西山祐信、喜多川歌磨、葛饰北斋和安藤广重等。

中国画

中国画,简称"国画",起源于汉代,汉朝人认为中国是居天地之中者,所以称为中国,将中国的绘画称为中国画,简称国画。它是具有悠久历史和优良传统的中国民族绘画。主要指的是画在绢、宣纸、帛上并加以装裱的卷轴画。国画是汉族的传统绘画形式,是用毛笔蘸水、墨、彩作画于绢或纸上。题材可分人物、山水、花鸟等,技法可分具象和写意。中国画在内容和艺术创作上,体现了古人对自然、社会及与之相关联的政治、哲学、宗教、道德、文艺等方面的认知。

人物画

人物画是绘画的一种。是以人物形象为主体的绘画的通称。中国的人物画,简称"人物",是中国画中的一大画科,较山水画、花鸟画等出现为早;大体分为道释画、仕女画、肖像画、风俗画、历史故事画等。人物画力求人物个性刻画得逼真传神,气韵生动、形神兼备。其传神之法,常把对人物性格的表现,寓于环境、气氛、身段和动态的渲染之中。故中国画论上又称人物画为"传神"。

山水画

山水画,简称"山水"。中国画画科之一。是以描写山川自然景色为主体的绘画,系由地理形势图和人物画的背景演变而成。在魏、晋、六朝逐渐发展,但仍多作为人物画的背景;至隋、唐,已有不少独立的山水画制作;五代、北宋而日趋成熟,作者纷起,从此成为中国画中的一大画科。主要有青绿、金碧、没骨、浅绛、水墨等形式。中国的山水画,先有设色,后有水墨。设色画中先有重色,后有淡彩。在艺术表现上讲究经营位置和表达意境。

花鸟画

花鸟画,中国画的一种。隋唐之际,山水画、花鸟画、走兽画等相继发展,形成多种题材,遂有分科之说。花鸟画是以动植物为描绘对象的重要画科,又可细分为花卉、蔬果、翎毛、草虫、畜兽、鳞介等支科。花鸟画独立成科后,出现了专门画家。至五代、两宋趋于成熟。历来有工笔、写意、白描、没骨等多种技法形式。至元、明、清时大为发展。

第四章 艺术综合常识

工笔画

工笔画亦称"细笔画"。属中国画技法类别的一种,与"写意画"对称。工笔画属于工整细致一类画法,要求"有巧密而精细者",水墨、浅绛、青绿、金碧、界画等艺术形式均可表现工笔画。

写意画

写意画俗称粗笔,即用简练的笔法描绘景物。写意画多画在生宣上,纵笔挥洒,墨彩飞扬,较工笔画更能体现所描绘景物的神韵,也更能直接地抒发作者的感情。用中锋、侧锋、逆锋来表达。写意画是融诗、书画、印为一体的艺术形式。

三远

三远,山水画技法名。这个词汇既涵盖了山水的透视关系,也算是山水的构思观念。宋代郭熙的山水画论著《林泉高致》,就已提到"高远""深远""平远"的所谓"三远"。

三品

中国古代画论中品评书画艺术的三个等级,即神品、妙品和能品。

年画

年画是中国画的一种,始于古代的"门神画",汉族民间艺术之一,亦是常见的民间工艺品之一。清光绪年间,正式称为年画,是中国汉族特有的一种绘画体裁,也是中国农村老百姓喜闻乐见的艺术形式。大都用于新年时张贴,装饰环境,含有祝福新年吉祥喜庆之意,故名。

四君子

"四君子"是中国传统文化的题材,它们分别是指梅花、兰花、翠竹、菊花,其品质分别对应:傲、幽、澹、逸。"花中四君子"成为中国人借物喻志的象征,也是咏物诗文和艺人字画中常见的题材。其文化寓意为:梅,探波傲雪,高洁志士;兰,深谷幽香,世上贤达;竹,清雅淡泊,谦谦君子;菊,凌霜飘逸,世外隐士。他们都没有媚世之态,遗世而独立。

二、中国美术常识

司母戊鼎

司母戊鼎又称"后母戊鼎",全称为后母戊大方鼎。原器于1939年3月在河南安阳出土,是商王祖庚或祖甲为祭祀其母戊所制,是商周时期青铜文化的代表作,现藏于中国国家博物馆。

后母戊鼎是迄今世界上出土最大、最重的青铜礼器,享有"镇国之宝"的美誉。现为国家一级文物,2002年列入禁止出国(境)展览文物名单。

战国帛画

帛画,中国古代画在丝织物上的图画。因画在帛上而得名。帛是一种质地为白色的丝织品,在其上用笔墨和色彩描绘人物、走兽、飞鸟及神灵、异兽等形象的图画,约兴起于战国时期,至西汉发展到高峰。《人物龙凤帛画》,又称为《龙凤仕女图》,是中国东周战国中晚期的帛画精品,1949年出土于湖南省长沙市东南郊楚墓,是现存最早的中国帛画之一。

秦兵马俑

秦兵马俑即秦始皇兵马俑,亦简称秦俑,位于今陕西省西安市临潼区秦始皇陵以东1.5公里处的兵马俑坑内。1974年3月,兵马俑被发现。1987年,秦始皇陵及兵马俑坑被联合国教科文组织批准列入《世界遗产名录》,并被誉为"世界第八大奇迹"。先后已有200多位国家领导人前往参观,成为中国古代辉煌文明的一张金字名片。秦始皇兵马俑亦被誉为世界十大古墓稀世珍宝之一。

马踏飞燕

马踏飞燕又名"马超龙雀""铜奔马"等,为东汉青铜器,1969年出土于甘肃省武威市凉州区雷台汉墓。现藏甘肃省博物馆。"马踏飞燕"自出土以来一直被视为中国古代高超铸造业的象征。1983年10月,"马踏飞燕"被国家旅游局确定为中国旅游标志。1985年铜奔马以"马超龙雀"这个名称被国家旅游局确定为中国旅游业的图形标志,并一直被沿用至今。1986年被定为国宝级文物。

顾恺之

顾恺之(约345—409),字长康,小字虎头,汉族,晋陵无锡人(今江苏无锡),东晋画家。顾恺之博学多才,擅诗赋、书法,尤善绘画。精于人像、佛像、禽兽、山水等,时人称之为三绝:画绝、文绝和痴绝。谢安深重之,以为苍生以来未之有。顾恺之与曹不兴、陆探微、张僧繇合称"六朝四大家"。顾恺之作画,意在传神,其"迁想妙得""以形写神"等论点,为中国传统绘画的发展奠定了基础。

曹仲达

曹仲达,生卒年不详。中国南北朝北齐画家。来自中亚曹国,曾任朝散大夫。擅画人物、肖像、佛教图像,尤精于外国佛像。所画人物以稠密的细线,表现衣服褶纹贴身,"其体稠叠,而衣服紧窄",似刚从水中出来,人称"曹衣出水",与唐代画家吴道子的"吴带当风"画风并称"画史"。无作品传世,但现存的北朝佛教造像中有与其相似的风格。

谢赫

谢赫(479—502),南朝齐、梁间画家、绘画理论家。善作风俗画、人物画。著有《古画品录》,为我国最古的绘画论著。评价了3世纪至4世纪的重要画家。他提出的中国绘画上的"六法",成为后世画家、批评家、鉴赏家们所遵循的原则。

四大石窟

四大石窟指的是以中国佛教文化为特色的巨型石窟艺术景观,包括:莫高窟(甘肃敦煌)、云冈石窟(山西大同)、龙门石窟(河南洛阳)、麦积山石窟(甘肃天水),是中国古代汉族传统文化艺术的历史瑰宝。

敦煌壁画

敦煌壁画包括敦煌莫高窟、西千佛洞、安西榆林窟,共有石窟552个,有历代壁画五万多平方米,是我国乃至世界壁画最多的石窟群,内容非常丰富。敦煌壁画是敦煌艺术的主要组成部分,规模巨大,技艺精湛。敦煌壁画的内容丰富多彩,它和别的宗教艺术一样,是描写神的形象、神的活动、神与神的关系、神与人的关系,以寄托人们善良的愿望,安抚人们心灵的艺术。因此,壁画的风格,具有与世俗绘画不同的特征。但是,任何艺术都源于现实生活,任何艺术都有它的民族传统。因而敦煌壁画的形式多出于共同的艺术语言和表现技巧,具有共同的民族风格。敦煌莫高窟还被称为千佛洞,是我国四大古窟之一,被列入世界非物质文化遗产。

展子虔

展子虔(约545—618),隋代绘画大师,汉族,渤海人。隋代时为隋文帝所召,任朝散大夫、帐内都督等职。他是唯一有画迹可考的隋代著名画家,在中国绘画史上占据着重要位置。写山水远近,有咫尺千里之势,被称为"唐画之祖"。传世作品《游春图》是中国山水画中独具风格的画体,亦是中国存世最古老的山水画。

阎立本

阎立本(约601—673),唐代画家,官至宰相,汉族,雍州万年(今陕西西安临潼)人,出身贵族,北周武帝宇文邕的外孙。因为阎擅长工艺,多巧思,工篆隶书,对绘画、建筑都很擅长,隋文帝和隋炀帝均爱其才艺。入隋后官至朝散大夫、将作少监。代表作品有《步辇图》《历代帝王像》等。

吴道子

吴道子(约680—759),唐代著名画家,画史尊称"画圣",又名道玄。阳翟(今河南禹州)人。少孤贫,年轻时即有画名。擅佛道、神鬼、人物、山水、鸟兽、草木、楼阁等,尤精于佛道、人物,长于壁画创作。代表作有《送子天王图》等。

韩滉

韩滉(723—787),字太冲,京兆长安(今陕西西安)人。唐代画家、宰相,太子少师韩休之子。韩滉工书法,草书得张旭笔法。画远师南朝宋陆探微,擅绘人物及农村风俗景物,摹写牛、羊、驴等动物尤佳。所作《五牛图》,元赵孟頫赞为"神气磊落,希世明笔"。

周昉

周昉(766—785),字景玄(景院)。安吉(今浙江安吉)人。任越州长史,善绘画。擅长人物仕女,画法上"初效张萱,后则小异",画人物,不仅能形似,而且能神似,能揭示出人物的内心世界,写出"性情言笑之姿"。同时,擅长宗教画,创造出了"水月观音"这一美妙形象。被人称之为"周家样"。代表作有《挥扇仕女图》《簪花仕女图》《杨妃出浴图》。

张彦远

张彦远(815—907),中国唐代画家、绘画理论家。字爱宾,蒲州猗氏(今山西临猗)人,出身宰相世家。家藏法书名画甚丰,精于鉴赏,擅长书画,无作品传世。著有《历代名画记》《法书要录》《彩笺诗集》等。

唐三彩

唐三彩,汉族古代陶瓷烧制工艺的珍品,全名唐代三彩釉陶器,是盛行于唐代的一种低温釉陶器,釉彩有黄、绿、白、褐、蓝、黑等色,而以黄、绿、白三色为主,所以人们习惯称之为"唐三彩"。因唐三彩最早、最多出土于洛阳,亦有"洛阳唐三彩"之称。

昭陵六骏

昭陵六骏是指陕西醴泉唐太宗李世民陵墓昭陵北面祭坛东西两侧的六块骏马青石浮雕石刻。昭陵六骏造型优美,雕刻线条流畅,刀工精细、圆润,是珍贵的古代石刻艺术珍品。六骏是李世民在唐朝建立前先后骑过的战马，分别名为"拳毛䯄""什伐赤""白蹄乌""特勒骠""青骓""飒露紫"。为纪念这六匹战马，李世民令工艺家阎立德和画家阎立本，用浮雕描绘六匹战马列置于陵前。

顾闳中

顾闳中（约910—约980），江南人，南唐后主时任翰林待诏。南唐著名人物肖像画家，曾画过后主李煜的肖像。工画人物，用笔圆劲，间以方笔转折，设色浓丽，善于描摹神情意态。传世代表作为《韩熙载夜宴图》，见于画史著录的作品还有《明皇击梧桐图》《游山阴图》《雪村图》《荷钱幽浦》等。

郭熙

郭熙（约1000—约1080），字淳夫，河南温县（今属河南）人。北宋画家，绘画理论家。出身布衣，好道学，喜游历。善画，擅长山水。初无师承，后在临摹李成山水画中受到启发，笔法大进，亦能自抒胸臆，笔势雄健，水墨明洁。于画论方面亦有建树，总结出对四季山水的审美感受及山水构图三远法等。创作活动旺盛的时代正是宋神宗在位的熙宁、元丰年间（1068年—1085年），深受神宗的恩宠，有"神宗好熙笔""评为天下第一"之说。

李公麟

李公麟（1049—1106），字伯时，号龙眠居士。舒州（今安徽桐城）人。北宋著名画家。好古博学，长于诗，精鉴别古器物，尤以画著名，凡人物、释道、鞍马、山水、花鸟，无所不精，时推为"宋画中第一人"。传世作品有《五马图》《临韦偃牧放图》等。

张择端

张择端，生卒年不详，字正道，琅琊东武（今山东诸城）人，居住于东京（今河南开封）。北宋画家。宣和年间任翰林待诏，擅画楼观、屋宇、林木、人物。所作风俗画市肆、桥梁、街道、城郭刻画细致，界画精确，豆人寸马，形象如生。存世作品有《清明上河图》《金明池争标图》等，皆为我国古代的艺术珍品。

梁楷

梁楷,生卒年不详,南宋人,祖籍山东,南渡后流寓钱塘(今杭州)。他是一个行径相当特异的画家,善画山水、佛道、鬼神,师法贾师古,而且青出于蓝。他喜好饮酒,酒后的行为不拘礼法,人称是"梁风(疯)子"。梁楷传世的作品包含了《六祖伐竹图》《李白行吟图》《泼墨仙人图》《八高僧故事图卷》等,以《泼墨仙人图》最为有名。

黄公望

黄公望(1269—1354),本姓陆,名坚,汉族,江浙行省常熟县人。元代画家。擅画山水,师法董源、巨然,兼修李成法,得赵孟頫指授。所作水墨画笔力老到,简淡深厚。又于水墨之上略施淡赭,世称"浅绛山水"。晚年以草籀笔意入画,气韵雄秀苍茫,与吴镇、倪瓒、王蒙合称"元四家"。擅书能诗,撰有《写山水诀》,为山水画创作经验之谈。存世作品有《富春山居图》《九峰雪霁图》《丹崖玉树图》《天池石壁图》等。

王冕

王冕(1287—1359),字元章,号煮石山农,亦号"食中翁""梅花屋主"等,浙江诸暨枫桥人。元朝著名画家、诗人、篆刻家。他出身贫寒,幼年替人放牛,靠自学成才。王冕性格孤傲,鄙视权贵,诗作多同情人民苦难、谴责豪门权贵、轻视功名利禄、描写田园隐逸生活之作。一生爱好梅花,种梅、咏梅,又攻画梅。所画梅花花密枝繁,生意盎然,劲健有力,对后世影响较大。存世画迹有《南枝春早图》《墨梅图》《三君子图》等。

沈周

沈周(1427—1509),字启南、号石田、白石翁、玉田生、有竹居主人等,长洲(今江苏苏州)人。明朝画家,"吴门画派"的创始人,明四家之一。不应科举,专事诗文、书画,是明代中期文人画"吴派"的开创者,与文徵明、唐寅、仇英并称"明四家"。传世作品有《庐山高图》《秋林话旧图》《沧州趣图》。著有《石田集》《客座新闻》等。

文徵明

文徵明(1470—1559),原名壁(或作璧),字徵明。四十二岁起,以字行,更字徵仲。因先世衡山人,故号"衡山居士",世称"文衡山",长州(今江苏苏州)人。明代画家、书法家、文学家。文徵明的书画造诣极为全面,诗、文、书、画无一不精,人称是"四绝"的全才,诗宗白居易、苏轼,文受业于吴宽,学书于李应祯,学画于沈周。其与沈周共创"吴派"。在画史上与沈周、唐寅、仇英合称"明四家"("吴门四家")。在诗文上,与祝允明、唐寅、徐祯卿并称"吴中四才子"。

唐寅

唐寅(1470—1523),字伯虎,后改字子畏,号六如居士、桃花庵主、鲁国唐生、逃禅仙吏等。明代画家、书法家、诗人。诗文上,与祝允明、文徵明、徐祯卿并称"吴中四才子"。绘画上与沈周、文徵明、仇英并称"吴门四家",又称"明四家"。唐寅有《骑驴思归图》《山路松声图》《事茗图》《王蜀宫妓图》《李端端落籍图》《秋风纨扇图》《枯槎鸜鹆图》等绘画作品,藏于世界各大博物馆。

董其昌

董其昌(1555—1636),字玄宰,号思白、香光居士,松江华亭(今上海闵行区马桥)人。明代书画家。万历十七年进士,授翰林院编修,官至南京礼部尚书,卒后谥"文敏"。董其昌擅画山水,笔致清秀中和,恬静疏旷;用墨明洁隽朗,温敦淡荡;青绿设色,古朴典雅。其存世作品有《岩居图》《明董其昌秋兴八景图册》《昼锦堂图》《白居易琵琶行》《草书诗册》《烟江叠嶂图跋》等。

扬州八怪

扬州八怪是中国清代中期活动于扬州地区一批风格相近的书画家总称,或称扬州画派。在中国画史上说法不一,较为公认的代表人物有:金农、郑燮、黄慎、李鱓、李方膺、汪士慎、罗聘、高翔。他们作画多以花卉为题材,亦画山水、人物,主要取法陈道复、徐渭、朱耷、石涛等人,不拘陈规。都能诗,擅书法或篆刻,讲究诗书画的结合。因与当时的所谓"正统"画风有所不同,遂有"八怪"之称。他们的笔墨技法对近代的写意花卉影响很大。

任颐

任颐(1840—1895),清末画家。初名润,字小楼,后改字伯年,浙江山阴(今绍兴人)。父鹤声,字淞云,工写照,颐幼年得其指授。少时曾参加太平军为旗手。后遇任熊,被收为弟子,继从任薰学;中年起寓居上海卖画。作画取法陈洪绶、华喦,擅花鸟,重视写生,勾勒、点簇、泼墨交施互用,赋色鲜活明丽,形象生动活泼。工人物,尤精肖像,浅描浅染,笔墨不多而得神情;亦能画山水和塑像,开海上画派新风,在近现代画坛很有影响。

吴昌硕

吴昌硕(1844—1927),中国篆刻家、书画家。初名俊、俊卿,字昌硕、仓石,别号缶庐、苦铁,浙江安吉人。清末曾任江苏安东(今涟水)知县,一月后弃官寓上海。篆刻融合皖、浙诸家,并以秦、汉玺印、封泥及陶瓦文字入印,雄浑苍劲,摆脱浙、皖诸家而创为一派。工书法,擅写"石鼓文",朴茂雄健,精气盘旋,突破陈规。30岁左右始作画,受任颐启发,并吸收徐渭、朱耷、李鱓、赵之谦等诸家法,兼以篆书、狂草笔意入画,作写意花卉蔬果,色酣墨饱,浑厚苍辣,开拓新貌。题款钤印,配合有致。为"海上画派"代表人物。

岭南派

岭南派,近代中国画流派之一。广东番禺高剑父(崙)、高奇峰(嵡)兄弟和陈树人(哲),早年师事花鸟画家居廉,后留学日本进修画艺。他们的作品,多写中国南方风物,在运用中国画传统技法的基础上,融合日本和西洋画法,注重写生,笔墨不落陈套,色彩鲜丽,别创一格,人称"岭南派"。

齐白石

齐白石(1864—1957),祖籍安徽宿州砀山,湖南长沙湘潭(今湖南湘潭)人。他是近现代中国绘画大师,世界文化名人。早年曾为木工,后以卖画为生,五十七岁后定居北京。擅画花鸟、虫鱼、山水、人物,笔墨雄浑滋润,色彩浓艳明快,造型简练生动,意境淳厚朴实。所作鱼虾虫蟹,天趣横生。曾任中央美术学院名誉教授、中国美术家协会主席等职。代表作有《蛙声十里出山泉》《墨虾》等。

徐悲鸿

徐悲鸿(1895—1953),原名徐寿康,江苏宜兴人。中国现代画家、美术教育家。擅长人物、走兽、花鸟,主张现实主义,于传统尤推崇任伯年,强调国画改革融入西画技法,作画主张光线、造型,讲求对象的解剖结构、骨骼的准确把握,并强调作品的思想内涵,对当时中国画坛影响甚大,与张书旂、柳子谷三人被称为画坛的"金陵三杰"。所作国画彩墨浑成,尤以奔马享名于世。徐悲鸿被称为中国现代美术教育的奠基者,主张发展"传统中国画"的改良,立足中国现代写实主义美术,提出了近代国画之颓废背景下的《中国画改良论》。

刘海粟

刘海粟(1896—1994),名槃,字季芳,号海翁。江苏常州人。现代杰出画家、美术教育家。早年习油画,苍古沉雄。兼作国画,线条有钢筋铁骨之力。后潜心于泼墨法,笔飞墨舞,气魄过人。晚年运用泼彩法,色彩绚丽,气格雄浑。历任南京艺术学院名誉院长、教授,上海美术家协会名誉主席,中国美术家协会顾问。被英国剑桥国际传略中心授予"杰出成就奖",意大利欧洲学院授予"欧洲棕榈金奖"。

丰子恺

丰子恺(1898—1975),浙江桐乡人。画家、文学家、美术和音乐教育家。早年从李叔同学习绘画、音乐。1921年去日本。回国后在上海、浙江、重庆等地从事美术和音乐教学。"五四"运动后创作漫画,早期漫画多暴露旧中国的黑暗,后期常作古诗词新画,并常以儿童生活作题材。造型简括,画风朴实,受清画家曾衍东(七道士)和日本画家竹久梦二的影响。新中国成立后,任上海中国画院院长、中国美术家协会上海分会主席。作有《丰子恺漫画》。著有《音乐入门》,译有《西洋画派十二讲》和外国文学作品《源氏物语》《猎人日记》等多种。擅散文和诗词,文笔隽永清朗,语淡意深,有《缘缘堂随笔》等。

张大千

张大千(1899—1983),四川内江人,祖籍广东省番禺。中国泼墨画家,书法家。20世纪50年代,张大千游历世界,获得巨大的国际声誉,被西方艺坛赞为"东方之笔"。山水、花鸟、人物、丹青、水墨、工笔写意俱佳,尤其是泼墨与泼彩,开创了新的艺术风格,其诗、书、画与齐白石、溥心畬齐名。

傅抱石

傅抱石(1904—1965),原名长生、瑞麟,号抱石斋主人。生于江西南昌,祖籍江西新余。现代画家。其擅画山水,中年创为"抱石皴",笔致放逸,气势豪放,尤擅作泉瀑雨雾之景;晚年多作大幅,气魄雄健,具有强烈的时代感。人物画多作仕女、高士,形象高古。曾与关山月为人民大会堂合作巨幅国画《江山如此多娇》。著有《中国古代绘画之研究》《中国绘画变迁史纲》等。

李可染

李可染(1907—1989),江苏徐州人。画家。早年在上海美术专科学校、国立杭州艺术专科学校学习,参加"一八艺社"。抗日战争时期从事抗日救亡宣传工作。1946年任教于北平国立艺术专科学校,旋师从齐白石、黄宾虹,得前者"墨块""墨线",后者"积墨""渍墨""破墨"之诀。丰富了传统技法的表现力。1954年起游历雁荡、黄山、桂林等地,观察写生,借鉴西画的明暗处理,创山水画墨、满、重、亮的新画风。长期执教于中央美术学院。曾任中国美术家协会副主席、中国画研究院院长等职。有《李可染画集》等。

张乐平

张乐平(1910—1992),浙江海盐人。漫画家,毕生从事漫画创作,绘画生涯达60个春秋。1949年后还画了三毛在新时代的经历系列画集,共出版10

多部三毛形象的漫画集。他所创作的三毛形象,妇孺皆知,名播海外,被誉为"三毛之父",是中国当代最杰出的漫画家之一。

董希文

董希文(1914—1973),浙江绍兴人,是受毛主席赞誉的油画大师,国家文物局规定的"作品一律不得出境"的六位大师之一。著名油画家、美术教育家。曾任中央美术学院教授,开设油画工作室培育人才。曾创作过《春到西藏》《哈萨克牧羊女》《苗女赶场》《百万雄师过大江》等主题性绘画。擅油画,致力于油画风格民族化的探索,多描绘现实生活题材,富于时代气息,《开国大典》为其代表作。

黄胄

黄胄(1925—1997),河北县人。中国画艺术大师,社会活动家,收藏家。中国第一座大型民办艺术馆——炎黄艺术馆缔造者;中国画研究院、中国工艺美术馆筹建者;黄胄美术基金会设立者。黄胄独创性地将速写融入中国画,开启了全新的人物画笔墨范式,拓展了中国画艺术语言。有大量艺术作品及《黄胄作品集》《黄胄谈艺术》等三十余部著作。

三、外国美术常识

达·芬奇

达·芬奇(1452—1519),欧洲文艺复兴时期的天才科学家、发明家、画家。现代学者称他为"文艺复兴时期最完美的代表",是人类历史上绝无仅有的全才,他最大的成就领域在绘画,他的杰作《蒙娜丽莎》《最后的晚餐》《岩间圣母》等,体现了他精湛的艺术造诣。他认为自然中最美的研究对象是人体,人体是大自然的奇妙之作,画家应以人为绘画对象的核心。

丢勒

丢勒(1471—1528),出生于纽伦堡。德国画家、版画家及木版画设计家。

丢勒的作品包括木刻版画及其他版画、油画、素描草图以及素描作品。他的作品中,以版画最具影响力。他是最出色的木刻版画和铜版画家之一。他的水彩风景画是他最伟大的成就之一,这些作品气氛和情感表现得极其生动。其主要作品有《启示录》《基督大难》《小受难》《男人浴室》《海怪》《浪荡子》《伟大的命运》《亚当与夏娃》和《骑士、死亡与恶魔》等。

米开朗琪罗

米开朗琪罗(1475—1564),意大利文艺复兴时期伟大的绘画家、雕塑家、建筑师和诗人,文艺复兴时期雕塑艺术最高峰的代表。与拉斐尔和达·芬奇并称为"文艺复兴后三杰",又译"米开朗琪罗""米高安哲罗"。他一生追求艺术的完美,坚持自己的艺术思路。他的风格影响了几乎三个世纪的艺术家。小行星3001以他的名字命名来表达后人对他的尊敬。罗曼·罗兰写过《米开朗琪罗传》,被归入《名人传》中。米开朗琪罗著有《大卫》和《创世纪》。

提香

提香(约1478—1576),出生于意大利东北部阿尔卑斯山地区的卡多列,意大利文艺复兴后期威尼斯画派的代表画家。在提香所处的时代,他被称为"群星中的太阳",是意大利最有才能的画家之一,兼工肖像、风景及神话、宗教主题绘画。他对色彩的运用不仅影响了文艺复兴时代的意大利画家,更对西方艺术产生了深远的影响。

拉斐尔

拉斐尔(1483—1520),意大利著名画家,也是"文艺复兴后三杰"中最年轻的一位,代表了文艺复兴时期艺术家从事理想美的事业所能达到的巅峰。他的性情平和、文雅,创作了大量的圣母像,他的作品充分体现了安宁、协调、和谐、对称以及完美和恬静的秩序。代表作《西斯廷圣母》《雅典学派》等。

鲁本斯

鲁本斯(1577—1640),佛兰德斯画家。他所作一批以宗教和神话为题材的油画《复活》《爱之园》《末日审判》等,笔法洒脱自如,整体感强。特点是将文艺复兴美术的高超技巧及人文主义思想和佛兰德斯古老的民族美术传统结合起来,形成了一种热情洋溢地赞美人生欢乐的气势宏伟、色彩丰富,并具有强烈运动感的独特风格,成为巴洛克美术的代表人物。

普桑

普桑(1594—1665),法国画家。曾被路易十三聘为宫廷画家。1624年后长期住在罗马,研究艺术理论和文艺复兴盛期的绘画遗产,探讨古典雕塑的人体比例、音乐格调在绘画上的运用,并钻研自然景物的色彩透视等问题,逐渐形成古典主义理论与艺术风格。其作品以宗教、历史、神话为题材,画风谨严,尺幅较小,精工细琢。作品有《酒神祭的狂欢》《亚卡第亚的牧人》《波利费姆》等。

荷加斯

威廉·荷加斯(1697—1764),英国著名画家、版画家、讽刺画家和欧洲连环漫画的先驱。他的作品范围极广,从卓越的现实主义肖像画到连环画系列。他的许多作品经常讽刺和嘲笑当时的政治和风俗。后来这种风格被称为"霍加斯风格"。其代表作有《征服墨西哥》《妓女生涯》《浪子生涯》《文明结婚》《美的分析》等。

安格尔

安格尔(1780—1867),法国画家。古典主义画派最后的代表人物。曾从大卫学习。他代表保守的学院派,与当时新兴的浪漫主义画派相对立,形成尖锐的学派斗争。推崇拉斐尔,并吸收15世纪意大利绘画、古希腊陶器装饰绘画以及法国16世纪画家克路埃的表现手法。画法工致,重视线条造型,尤长于肖像画。作品有《爱蒙夫人像》《画家格拉奈像》《别丹先生像》《泉》和《土耳其浴》等。

德拉克洛瓦

斐迪南·维克多·欧根·德拉克洛瓦(1798—1863),法国著名画家,浪漫主义画派的典型代表。他继承和发展了文艺复兴以来欧洲各艺术流派,包括威尼斯画派、荷兰画派、鲁本斯和康斯特布尔等艺术家的成就和传统,并影响了以后的艺术家,特别是印象主义画家。其代表作为《自由领导人民》等。

塞尚

塞尚(1839—1906),法国著名画家,是后期印象派的主将,从19世纪末便被推崇为"新艺术之父",作为现代艺术的先驱,西方现代画家称他为"现代艺术之父""造型之父"或"现代绘画之父"。他对物体体积感的追求和表现,为"立体派"开启了思路;塞尚重视色彩视觉的真实性,其"客观地"观察自然色彩的独特性大大区别于以往的"理智地"或"主观地"观察自然色彩的画家。著名作品有《圣维克多山》《法黎耶肖像》等。

莫奈

克劳德·莫奈(1840—1926),法国画家,被誉为"印象派领导者",是印象派代表人物和创始人之一。莫奈是法国最重要的画家之一,印象派的理论和实践大部分都有他的推广。莫奈擅长光与影的实验与表现技法。他最重要的风格是改变了阴影和轮廓线的画法,在莫奈的画作中看不到非常明确的阴影,也看不到突显或平涂式的轮廓线。光和影的色彩描绘是莫奈绘画的最大特色。代表作有《日出·印象》《卢昂大教堂》《维特尼附近的罂粟花田》《睡莲》《干草堆》等。

罗丹

奥古斯特·罗丹(1840—1917),法国雕塑艺术家。他在很大程度上以纹理和造型表现他的作品,倾注以巨大的心理影响力,被认为是19世纪和20世纪初最伟大的现实主义雕塑艺术家。罗丹在欧洲雕塑史上的地位,正如诗人但丁在欧洲文学史上的地位,罗丹同他的两个学生马约尔和布德尔,被誉为欧洲雕刻"三大支柱"。其著名作品有《思想者》《加莱义民》《青铜时代》《手》《吻》等。他的创作对欧洲近代雕塑的发展有较大影响。

列宾

伊利亚·叶菲莫维奇·列宾(1844—1930),俄国画家,巡回展览画派重要代表人物。出生于丘古耶夫,在彼得堡美术学院学习。1873年—1876年先后旅行利及法国,研究欧洲古典及近代美术。回国后勤奋作画,创作了大量的历史画、风俗画和肖像画,表现了人民的贫穷苦难及对美好生活的渴望。1878年,他参加巡回展览美术协会。代表作品有《伏尔加河上的纤夫》《宣传者被捕》《意外归来》《查波罗什人复信土耳其苏丹》及《托尔斯泰》等。

高更

保罗·高更(1848—1903),出生于法国巴黎。法国后印象派画家、雕塑家,与凡·高、塞尚并称为后印象派三大巨匠,对现当代绘画的发展有着非常深远的影响。他把绘画的本质看作是某种独立于自然之外的东西,当成记忆中经验的一种创造,而不是一般所认为的那种通过反复写生而直接获得的知觉经验中的东西。和大多数同时代的艺术家相比,他的探索在更大程度上受到原始艺术的影响,特别是他对南太平洋热带岛屿的风土人情极为痴迷。其作品有《裸体习作》《布列塔尼的猪倌》《雅各与天使搏斗》等。

凡·高

凡·高(1853—1890),出生于津德尔特。荷兰后印象派画家。早期因为表达内心的悲痛,曾割断了自己的耳朵。是后印象主义的先驱,并深深地影响了20世纪艺术,尤其是野兽派与表现主义。他最著名的作品多半是他在生命的最后两年创作的,期间凡·高深陷于精神疾病。凡·高的作品《天空星夜》《新向日葵》《小乌鸦的麦田》等,已跻身于全球最著名最珍贵的艺术作品行列。

马蒂斯

亨利·马蒂斯(1869—1954),法国著名画家,野兽派的创始人和主要代表人物,也是一位雕塑家、版画家。他以使用鲜明、大胆的色彩而著名。21岁时的一场意外,令马蒂斯的绘画热情一发不可收拾,偶然的机缘成为他一生的转折点。用他自己的话说:"我好像被召唤着,从此以后我不再主宰我的生活,而它主宰我。"其作品有《白羽毛》《爱看书的女人》《人生之乐》《格列奥的风景》等。

毕加索

毕加索(1881—1973),西班牙画家、雕塑家。法国共产党党员。他是现代艺术的创始人,西方现代派绘画的主要代表。他自幼便展现出非凡的艺术才能,得益于父亲是个美术教师,又曾在美术学院接受过比较严格的绘画训练,因此具有坚实的造型能力。他和他的画在世界艺术史上占据了不朽的地位。毕加索是位多产画家,据统计,他的作品总计近37 000件,包括油画1 885幅,素描7 089幅,版画20 000幅,平版画6 121幅。

达利

达利(1904—1989),著名的西班牙加泰罗尼亚画家,因为其超现实主义作品而闻名。达利是一位具有非凡才能和想象力的艺术家,他的作品把怪异梦境般的形象与卓越的绘图技术和受文艺复兴大师影响的绘画技巧令人惊奇地糅合在一起。1982年,西班牙国王胡安·卡洛斯一世封他为普波尔侯爵,与毕加索、马蒂斯一起被认为是20世纪最有代表性的三个画家。代表作有《记忆的永恒》《哥伦布之梦》《加拉肖像》等。

佛罗伦萨画派

佛罗伦萨画派是意大利文艺复兴时期在经济和文化中心佛罗伦萨形成的一个重要画派。以资产阶级上升时期的人文主义思想为主导,用科学方法探索人体的造型规律,将古代希腊、罗马的雕刻手法应用于绘画上,把中世纪的平面装饰风格改变为用集中透视、有明暗效果、表现三维空间的画法。在以宗教神话为主的题材中,把抽象的神画成世俗化的合乎新兴资产阶级要求的理想的人,成功地创造了人物画新风格。除了油画外,多创作大幅湿壁画,改变了欧洲中世纪绘画的面貌。初期代表画家有乔托、马萨乔等,盛期以达·芬奇、米开朗琪罗、拉斐尔等画家为代表。15世纪至16世纪30年代最繁荣,16世纪末逐渐走向风格主义。

威尼斯画派

威尼斯画派,意大利文艺复兴时期主要画派之一。始于15世纪后期,较早采用从尼德兰传来的油画技法,在运用色彩方面胜过佛罗伦萨画派。16世纪威尼斯画派成为欧洲油画创作中心。该画派反映人文主义和爱国主义思想,其画色彩明丽,形象丰满,构图新颖,但大多借宗教神话题材,描绘统治阶级的豪华生活。代表画家有乔尔乔涅、提香、丁托列托和委罗内塞等。直至18世纪仍有提埃坡罗、加纳来多和瓜第等画家。该派作品对欧洲绘画的影响很大。

枫丹白露画派

枫丹白露画派是16世纪装饰法国枫丹白露宫的一群艺术家。其中最重要的人物有罗索、普利马蒂乔和塞里奥等人。他们形成了独特的意大利艺术流派。为与宫廷气氛保持一致,装饰作品主题多数常有比喻性和象征性。

巴洛克

18世纪末新古典主义理论家用"巴洛克"这一词来嘲笑17世纪意大利的艺术、文学风格,认为它背弃了生活及古典传统,从此"巴洛克"成为风格的名称。其特点是一反文艺复兴盛期的严肃、含蓄、平衡,倾向于豪华、浮夸。建筑方面,又称"巴洛克建筑",其特点是在教堂及宫殿中把建筑(运用断檐、波浪形墙面、重叠柱)、雕塑(姿态夸张的形象)、绘画(如透视深远的壁画)结合成一个整体,在这三方面都追求动势与起伏,企图造成幻象。如意大利圣彼得大教堂前的广场与大柱廊、德国德累斯顿的茨温格庭院等。代表人物有贝尼尼、波罗米尼、考尔都那及鲁本斯等。

古典主义画派

古典主义画派是18世纪欧洲流行的古典主义思潮在美术界的表现,他们对为贵族服务的奢华菲靡的洛可可艺术不满,向古典希腊、罗马的艺术中寻求新题材。其典型的代表是法国画家雅克·路易·大卫,大卫开创了严谨、庄重的新画风,他的画风适应了当时大革命的思潮,他的画《处死自己儿子的布鲁斯》为法国大革命制造了舆论。大革命后他被选为公安委员会的艺术委员,创作了著名的"马拉之死"。拿破仑称帝后他成为首席宫廷画家,为拿破仑创作了"加冕式",据说拿破仑加冕时一反常规是从教皇手中接过皇冠自己戴上的,在画中大卫表现了居中的拿破仑为皇后加冕,教皇局促一隅。波旁王朝复辟后,大卫逃亡到布鲁塞尔,客死异乡。但他的学生们继承了他的画风,古典主义画派主导了法兰西学院几十年,直到浪漫主义画派兴起。

浪漫主义画派

浪漫主义画派,19世纪初在法国兴起的一个画派。该派摆脱了当时学院派和古典主义的羁绊,偏重于发挥艺术家自己的想象和创造。创作题材取自现实生活、中世纪传说和文学名著(如莎士比亚、但丁、歌德、拜伦作品)等。代表作品有籍里柯的《梅杜萨之筏》、德拉克洛瓦的《自由领导人民》。画面色彩热烈,笔触奔放,富有运动感。

现实主义画派

现实主义作为一场艺术运动,是与法国1848年革命同时出现的。画家库尔贝和理论家尚弗勒里是其精神领袖。现实主义坚决如是的表现画家所处时代的风格、思想和面貌,其中至关重要的是真诚。"现实主义"在西方语言中也可指艺术写实的手法。因此,"现实主义"也可称为"写实主义"。

巴比松画派

巴比松画派属法国19世纪的风景画派。巴比松为法国巴黎枫丹白露森林进口处,风景优美。19世纪30年代至40年代,一批不满"七月王朝"统治和学院派绘画的画家,陆续来此定居作画,形成画派。它不仅以写实手法表现自然的外貌,并且致力于探索自然界的内在生命,力求在作品中表达出画家对自然的真诚感受,以真实的自然风景画创作否定了学院派虚假的历史风景画程式,揭开了19世纪法国声势巨大的现实主义美术运动的序幕。

印象主义画派

印象主义画派,19世纪后半期和20世纪初期在欧洲(最早在法国)唯美主义与自然主义基础上形成的一种文艺思潮和艺术流派。主要表现在绘画上,反对学院派的保守,主张到大自然中去写生,直接获取光与色的无穷变化以作艺术表现,在绘画技巧与用色的革新上有所贡献。但他们以"不关心主题思想"去反抗学院派陈腐的主题思想,强调瞬间印象,并把光与色作为追求的目的,使创作题材和内容受到很大限制。印象主义绘画派别,以莫奈、德加和雷诺阿的作品为主要代表。在某些文学流派创作中也有不同程度的表现,如意识流小说传达作家对事物的主观印象等。

野兽主义画派

野兽主义画派亦称"野兽主义"。20世纪初在法国兴起的一个画派。1905年马蒂斯等画家在巴黎举行画展,因其画法越出绘画的常规,被评论家认为"野兽群"而得名。该派的历史很短,到1907年已达顶点。强调绘画要表现主观感受,多用大色块和线条构成夸张变形的形象,以求得"单纯化"的装饰效果。后改名为"巴黎画派"。其画风和技法也人各不同。代表画家还有杜飞、德兰、鲁奥、马尔凯、凡·童根和弗拉曼克等。

立体主义画派

1908年,在巴黎秋季沙龙的展览上,当野兽派画家马蒂斯看到毕加索和布拉克的那些风格新奇独特的作品时,不由得惊叹道:"这不过是一些立方体呀!"同年,评论家沃塞尔在《吉尔布拉斯》杂志上,借马蒂斯的这一说法,对布拉克展于卡思维勒画廊的作品评论说:"布拉克将一切都缩减在立方体之中。"他首先采用了"立体主义"这个字眼。后来,作为对毕加索和布拉克所创的画风及画派的指称,"立体主义"的名字便约定俗成了。立体主义虽然是绘画上的风格,但对20世纪的雕塑和建筑也产生了深远的影响。代表人物有毕加索、布拉克、格里、格来兹、梅占琪、莱热等。

未来主义画派

未来主义画派(简称未来派),是现代文艺思潮之一,由意大利诗人菲利波·托马索·马里奈缔作为一个运动而提出和组织的。马里奈缔于1909年2月在《费加罗报》上发表了《未来主义的创立和宣言》一文,标志着未来主义的诞生。1911年至1915年广泛流行于意大利。第一次世界大战期间传布于欧洲各国。以尼采、柏格森哲学为根据,认为未来的艺术应具有"现代感觉"并主张表现艺术家进行创作时所谓"心境的并发性"。

表现主义画派

表现主义是指艺术中强调表现艺术家的主观感情和自我感受,而导致对客观形态的夸张、变形乃至怪诞处理的一种思潮,用以发泄内心的苦闷,认为主观是唯一真实,否定现实世界的客观性,反对艺术的目的性,它是20世纪初期绘画领域中特别流行于北欧诸国的艺术潮流,是社会文化危机和精神混乱的反映,在社会动荡的时代表现尤为突出和强烈。戏剧方面代表人物有斯特林堡;小说方面代表人物有卡夫卡,诗歌方面代表人物有贝恩;绘画方面代表人物有考考施卡、诺尔德;音乐方面代表人物有勋伯格等。

达达主义画派

达达画派是20世纪初产生的西方现代主义绘画流派之一。1916年,一批逃避战争来到中立国瑞士的青年会聚在伏尔泰酒店,建立了名为达达的艺术团体。达达形成了一场文学与视觉艺术的运动。达达的主要创始人有德国的演员和剧作家胡戈·巴尔和诗人理查德·许尔森贝克、法国艺术家让·阿尔普等。

超现实主义画派

超现实主义画派是 20 世纪在法国兴起的一个画派。源于 1924 年—1934 年法国作家布雷东先后发表的三篇《超现实主义宣言》。此派受弗洛伊德学说影响，在绘画上把潜意识中的生与死、过去和未来、真实和幻觉等矛盾在所谓"绝对的现实"的探索中统一起来，一反正常的思维规律。曾在伦敦、巴黎举行画展。代表画家有米罗、达利、马逊、恩斯特、唐居伊等。

抽象主义画派

抽象是具象的相对概念，是就多种事物抽出其共通之点，加以综合而成一个新的概念，此一概念就叫抽象。抽象绘画包含多种流派，并非某一个派别的名称，抽象作风是打破绘画必须模仿自然的传统观念，20 世纪 30 年代和二次世界大战以后，由抽象观念衍生的各种形式，成为 20 世纪最流行、最具特色的艺术风格。抽象绘画是以直觉和想象力为创作的出发点，排斥任何具有象征性、文学性、说明性的表现手法，仅将造型和色彩加以综合、组织在画面上。因此抽象绘画呈现出来的纯粹形色，类似于音乐。

波普艺术

波普艺术，亦称"新达达主义"。20 世纪 60 年代风行于美国和英国的主要艺术流派之一。此派大多将社会上流行的形象，诸如电影电视中所谓时髦的形象，各种类型的广告设计图像（饮料、化妆品、用具、娱乐场所的广告等）运用到美术作品中，并以戏剧性的偶然事件作为表现内容。作品使用各种塑料、霓虹灯和发光的颜料等作为材料。代表人物有美国的沃霍尔、韦塞曼、利希滕斯坦、奥尔顿伯格，英国的布莱克等。

四、书法篆刻常识

书法

书法是中国及深受中国文化影响过的周边国家和地区特有的一种文字美的艺术表现形式,包括汉字书法、蒙古文书法、阿拉伯书法和英文书法等。其中"中国书法",是中国汉字特有的一种传统艺术。从广义讲,书法是指文字符号的书写法则。换言之,书法是指按照文字特点及其含义,以其书体笔法、结构和章法书写,使之成为富有美感的艺术作品。汉字书法为汉族独创的表现艺术,被誉为"无言的诗,无行的舞;无图的画,无声的乐"。

书法五体

书法五体指的是楷、行、草、隶、篆。楷书又分欧、颜、柳、赵四种字体,也就是分别对应楷书四大家欧阳询、颜真卿、柳公权、赵孟頫。草书又分:章草、今草。篆书又分:大篆、小篆。

文房四宝

中国汉族传统文化中的文书工具,即笔、墨、纸、砚。文房四宝之名,起源于南北朝时期。历史上,"文房四宝"所指之物屡有变化。在南唐时,"文房四宝"特指安徽宣城诸葛笔、安徽徽州李廷圭墨、安徽徽州澄心堂纸,安徽徽州婺源龙尾砚。安徽宣城是我国文房四宝最正宗的原产地,是饮誉世界的"中国文房四宝之乡"。

四大名砚

中国四大名砚是指甘肃洮州的洮河砚、广东肇庆的端砚、安徽歙县的歙砚、山西绛州的砚。砚是一种久负盛名的汉族传统手工艺品,是中国书法的必备用具。砚台不仅是文房用具,由于其性质坚固,传百世而不朽,又被历代文人列为珍玩藏品之选。

篆刻

篆刻艺术,是书法(主要是篆书)和镌刻(包括凿、铸)结合,来制作印章的艺术,是汉字特有的艺术形式,迄今已有三千七百多年的历史。篆刻兴起于先秦,盛于汉,衰于晋,败于唐、宋,复兴于明,中兴于清。

印章

印章,用作印于文件上表示鉴定或签署的文具,一般印章都会先沾上颜料再印上,不沾颜料、印上平面后会呈现凹凸的称为钢印,有些是印于蜡或火漆上、信封上的蜡印。制作材质有玉石、金属、木头、石头等。中国印章是汉族传统文化的代表之一。

金文

金文是指铸刻在殷周青铜器上的铭文,也叫钟鼎文。商周是青铜器的时代,青铜器的礼器以鼎为代表,乐器以钟为代表,"钟鼎"是青铜器的代名词。

张芝

张芝(? —约192),字伯英,瓜州县(今属甘肃酒泉市)人。东汉书法家。凉州三明之一大司农张奂之子。出身官宦家庭。张芝擅长草书中的章草,将古代当时字字区别、笔画分离的草法,改为上下牵连富于变化的新写法,富有独创性,在当时影响很大,有"草圣"之称。书迹今无墨迹传世,仅北宋《淳化阁帖》中收有他的《八月帖》等刻帖。张芝与钟繇、王羲之和王献之并称"书中四贤"。

钟繇

钟繇(151—230),字元常。颍川长社(今河南许昌长葛东)人。三国时期曹魏著名书法家、政治家。钟繇在书法方面颇有造诣,是楷书(小楷)的创始人,被后世尊为"楷书鼻祖"。钟繇对后世书法影响深远,王羲之等后世书法家都曾经潜心钻研学习钟繇书法。与东晋书法家王羲之并称为"钟王"。南朝庾肩吾将钟繇的书法列为"上品之上",唐张怀瓘在《书断》中则评其书法为"神品"。

王羲之

王羲之(303—361,一作307—365,又作321—379),字逸少,东晋时期著名书法家,有"书圣"之称。其书法兼善隶、草、楷、行各体,精研体势,心摹手追,广采众长,备精诸体,冶于一炉,摆脱了汉魏笔风,自成一家,影响深远。风格平和自然,笔势委婉含蓄,遒美健秀。代表作《兰亭集序》被誉为"天下第一行书"。在书法史上,他与其子王献之合称为"二王"。

王献之

王献之(344—386),字子敬,小名官奴,祖籍琅玡临沂(今山东临沂),生于会稽山阴(今浙江绍兴)。东晋著名书法家、诗人、画家,书圣王羲之第七子、晋简文帝司马昱之婿。官至中书令,为与族弟王珉区分,人称"大令",与其父王羲之并称为"二王"。与张芝、钟繇、王羲之并称"书中四贤"。

欧阳询

欧阳询(557—641),字信本,汉族,唐朝潭州临湘(今湖南长沙)人,唐朝著名书法家,官员,楷书四大家之一。欧阳询与同代的虞世南、褚遂良、薛稷三位并称"初唐四大家"。因其子欧阳通亦通善书法,故其又称"大欧"。他与虞世南俱以书法驰名初唐,并称"欧虞",后人以其书于平正中见险绝,最便于初学者,号为"欧体"。代表作楷书有《九成宫醴泉铭》《皇甫诞碑》《化度寺碑》,行书有《仲尼梦奠帖》《行书千字文》。

张旭

张旭(675—约750),字伯高,一字季明,唐朝吴县(今江苏苏州)人,开元、天宝时在世,曾任常熟县尉,金吾长史。其以草书著名,与李白诗歌,裴旻剑舞,称为"三绝"。诗亦别具一格,以七绝见长,与李白、贺知章等人共列"饮中八仙"。与贺知章、张若虚、包融号称"吴中四士"。书法与怀素齐名。性好酒,据《旧唐书》的记载,每醉后号呼狂走,索笔挥洒,时称张颠。实也说明他对艺术爱好狂热度,被后世尊称为"草圣"。

颜真卿

颜真卿(708—784),字清臣,小名羡门子,别号应方,出生于京兆万年(今陕西西安),祖籍琅玡临沂(今山东临沂兰山区方城镇诸满六村),颜师古五世从孙、颜杲卿从弟。唐代名臣、杰出的书法家。颜真卿书法精妙,擅长行、楷,创"颜体"楷书,与赵孟頫、柳公权、欧阳询并称为"楷书四大家"。又与柳公权并称"颜柳",被称为"颜筋柳骨"。书法初学褚遂良,后从张旭得笔法,正楷端庄雄伟,气势开张;行书遒劲郁勃,古法为之一变,开创了新风格,对后来影响很大。碑刻有《多宝塔碑》《麻姑仙坛记》《李玄靖碑》《颜勤礼碑》《颜家庙碑》等。行书有《争坐位帖》。书迹有《自书告身》及《祭侄文稿》。

怀素

怀素(725—785,一作737—799),字藏真,本姓钱,长沙(今属湖南)人。唐书法家,僧人。精勤学书,以善"狂草"出名。相传秃笔成冢,并广植芭蕉,以蕉叶代纸练字,因名其所居曰"绿天庵"。好饮酒,兴到运笔,如骤雨旋风,飞动圆转,虽多变化,而法度具备。晚年趋于平淡。前人评其狂草继承张旭,而有所发展,谓"以狂继癫",并称"颠张醉素",对后世影响很大。存世书迹有《自叙帖》《苦笋帖》《小草千字文》《论书帖》等。

柳公权

柳公权(778—865),字诚悬,京兆华原(今陕西铜川)人。唐代书法家。官至太子少师。工书,正楷尤知名。初学王羲之,遍阅近代笔法,而得力于颜真卿、欧阳询。楷书骨力遒健,结构劲紧,自成面目,对后世影响很大,与颜真卿并称"颜柳"。书碑很多,以《玄秘塔碑》《金刚经》《神策军碑》为最著。书迹有《蒙诏帖》《送梨帖题跋》。

米芾

米芾(1052—1108),初名黻,字元章,号襄阳漫士、海岳外史等。北宋书画家。徽宗召为书画学博士,曾官礼部员外郎,人称米南宫。因举止"癫狂",人称"米癫"。能诗文、擅书画,精鉴别。行、草书得力于王献之,用笔俊迈豪放,与蔡襄、苏轼、黄庭坚合称"宋四家"。画山水不求工细,多用水墨点染,自谓"信笔作之""意似便已";画史上有"米家山""米氏云山"和"米派"之称。晚年并画人物,自称"取顾(恺之)高古,不入吴生(道子)一笔"。论画偏于崇古。存世书作有《苕溪诗》《蜀素帖》等,著有《书史》《画史》《宝章待访录》及《山林集》(已佚,有后人辑本《宝晋英光集》)。

赵孟𫖯

赵孟𫖯(1254—1322),字子昂,汉族,号松雪道人。浙江吴兴(今浙江湖州)人。南宋末至元初著名书法家、画家、诗人,宋太祖赵匡胤十一世孙、秦王赵德芳嫡派子孙。赵孟𫖯博学多才,能诗善文,懂经济,工书法,精绘艺,擅金石,通律吕,解鉴赏。特别是书法和绘画成就最高,开创元代新画风,被称为"元人冠冕"。他亦善篆、隶、真、行、草书,尤以楷、行书著称于世。其书风遒媚、秀逸,结体严整、笔法圆熟,创"赵体"书,与欧阳询、颜真卿、柳公权并称"楷书四大家"。

第四节 舞蹈常识

一、舞蹈基本常识

舞蹈

舞蹈,艺术的一种。以经过提炼、组织和美化了的人体动作为主要表现手段,创造可被人具体感知的生动的舞蹈形象,表达人们的思想感情,反映社会生活。是一种空间性、时间性、综合性的动态造型艺术。起源于远古人类劳动生产以及图腾崇拜、巫术和宗教祭礼等活动。其基本要素是动作姿态、节奏和表情。舞蹈与诗歌、音乐结合在一起，是人类历史上最早产生的艺术形式之一。世界各国都有各具独特风格的舞蹈。

古典舞蹈

古典舞蹈，古典风格的传统舞蹈。由历代艺术家在民族传统舞蹈的基础上，提炼、整理、加工创造而成。具有严谨的程式、规范的动作和比较高超的技巧。中国的古典舞蹈讲究手、眼、身、法、步的紧密配合，大多保存在戏曲艺术中，世界许多民族都有各具独特民族风格的古典舞蹈。

民间舞蹈

民间舞蹈，在民众中广泛流传的一种舞蹈形式。直接反映人民群众的生活和斗争，表现他们的思想感情、理想和愿望。在世代相传的过程中，经过人民群众不断的加工创造，是民间习俗的重要组成部分。由于各民族、各地区人民的生活、历史文化、风俗习惯以及自然条件的不同，形成了不同的民族风格和地区特色。中国各民族的民间舞蹈历史悠久，形式多样，大多载歌载舞。如汉族的秧歌、腰鼓舞，蒙古族的安代舞，藏族的弦子舞，维吾尔族的赛乃姆，苗族的芦笙舞等。各国的宫廷舞蹈和古典舞蹈都和民间舞蹈有不可分割的联系。

芭蕾舞

芭蕾舞，译自法语 ballet。欧洲的一种古典舞蹈，亦指欧洲舞剧。起源于意大利，17 世纪形成于法国。19 世纪初发展为一门独立的艺术，创造了足尖舞技巧，并有一套完整的训练方法，逐渐形成了不同风格的意大利学派和法国学派。18 世纪传入俄国，又建立了俄罗斯学派。后传至世界各地。20 世纪出现了与现代舞相结合的现代芭蕾。

现代舞

现代舞，20世纪初由美国舞蹈家邓肯创造的一种舞蹈。其特征是摆脱古典芭蕾的程式和束缚，以自然的舞蹈动作，自由地表现思想感情和生活。后来的许多舞蹈家继承了邓肯的主张，又各自发展、创造，形成了许多不同风格的现代舞流派。

舞剧

舞剧是以舞蹈为主要表现手段，综合音乐、文学、戏剧、舞台美术等艺术手段，表现一定社会生活中的矛盾和戏剧冲突的舞台表演艺术。舞剧中的舞蹈可分为情节舞和表演舞两类，一般为古典舞蹈或民间舞蹈。世界许多民族都有各自独特风格的舞剧。

二、中国舞蹈常识

秧歌

秧歌是中国广泛流传的一种极具群众性和代表性的民间舞蹈的类称，不同地区有不同称谓和风格样式。在民间，对秧歌的称谓分为两种：踩跷表演的称为"高跷秧歌"，不踩跷表演的称为"地秧歌"。近代所称的"秧歌"大多指"地秧歌"。

花鼓舞

花鼓舞，亦称"打花鼓"。汉族民间舞蹈形式之一。流行于中国很多地区，各地表演形式不同。通常为男女二人表演。如一人执小锣，一人背一椭圆形小鼓，两人边歌边舞的"凤阳花鼓"；鼓槌上系长穗，在旋转舞动中以穗击鼓的"山东花鼓"；一人身背数鼓，轮换击鼓作舞的"山西花鼓"等。

腰鼓舞

腰鼓舞，亦称"打腰鼓"。汉族民间舞蹈形式之一。原流行于陕北一带，新中国成立后流传全国。舞者在腰间用绸带系一腰鼓,双手各执鼓槌,交替击鼓,边敲边舞。1942年以后,解放区文艺工作者对原有腰鼓舞进行了改革,发展成为节奏强烈、动作健壮有力的群众性集体舞蹈。

狮子舞

汉族狮子舞是自汉代由西域传入的假形舞蹈。新春之际在炸响的爆竹声中"舞狮",逐渐成为人们避邪免灾、吉祥纳福不可或缺的形式。形态可掬、温文尔雅,以表演戏球、踩踏板,与人亲昵似猫的"文狮"和矫健迅猛、虎视眈眈,以高难杂技性表演为主的"武狮",基本成为南、北两方风格迥异的两种"狮舞"形式。

龙舞

龙舞也称"舞龙",民间又叫"耍龙""耍龙灯"或"舞龙灯",中国传统民间舞蹈之一,在全国各地广泛分布,其形式品种的多样,是任何其他民间舞都无法比拟的。龙是中华民族的图腾和信奉的祖先,龙舞是华夏精神的象征,它体现了中华民族团结合力、奋发开拓的精神面貌,包含了天人和谐、造福人类的文化内涵,是中国人在吉庆和祝福时节最常见的娱乐方式,气氛热烈、催人振奋,是中华民族极为珍贵的文化遗产。

芦笙舞

芦笙舞亦称"踩芦笙"。苗族民间舞蹈形式之一。流行于贵州、云南、广西、湖南苗族地区。主要形式为:舞者围成圆圈,男舞者吹芦笙领舞,众人踏节随之,另有两个芦笙队或个人竞技表演。还有一种形式,舞者均为未婚男女,舞中择偶,互赠礼物。侗、水、彝、瑶、拉祜、仡佬、纳西等族也有这种舞蹈形式,舞法各具特点。

孔雀舞

孔雀舞是傣族民间舞蹈形式之一。流行于云南傣族地区。傣族人民将孔雀视为吉祥的象征,以跳孔雀舞表达自己美好的愿望。舞者多为男子,舞时一人或两人,身上套以孔雀形状的舞具,舞姿多模仿孔雀的形象,动作矫健、优美。用象脚鼓、铓锣等伴奏。也有男女皆不戴孔雀形道具而舞的。

手鼓舞

手鼓舞,维吾尔族民间舞蹈形式之一。流行于新疆。独舞,一男子击手鼓,女舞者随鼓点的变化舞出各种不同的姿态,旋律技巧性较强。情绪欢快,表情丰富细腻,动作柔软灵活。乌孜别克族也有这种舞蹈形式,但风格有所不同。

锅庄

锅庄是藏族民间舞蹈形式之一。藏语称"果卓"(意为"圆圈舞")。流行于西藏和四川、云南、青海藏族地区。舞时男女各站成弧形,拉手成圈,顺时针方向起舞,先慢后快,边歌边舞。动作朴实,曲调高亢,每首曲子都配以不同的舞步。

阿细跳月

阿细跳月亦称"跳乐"。彝族民间舞蹈形式之一。流行于云南弥勒和石林等彝族支系撒尼、阿细人地区。是青年男女的社交舞蹈,多在夜晚进行。男舞者弹大三弦、吹笛子,同女舞者对舞。主要动作有三步一蹁脚、拍掌、跳转等。节奏鲜明,情绪欢快。

长鼓舞

长鼓舞是瑶族民间舞蹈形式之一。流行于湖南、广东、广西瑶族地区。鼓有大小两种。舞者一般左手横握小长鼓中间,上下翻转舞动,右手随之拍击鼓面;也有男舞者将大长鼓系在身前,双手边击鼓边舞的。一般打法分"文长鼓""武长鼓"两种。前者动作柔和,后者动作粗犷。多表现劳动生活。

赛乃姆

赛乃姆是维吾尔族民间歌舞形式之一。流行于新疆。多于节日或劳动后表演。没有固定程式。参加者围坐成圈,拍手唱和,舞者即兴表演。由慢转快,舞至高潮时观众和着节奏拍手欢呼。动作丰富,逸趣横生。以扬眉、动目、移颈、耸肩作为装饰性动作。可独舞、对舞或群舞。以热瓦普、丹布尔、沙塔尔、独塔尔等伴奏。

安代

安代是蒙古族民间舞蹈形式之一。流行于内蒙古地区。舞者双手各执一巾,由一人领唱,众人相和,边歌边舞,歌词即兴编出,动作朴实奔放,节奏强烈。

公孙大娘

公孙大娘是开元盛世时的唐宫的第一舞人。善舞剑器,舞姿惊动天下。以舞《剑器》而闻名于世。她在民间献艺,观者如山,应邀到宫廷表演,无人能比。她的《剑器》舞风靡一时。她在继承传统剑舞的基础上,创造了多种《剑器》舞,如《西河剑器》《剑器浑脱》等。

吴晓邦

吴晓邦(1906—1995),出生于江苏太仓。中国舞蹈家。其代表舞目有《义勇军进行曲》《丑表功》《思凡》《饥火》《罂粟花》和《虎爷》等。是20世纪中国新舞蹈艺术的开拓者,播火人。

戴爱莲

戴爱莲(1916—2006),出生于西印度群岛的特立尼达。中国当代舞蹈艺术先驱者和奠基人之一、著名舞蹈艺术家、舞蹈教育家、中国舞蹈家协会名誉主席,被誉为"中国舞蹈之母"。主要舞目有《荷花舞》《飞天》等。新中国成立后,戴爱莲出任第一任国家舞蹈团团长;第一任全国舞协主席;第一任北京舞蹈学校校长;第一任中央芭蕾舞团团长等。

贾作光

贾作光(1923—),出生于辽宁沈阳,满族。著名舞蹈表演艺术家、编导艺术家,中国现代民族民间舞的奠基创始人,北京舞蹈学院创建人,有"东方舞神"之誉。1938年考入伪满洲映画株式会社,向日本舞蹈家石井谟学习舞蹈。

崔美善

崔美善(1934—),黑龙江宁安人。中国舞蹈演员。朝鲜族。1952年毕业于中央戏剧学院崔承喜舞蹈研究班。历任中央歌舞团演员,东方歌舞团独舞演员,中国舞协第四、五届理事。表演独舞《长鼓舞》《丰收舞》。领舞的《孔雀舞》1957年获第六届世界青年联欢节舞蹈比赛金质奖章。

阿依吐拉

阿依吐拉(1940—),我国著名的维吾尔族舞蹈家。现任第九届全国政协委员,中国舞蹈家协会理事。阿依吐拉的表演细腻,舞姿轻盈优美,她表演的主要作品有维吾尔族舞蹈《摘葡萄》《天山之春》《赛乃姆舞》《迎亲人》,塔吉克族舞蹈《牧羊女》等。

刀美兰

刀美兰(1944—),著名舞蹈家。刀美兰幼年深受傣族传统舞蹈的熏陶,1954年进入西双版纳自治州民族文工队。1959年调入云南省歌舞团任舞蹈演员,被评选为云南省劳动模范。1986年当选为中国舞蹈家协会主席团委员、中国舞协常务理事。她的表演淳朴自然、委婉细腻,舞姿轻柔。她成功地在《召树屯与楠木婼娜》剧中创造了孔雀公主形象,享誉全国。

杨丽萍

杨丽萍(1958—),出生于云南。中国舞蹈艺术家,第十届中国舞蹈家协会副主席,国家一级演员。1971年进入西双版纳州歌舞团,之后调入中央民族歌舞团,并以"孔雀舞"闻名。1992年,她成为中国内地第一位赴台湾表演的舞蹈家。1994年,独舞《雀之灵》荣获中华民族20世纪舞蹈经典作品金奖。2009年,凭借《云南映象》姊妹篇《云南的响声》获得成功,并成为中国第一个举办个人舞蹈晚会的舞蹈家。

《小刀会》

《小刀会》是上海歌剧舞剧院1956年建院后上演的第一部大型民族舞剧,全剧以"起义""胜利""抗议""夜袭""求援""突围""前进"等场次展现了"小刀会"起义的历史风貌。

《丝路花雨》

《丝路花雨》是中国自1979年起首演的大型民族舞剧,由《丝路花雨》创作组编剧,是以举世闻名的丝绸之路和敦煌壁画为素材创作的。它歌颂了画工神笔张和歌伎英娘的光辉艺术形象,描述了他们的悲欢离合以及与波斯商人伊努斯之间的纯洁友谊。《丝路花雨》曾先后巡演过20多个国家和地区,演出深受好评,被誉为"中国民族舞剧的典范"。

《红色娘子军》

《红色娘子军》是中国芭蕾史上的一座傲人的里程碑,它破天荒地塑造了英姿飒爽的"穿足尖鞋"的中国娘子军形象,将西方芭蕾的技巧与中国民族舞蹈的表现手法结合,创造出了民族芭蕾的世纪精品,并成就了中西文化在芭蕾艺术领域完美融合的世界奇迹。

《白毛女》

芭蕾舞剧《白毛女》是1964年首先由上海舞蹈学校根据同名歌剧改编的故事片,后逐渐发展成大型舞剧。贺敬之、丁毅执笔,马可等作曲。是芭蕾舞和民族舞结合的典范,"文化大革命"中八个样板戏之一。

三、外国舞蹈常识

交谊舞

交谊舞是起源于西方的国际性的社交舞蹈,又称舞厅舞、舞会舞、社交舞、国标舞。最早起源于欧洲,在古老民间舞蹈的基础上发展演变而成。自16世纪、17世纪起,交谊舞已在欧洲各国成为一种普遍的社交活动,故有"世界语言"之称。到20世纪20年代以后,交谊舞在世界各地风行起来,所以又称它为"国际舞"。

华尔兹

华尔兹又称圆舞,一种自娱舞蹈形式,是舞厅舞中最早的、也是生命力非常强的自娱舞形式。起源于奥地利民间的一种三拍子舞蹈。分快步与慢步两种。舞时两人成对旋转。18世纪后半叶始出现于城市社交舞会,19世纪起风行于欧洲各国。

踢踏舞

踢踏舞,墨西哥民间舞蹈。舞时穿着鞋底钉有许多小铁钉的半高统皮靴,用脚尖、脚跟或脚掌的某一部位击地,发出踢踢跶跶的清脆响声。节奏清晰多变,脚下动作灵活而敏捷,上身动作很少或保持平稳不动。舞蹈形式自由,男女均可即兴参加。也可男女对舞。美国及拉丁美洲其他一些国家也有这种舞蹈。后也泛指用脚击地作响的各种舞蹈,如水兵舞等。

探戈

探戈是一种双人舞蹈,源于非洲,流行于阿根廷及其他拉丁美洲国家,用于社交舞会。探戈最早期属于拉丁舞项目,后来演变成摩登舞五种舞项目之一,目前探戈是国际标准舞大赛的正式项目之一。

桑巴舞

桑巴是一种双人舞,伴舞为歌曲(独唱和合唱)和打击乐器。由安哥拉和刚果黑人传入。它最早根源于非洲土著带有宗教仪式性的舞蹈,通过被贩卖到巴西的黑人奴隶带到巴西,再与流传至当地的其他文化混合,渐渐演变成今日的桑巴。桑巴现已被公认为巴西传统节日狂欢节最流行的音乐形式。

伦巴

伦巴,也被称为爱情之舞,拉丁舞项目之一。源自16世纪非洲的黑人歌舞的民间舞蹈，流行于拉丁美洲，后在古巴得到发展，所以又叫古巴伦巴，舞曲节奏为 4/4 拍。它的特点是较为浪漫，舞姿迷人，性感与热情；步伐曼妙有爱，缠绵，讲究身体姿态，舞态柔媚，步法婀娜款摆，是表达男女爱慕情感的一种舞蹈。20 世纪 30 年代到 50 年代传入欧美各国。

斗牛舞

斗牛舞源于法国，盛传于西班牙，是模仿西班牙斗牛士动作的一种舞蹈。斗牛舞是从斗牛运动演变而来的，表达了西班牙人对自由的渴望，勇敢者的崇拜及爱情和幸福生活的追求。斗牛舞是一种两步舞。男士象征斗牛士，气宇轩昂、刚劲威猛；女士象征斗牛士用以激怒公牛的红色。

迪斯科

迪斯科原意是指"供人跳舞的舞厅"，20 世纪 70 年代初源于美国的一种群众自娱性舞蹈。随着音乐设备的更新，舞厅里只要拥有一套唱片播放机就可以完成原来乐队的工作，并且还可以随时得到各种不同的音乐，既经济又实惠。因此，各大舞厅不再雇佣乐队来伴奏，而是雇佣一名唱片播放员通过播放唱片来提供伴舞音乐。慢慢地，人们把这种由唱片播放出来的跳舞音乐也称作迪斯科。

霹雳舞

霹雳舞是一种群众性舞蹈。20 世纪 70 年代首先在美国纽约黑人贫民区兴起，80 年代流行于世界。讲究用分解式的动态让身体各部位能够独立地运动，动作速度快、幅度大、强度高，注重技巧性。其中，独创的"太空步""柔姿步""木偶步"等舞姿，已成为这个舞种的典型性动作。

街舞

街舞是一种兴起于 20 世纪 80 年代、广受美国黑人青少年喜爱的民间舞蹈形式。后传遍全世界，受到全球各地青少年的欢迎。包括 hip-hop 和霹雳舞等，主要在街头巷尾表演，故称。这种舞蹈节奏感强，动作幅度和运动强度都很大，具有很强的参与性、表演性和竞技性，兼有一定的健身作用。

玛丽·塔里奥妮

玛丽·塔里奥妮(1804—1884),世界上为数不多的最伟大的芭蕾女演员之一,是整个浪漫主义时代希望的象征、理想的化身和轻盈的舞魂,她的杰作《仙女》标志着舞蹈史上一个新世纪的来临。

邓肯

伊莎多拉·邓肯(1877—1927),美国舞蹈家,现代舞的创始人,是世界上第一位披头赤脚在舞台上表演的艺术家。创立了一种基于古希腊艺术的自由舞蹈而首先在欧洲扬名。其后在德、俄、美等国开设舞蹈学校,成为现代舞的创始人。主要作品有根据《马赛曲》、贝多芬的《第七交响曲》、门德尔松的《春》和柴可夫斯基的《斯拉夫进行曲》改编的舞蹈。

乌兰诺娃

乌兰诺娃(1910—1998),俄罗斯女舞蹈家。1919年至1928年在彼得格勒(后改为列宁格勒)舞蹈学校学习,主要教师是她的母亲和瓦加诺娃。毕业后先后在基洛夫歌剧舞剧院芭蕾舞团和莫斯科大剧院芭蕾舞团任主要演员。其芭蕾艺术注重抒情,追求表现人物内心的激情,舞姿流畅、典雅而富有乐感,享有很高的国际声誉。1953年、1959年两次到中国访问演出。1962年退休后,担任莫斯科大剧院芭蕾舞团排练教师。主演过《巴赫奇萨拉泪泉》《罗密欧与朱丽叶》《灰姑娘》《天鹅湖》《吉赛尔》《胡桃夹子》等大型芭蕾舞剧目。

《吉赛尔》

法国芭蕾传统剧目浪漫主义芭蕾舞剧的代表作,得到了"芭蕾之冠"的美誉。舞剧是既富传奇性,又具世俗性的爱情悲剧,从中可以看到浪漫主义的两个侧面:光明与黑暗、生存与死亡。在第一幕中充满田园风光,第二幕又以超自然的想象展开各种舞蹈,特别是众幽灵的女子群舞更成为典范之作。

《天鹅湖》

《天鹅湖》原为柴可夫斯基于1875年至1876年间为莫斯科帝国歌剧院所

作的芭蕾舞剧,于 1877 年 2 月 20 日在莫斯科大剧院首演,之后作曲家将原作改编成了在音乐会上演奏的《天鹅湖》组曲。天鹅湖是世界上最出名的芭蕾舞剧,也是所有古典芭蕾舞团的保留剧目。

《睡美人》

《睡美人》是俄罗斯作曲家柴可夫斯基将戏剧性标题交响乐的写作手法运用到舞剧音乐创作中去的卓越成果,被誉为芭蕾音乐宝库中的珍品。1890 年 1 月 15 日首演于圣彼得堡,《睡美人》是俄国芭蕾的一部经典著作,影响着世界芭蕾舞坛。

《胡桃夹子》

《胡桃夹子》是柴可夫斯基编写的一个芭蕾舞剧。根据霍夫曼的一部叫作《胡桃夹子与老鼠王》的故事改编,1892 年 12 月 18 日首演于圣彼得堡,后成为圣诞节的传统上演剧目。舞剧的音乐充满了单纯而神秘的神话色彩,具有强烈的儿童音乐特色。描述了小姑娘克拉拉在得到了一件圣诞礼物——胡桃夹子之后的奇妙经历,剧中穿插了大量的风格性舞段。

第五节 曲艺杂技常识

曲艺

曲艺是中华民族各种"说唱艺术"的统称,它是由民间口头文学和歌唱艺术经过长期发展演变形成的一种独特的艺术形式,历史悠久。以说讲和歌唱为主要艺术手段,辅以动作、表情、口技等来叙述故事,塑造人物,描绘情景,表达思想感情,反映社会生活。一般以叙事为主、代言为辅。演出时演员人数通常为一至二三人。表演形式有坐唱、站唱、走唱(载歌载舞)、拆唱(分角色演唱)、彩唱(化装表演)等;其歌唱部分,音乐曲式有板腔体、联曲体、单曲体三种。按历史源流和形式特点,又可分为评话、相声、快板、大鼓、弹词、道情(渔鼓)、牌子曲、走唱、时调小曲以及少数民族曲艺等类别。

杂技

杂技,亦作"杂伎",表演艺术的一种。指在特定环境中,运用各种道具,以高难和惊险的技巧为主要手段表演的人体技艺。通常指柔术(软功)、车技、口技、顶碗、走钢丝、变戏法、舞狮子等技艺。"杂技"一词,是1950年中国杂技团成立时,由周恩来总理定名的。

相声

相声,曲艺曲种。起源于北京,流行于全国各地。与明清的隔壁戏、全堂八角鼓和民间笑话关系密切。约形成于清中叶以后。用北京话说、讲。以引人发笑为艺术特色,说学逗唱为主要艺术手段。擅长讽刺,新中国成立后有歌颂新人新事的作品。表演形式有单口(一人)、对口(二人)、群活(三人或三人以上)三种。现又有"相声小品"等新的发展。传统曲目有三百多个。

评书

评书相传形成于清初,流行于北方各地。说者一人,只说不唱。表演中注意制造悬念的"扣子",并以醒木作道具加助气氛。传统书目多为长篇,如《三国》《包公案》《西游记》等。现代题材书目除长篇外,也有短篇。

快板

快板,有些地区叫"顺口溜""练子嘴"。有时也作为"数来宝"的别称。表演者通常自击竹板和节子,按较快的节奏念诵唱词。基本用七字句,押韵,或间以说白。有单口(一人)、对口(二人)、快板群(三人以上)之分。形式灵活,能叙事、说理和抒情。

诸宫调

诸宫调是宋金元说唱形式。取同一宫调的若干曲牌联成短套,首尾一韵;

再用不同宫调的许多短套联成数万言的长篇,间杂说白,以说唱长篇故事。早期用鼓、板、笛伴奏,后多用弦乐。起源于北宋,元代渐趋衰落。

二人转

二人转流行于东北各地,形成于清中叶,是以当地民歌大秧歌为基础吸收莲花落等演变而成。一般由两人表演,有说有唱、载歌载舞。也有一人表演的,称"单出头";两人以上扮成角色以戏曲形式表演的称"拉场戏"。此外,还有"群唱""群舞"等形式。唱词基本为七字句和十字句,常用曲牌有《胡胡腔》《喇叭牌子》《文咳咳》《武咳咳》等。伴奏乐器主要有板胡、唢呐等;击节乐器为竹板、节子。传统曲目在300个以上。吉剧、龙江剧均由二人转发展而来。

京韵大鼓

京韵大鼓,亦称"京音大鼓"。清末由河北一带流行的木板大鼓经艺人改革发展形成。流行于河北、东北和华东的部分地区。演唱短篇,只唱不说。唱词基本为七字句,主要唱腔有平腔、高腔、落腔、起伏腔等。一人演唱,自打鼓、板。伴奏乐器有三弦、四胡、琵琶等。传统曲目有《长坂坡》《大西厢》《闹江州》等数十个。新中国成立后有反映现代生活的作品,如《黄继光》《韩英见娘》等。

苏州弹词

苏州弹词,用苏州方言说唱,流行于江苏南部、上海和浙江的杭嘉湖地区。以说、噱、弹、唱为主要艺术手段。说的部分融合叙事与代言为一体,既有第三人称的表述,又有第一人称的角色。角色较多吸收借鉴戏曲的表演程式,于说法中现身,塑造各种人物,间以说书人的衬托、评点。传统曲目有《珍珠塔》《描金凤》《玉蜻蜓》《白蛇传》《三笑》等。

山东快书

山东快书,早期专说梁山泊武松故事,故亦名"武老二"。也有以竹板击节,故曾名"竹板快书"。起源于山东济宁一带,流行于山东及华北、东北各地。

形成于清道光、咸丰年间。一人击竹板或两块铜板说唱,节奏较快。唱词基本是七字句,间以说白。曲目有单段、长书、书帽三类。传统曲目有《武松传》《鲁达除霸》等,现代题材曲目有《一车高粱米》《李三宝比武》等。

天津快板

天津快板是一种汉族说唱艺术。20世纪50年代形成,是天津业余演员改革、发展天津时调"大数子"的结果。演出时,演员手持节子板数叙,唱调几言皆可,上、下句子要求对仗,对尾字要求押韵,全篇既可一辙到底,也可用花辙。自由活泼,颇富韵律。伴奏乐器为大三弦和扬琴等。

魔术

魔术,亦称"幻术",杂技节目。较多借助物理、化学原理和电子、机械装备等表演各种物体、动物或水火等迅速增减隐现变化。是以不断变化让人捉摸不透并带给观众惊奇体验为核心的一种表演艺术,是制造"奇迹"的艺术也是一种"违反"客观规律的表演。它是依据科学的原理,运用特制的道具,巧妙综合视觉传达、心理学、化学、数学、物理学、表演学等不同科学领域的高智慧的表演艺术。抓住人们好奇、求知心理的特点,制造出种种让人不可思议、变幻莫测的假象,从而达到以假乱真的艺术效果。

马戏

马戏是杂技门类之一。原指人骑在马上所做的表演,现为各种野兽、驯禽表演的统称,指以驯马、马上技艺、大中型动物戏、高空节目为主,包括部分杂技、魔术和滑稽等的综合演出,多在大型场地(马戏院、棚、体育馆或广场)的马圈中表演。

朱绍文

朱绍文(1829—1904),祖籍浙江绍兴,世居北京。相声界的祖师爷,艺名穷不怕。他的艺术活动主要在清同治、光绪年间。朱绍文幼年间在嵩祝成京戏班学丑角,未能唱红,改行多次,最后选择了说相声。他先后在北京北城和天桥一带演出,被列为"天桥八大怪"之首。对口相声、群口相声和太平歌词相传为他所首创,对北方曲艺和相声的发展做出了重要的贡献。

马三立

马三立(1914—2003),中国相声泰斗,相声八德之一马德禄之子。是一位德艺双馨的人民艺术家,擅使"贯口"和文哏段子。马三立在长期的艺术实践中潜心探索,创立了独具特色的"马氏相声",是当时相声界年龄最长、辈分最高、资历最老、造诣最深的"相声泰斗",深受社会各界及广大观众的热爱与尊敬。马氏相声雅俗共赏,在天津更是形成了"无派不宗马"的说法。代表作有《吃元宵》《卖挂票》《黄鹤楼》《相面》《夸住宅》《文章会》《白事会》《地理图》《窝头论》《梦中婚》《对对联》《三字经》等。创作、改编并演出的新相声节目有《买猴》《十点钟开始》《偏方治病》等。

骆玉笙

骆玉笙(1914—2002),京韵大鼓女演员,艺名小彩舞,她在70余年的京韵大鼓艺术生涯中,研习继承前辈的艺术成就,博采众家之长,以孜孜不倦的探索和努力,创立了以字正腔圆、声音甜美、委婉抒情、韵味醇厚为特色的"骆派"京韵,开拓了京韵大鼓艺术的新生面,达到了这一艺术形式的高峰。擅演《剑阁闻铃》《红梅阁》《英雄黄继光》《光荣的航行》等曲目。

侯宝林

侯宝林(1917—1993),中国第六代相声演员,著名相声表演艺术家,相声大师,先学演京剧,后改说相声。侯宝林被尊为相声界具有开创性的一代宗师,并被誉为语言大师。以他为代表的一批相声艺术家使这门艺术真正走进千家万户,达到一个令人瞩目的艺术高峰。他为相声事业倾注了毕生精力,除创作和表演了大量脍炙人口的相声名段以外,还对相声和曲艺的源流、规律和艺术技巧进行了理论研究。他还注重培养年轻一代,一些活跃在相声舞台的名家都是他的学生。代表作有《戏剧杂谈》《改行》《关公战秦琼》《夜行记》等。作品部分收入《侯宝林郭启儒表演相声选》《侯宝林相声选》，另有与他人合作的理论专著《曲艺概论》《相声艺术概论》《相声溯源》等。

单田芳

单田芳(1934—)，出生于辽宁营口市，中国内地评书表演大师、作家。2012年，在第七届中国曲艺牡丹奖颁奖典礼上，时年78岁的评书表演艺术家单田芳获得终身成就奖。

附 录

APPENDIX

附录一 中国文学常识模拟题

1. 原始口头文学是中国文学的开端,它包括原始诗歌和神话传说。原始诗歌起源于劳动。收录古代神话资料的著作主要有《山海经》《天问》《淮南子》等,其中,_____还是我国最古老的一部地理书,古代比较著名的神话有_____、_____、_____。

2. _____是我国第一部诗歌总集,距今已有2500多年的历史,收入自西周初年至春秋中叶500多年的诗歌305篇,又称_____。其内容上分为_____,表现手法上分为_____,合称_____。

3. 我国第一部编年体史书是_____,相传是孔子编定,儒家经典之一。现在能见到的有_____、_____、_____,合称"春秋三传"。

4. _____是《春秋左氏传》的简称,是我国第一部叙事详尽完整的编年体史书。相传作者为春秋末年鲁国史官_____。

5. 《国语》是我国第一部_____体史书,其主要反映了儒家崇礼重民等观念,以记言为主。

6. _____由西汉刘向整理并取名,主要记述了战国时代谋臣策士游说各国或互相辩论时所提出的政治主张和斗争策略。

7. _____是一部记录孔子言论的语录体作品,儒家经典之一,由孔子的弟子及其再传弟子编撰而成。它以语录体和对话文体为主,记录了孔子及弟子言行,集中体现了孔子的政治主张、伦理思想、道德观念及教育原则。与_____、_____、_____、_____、_____、_____、_____、_____、_____并称"四书五经"。孔子名丘,字_____,春秋时期鲁国人,儒家学派创始人,我国古代著名的思想家。教育家,被尊称为_____。

8. _____,名轲,字子舆。战国时期鲁国人,中国古代著名的思想家、教育家,战国时期儒家代表人物,有_____之称。

9.《老子》又称_____,老子所著。主张无为而治,其学说对中国哲学发展具有深刻影响。老子又称_____,是我国古代伟大的哲学家、思想家、道家学派创始人。其被唐皇武后封为_____,世界百位历史名人之一。

10. _____是庄周及其后学的著作集,道家经典之一,名篇有《逍遥游》等,其主张"天人合一"和"清静无为"。

11.《荀子》是先秦儒家的重要著作,作者荀况,文中特别善用比喻。荀子提出_____的观点。

12. _____是先秦法家代表著作,韩非的著作集,韩非是先秦法家学说的集大成者。

13. _____又名《吕览》,由战国末期吕不韦集合门客编写而成。

14. 屈原,名平,字原,战国末期楚国人,我国文学史上第一位伟大的_____。作品主要收录在_____中,代表作有_____、_____等。_____是我国最早的一首长篇抒情诗。

15. 贾谊是西汉著名的政治家、文学家,思想以儒家为主。_____是贾谊政论文中的名篇,后世往往把贾谊与屈原并称_____。

16. _____是我国著名的史学家、文学家和思想家,字子长,作品_____是中国第一部纪传体通史和传记文学巨著。它记述了中国上自黄帝,下至汉武帝太初年间大约3000年的历史。

17. _____,东汉辞赋家、史学家。作品_____是我国第一部纪传体断代史。这是其对中国历史学发展的重大贡献。

18. 司马相如是西汉著名辞赋家,字长卿,汉赋最重要的代表作家。_____、_____二赋是司马相如的代表作。

19. _____是汉代乐府民歌中最杰出的长篇叙事诗,是中国诗歌史上

第一篇思想性与艺术性高度统一的长篇叙事诗,与北朝民歌_____并称_____。

20._____,字子恒,史称魏文帝,与其父曹操、其弟曹植并称_____。他的_____是我国文学批评史上的著名作品。诗歌代表_____。曹植,字子建,建安时期成就最大的作家,代表作有《白马篇》《美女篇》《七步诗》等,_____是其文赋的代表作。

21. 蔡琰,字_____,建安时期杰出女诗人,代表作_____、_____。

22._____是魏晋之际最著名的论说文作家,竹林七贤之一。_____是一篇有浓厚的文学意味和大胆的反抗思想的散文。

23. 陈寿的传世著作有_____。明朝初年,_____在它的基础上加以艺术创造,完成了长篇历史小说_____。

24._____,字元亮,号_____,世称靖节先生,东晋成就最高的诗人,田园诗派创始人,代表作_____、_____、_____。

25. 范晔,南朝宋著名史学家、文学家。撰有_____,此书为纪传体断代史,记载了东汉一代的历史。

26._____,北魏时期地理著作,郦道元撰。

27._____,西晋文学家,其_____是中国文学理论发展史上第一篇系统的创作论,对后世的文学创作和理论发展产生了重要影响。

28._____由_____所著,是中国文学理论批评史上第一部有严密体系的、"体大而虑周"的文学理论专著,是我国古代最杰出的文艺理论著作。

29._____是一部志人小说集,编著者刘义庆,是我国南朝宋时期产生的一部主要记述魏晋人物言谈轶事的笔记小说。

30._____是南朝梁人_____所著,是我国第一部系统评论诗歌的专著。

31._____,东晋时期著名的书法家、诗人,被后人誉为"书圣"。代表作_____,历代书法家推其为"天下第一行书"。

32. 王勃,初唐时期著名文学家,字子安,作品以_____最有名,其中的名句有_____,_____。

33. _____,唐代诗歌革新的先驱,名诗有《登幽州台歌》。

34. _____,初盛唐之交的一位诗人,与贺知章、张旭、包融并称_____。其一篇_____奠定了他在唐诗史上的大家地位,被称为_____。

35. 王之涣,常与高适、王昌龄等相唱和,皆以描写边塞风情著称,其诗有_____,_____。

36. _____,唐代著名诗人,擅长山水田园诗,与王维同时而齐名,并称"王孟",《春晓》《过故人庄》是其名篇。

37. _____,著名浪漫主义诗人,字太白,号青莲居士,有_____之称。

38. _____是伟大的现实主义诗人,字子美,被誉为"诗圣",其诗被称为"诗史"。他的"三吏三别"分别是_____、_____、_____、_____、_____。

39. 韩愈,字退之,世称韩昌黎,中唐杰出的文学家和政治家,倡导了"古文运动",为唐宋八大家之首,其他七位分别是_____、_____、_____、_____、_____、_____、_____。

40. _____,字子厚,中唐杰出的文学家、政治家,和韩愈一起倡导了"古文运动",作品有《小石潭记》《捕蛇者说》等。

41. 刘禹锡,中唐杰出诗人,被称为_____,刘禹锡的诗大多自然流畅、简练爽利,作品《陋室铭》等。

42. _____,字乐天,晚年自号香山居士,中唐时期伟大的现实主义诗人。代表作有《长恨歌》《琵琶行》等。

43. _____与_____合称"郊寒岛瘦",名诗有《寻隐者不遇》。

44. _____,中唐诗人,被称为"诗鬼",其诗想象丰富,充满浪漫主义色彩。

45. 晚唐_____、_____并称"小李杜",其中,李的代表作有_____、_____、_____,杜的代表作有_____、_____、_____。

46. _____是"花间派"的鼻祖,代表词作有《梦江南》《菩萨蛮》。

47. 南唐后主_____是唐五代著名词家,诗文俱佳,尤精于词,前期代表作《浣溪沙》《清平乐》《虞美人》等。

48. _____,字同叔,北宋出著名词作家,其代表作_____中的"无可奈何花落去,似曾相识燕归来"为千古传诵名句。

49. 范仲淹,北宋初著名的政治家、军事家、文学家,他的散文名篇有_____,其中最名句字是_____。

50. _____,北宋著名词人,是北宋第一个专力写词的作家。

51. 北宋_____主持编写的_____是中国第一部编年体通史。宋神宗认为该书"鉴于往事,有资于治道"。

52. _____,号易安居士,是诗、词、散文皆有成就的宋代女作家,婉约派的代表词人。

53. _____,南宋词人,字幼安,号稼轩,与苏轼并称"苏辛",著有《稼轩长短句》。

54. 元曲四大家分别是_____、_____、_____、_____,其作品分别是_____、_____、_____、_____。

55. _____是元代著名的戏曲作家,代表作_____叙述了张生与崔莹莹的爱情故事,是我国戏剧史上一部出色的喜剧,被称为杂剧之冠。

56. 元代戏曲家纪君祥的作品_____主要根据《史记·赵世家》演绎而成,是我国古代最杰出的悲剧作品之一。

57. _____是我国第一部长篇白话小说,学术界大都认为是明初的施耐庵所作。

58. 《金瓶梅》,明代长篇小说,作者署名_____,《金瓶梅》写的是宋代的人物和故事,实际却反映了明代中叶的社会真实。

59. 明代冯梦龙的三言_____、_____、_____,凌濛初的二拍是_____、_____。

60. _____,中国明代末期戏剧家、文学家,与莎士比亚同一时代。代表作有_____、《紫钗记》等。

61. _____、_____并称"南洪北孔"。

62. _____是清代文言短篇小说集,作者蒲松龄,书中主要讲述了妖狐神鬼的故事。

63. 《红楼梦》又称_____,清代长篇小说,作者_____。《红楼梦》内容丰富,思想深刻,艺术精湛,把中国古典文学小说创造推向最高峰,在文学发展史上占有十分重要的地位。

64. _____,我国第一部系统的戏剧理论著作,明末清初文学家、戏剧家李渔所著。

65. _____是中国近代历史开端之际得风气之先的杰出思想家、文学家。代表作《己亥杂诗》。

66. _____,字静安,号观堂,近代中国著名学者、诗人、哲学家。《人间词话》是他的一部词学理论著作,他提出了著名的"境界"说。

67. _____,诗人、学者,现代文学的奠基人之一。1920年出版了中国现代文学史上第一部白话新诗集《尝试集》。

68. 鲁迅,现代文学家、思想家。原名_____,鲁迅是他1918年发表《狂人日记》是开始使用的笔名。《狂人日记》是中国第一篇_____。

69. 茅盾,本名_____,字雁冰,代表作有《子夜》《林家铺子》《腐蚀》,其散文名篇有_____。

70. _____,字佩弦,现代作家,他的作品不仅以描写见长,还在描写中达到了情景交融的境界。作品有_____、_____。

71. _____,新月派代表诗人。诗作风格飘逸洒脱,语言清丽婉转。诗歌名作_____、_____等。

72. 冰心，现代女作家、儿童文学作家，原名谢婉莹，作品有诗集_____、_____。

73. _____，原名郭开贞，现当代诗人、剧作家、历史学家、古文字学家。他的代表作_____以强烈的革命精神、鲜明的时代色彩、浪漫主义的艺术风格、豪放的自由思想，开创了"一代诗风"。

74. 老舍原名_____，在创作上，以抗战救国为主题，创作了各种形式的文艺作品。它的优秀长篇小说_____、_____便是描写了北京市民生活的代表作。

75. 沈从文，现代作家。历史文物研究家，原名_____，代表作_____提供了富于诗情画意的乡村风俗，充满牧歌情调和地方色彩，形成了别具一格的抒情乡土小说。

76. 巴金，原名李尧棠，他的爱情三部曲分别是_____、_____、_____，激流三部曲分别是_____、_____、_____。

77. _____，中国现代著名诗人。文字翻译家，被称为"雨巷诗人"。

78. _____，原名万家宝，中国现代话剧奠基人之一，代表作_____是中国年轻的话剧艺术成熟的标志。

79. _____，现代散文家、画家、翻译家，代表作有《缘缘堂随笔》。

80. 路遥，中国当代作家，代表作有_____，该作品获得了第三届茅盾文学奖。

81. _____，中国当代著名作家，他自1980年以来以一系列乡土作品崛起，被归类为"寻根文学"作家。他的代表作有_____、《红高粱家族》。

82. _____，我国著名作家，编剧。他所编剧的《渴望》《编辑部的故事》都获成功，后来_____改编成了电影《阳光灿烂的日子》。

83. _____，新派武侠小说最杰出的代表作家，被誉为武侠小说作家的"泰山北斗"。代表作《射雕英雄传》《天龙八部》等。

84. _____，原名陈喆，创作了多部电视连续剧本，如《六个梦》《梅花三弄》《还珠格格》。

85. _____,原名陈平,台湾作家,著有《撒哈拉沙漠》《梦里花落知多少》《万水千山走遍》《滚滚红尘》。

参考答案

1. 《山海经》,《女娲补天》《精卫填海》《开天辟地》

2. 《诗经》,《诗三百》,《风》《雅》《颂》,赋比兴,诗经六义

3. 《春秋》,《春秋公羊》《春秋谷梁传》《春秋左氏传》

4. 《左传》,左丘明

5. 国别

6. 《战国策》

7. 《论语》,《孟子》《中庸》《大学》《尚书》《易经》《礼记》《春秋》,仲尼,万世师表

8. 孟子,亚圣

9. 《道德经》,老聃,太上老君

10. 庄子

11. 人定胜天

12. 《韩非子》

13. 《吕氏春秋》

14. 浪漫主义诗人,《楚辞》《离骚》《天问》《九歌》,《离骚》

15. 《过秦论》,屈贾

16. 司马迁,《史记》

17. 班固,《汉书》

18. 《子虚赋》《上林赋》

19. 《孔雀东南飞》,《木兰诗》,乐府双璧

20. 曹丕,三曹,《典论·论文》,《燕歌行》,《洛神赋》

21. 文姬,《胡笳十八拍》,《悲愤诗》

22. 嵇康,《与山巨源绝交书》

23. 《三国志》,罗贯中,《三国演义》

24. 陶渊明,五柳先生,《饮酒》《桃花源记》《五柳先生传》

25. 《后汉书》

26. 《水经注》

27. 陆机,《文赋》

28. 《文心雕龙》,刘勰(xié)

29. 《世说新语》

30. 《诗品》,钟嵘

31. 王羲之,《兰亭集序》

32. 《滕王阁序》,落霞与孤鹜齐飞,秋水共长天一色

33. 陈子昂

34. 张若虚,吴中四杰,《春江花月夜》,孤篇盖全唐

35. 《登鹳雀楼》,《凉州词》

36. 孟浩然

37. 李白 诗仙

38. 杜甫,《潼关吏》《新安吏》《石壕吏》《新婚别》《无家别》《垂老别》

39. 柳宗元 王安石 欧阳修 曾巩 苏洵 苏轼 苏辙

40. 柳宗元

41. 诗豪

42. 白居易

43. 贾岛,孟郊

44. 李贺

45. 李商隐,杜牧,《无题》《咏史》《锦瑟》,《送别》《清明》《寄远》

46. 温庭筠(yún)

47. 李煜

48. 晏殊,《浣溪沙》

49. 《岳阳楼记》,先天下之忧而忧,后天下之乐而乐

50. 柳永

51. 司马光,《资治通鉴》

52. 李清照

53. 辛弃疾

54. 马致远《汉宫秋》,白朴《唐明皇秋夜梧桐雨》,关汉卿《窦娥冤》,郑光祖《倩女离魂》

55. 王实甫,《西厢记》

56. 《赵氏孤儿》

57. 《水浒传》

58. 兰陵笑笑生

59. 《醒世恒言》《喻世明言》《警世通言》,《初刻拍案惊奇》《二刻拍案惊奇》

60. 汤显祖,《还魂记》

61. 洪昇,孔尚任

62. 《聊斋志异》

63. 《石头记》,曹雪芹

64. 《闲情偶寄》

65. 龚自珍

66. 王国维

67. 胡适

68. 周树人,现代白话文小说

69. 沈德鸿,《风景谈》

70. 朱自清,《荷塘月色》《背影》

71. 徐志摩,《再别康桥》《翡冷翠的一夜》

72. 《繁星》《春水》

73. 郭沫若,《女神》

74. 舒庆春,《骆驼祥子》《四世同堂》

75. 沈岳焕,《边城》

76. 《雾》《雨》《电》,《家》《春》《秋》

77. 戴望舒

78. 曹禺,《雷雨》

79. 丰子恺

80. 《平凡的世界》

81. 莫言,《丰乳肥臀》

82. 王朔,《动物凶猛》

83. 金庸

84. 琼瑶

85. 三毛

附录二 外国文学常识模拟题

1. _____,公元前6世纪的希腊寓言家,_____大多是动物故事,如《狼与小羊》《狮子与野驴》《乌龟与兔》《牧人与野山羊》等。

2. _____,古希腊盲诗人,编成《荷马史诗》,它包括_____和_____两部史诗。讲述的是在特洛伊战争中,阿喀琉斯与阿伽门农间的争端,以及特洛伊沦陷后,奥德修斯返回绮色佳岛上的王国,与皇后珀涅罗珀团聚的故事。

3. 希腊神话产生于希腊的远古时代,是古希腊人的集体创作,主要由神的故事和英雄传说组成。著名的神话人物:_____(众神之主)、_____(智慧女神)、_____(太阳神)、_____(爱神)。

4. 古希腊悲剧起源于祭祀,在祭祀中,会表演歌舞祭祀酒神狄奥尼索斯,这种歌舞被称为_____。

5. _____,古希腊戏剧家,被称为"悲剧之父",代表作_____写一位英雄为给人类带来光明而盗取天火受尽酷刑。

6. _____,古希腊戏剧家,被誉为"戏剧艺术的荷马",代表作_____,是标志着希腊悲剧艺术完美结构的典范。

7. _____,古希腊戏剧家,被誉为"心理戏剧的鼻祖",代表作_____。

8. 阿里斯托芬,古希腊戏剧家,被誉为_____,代表作_____。

9. 但丁,意大利诗人,欧洲文艺复兴先驱,代表作_____,分为_____、_____、_____三部分。

10. _____,意大利作家,文艺复兴代表人物,代表作故事集_____。作品中描写和歌颂了现实生活,赞美爱情是才智的高尚的源泉,歌颂自由爱情可贵,肯定人们的聪明才智等。

11. _____,德国著名文艺理论家、戏剧家,作品有美学名著_____的戏剧理论名著_____。

12. 歌德,德国伟大的诗人,歌德是德国狂飙突进运动的主将。他的作品充满了狂飙突进运动的反叛精神,作品有书信体小说_____、长篇诗剧_____。

13. 席勒,德国诗人、剧作家,代表作_____。

14. 海涅,德国诗人,代表作_____。

15. 格林兄弟,德国作家,代表作_____,其中_____、_____、_____等是全世界儿童喜爱的作品。

16. _____,德国杰出的戏剧大师和诗人,创立了"布氏戏剧艺术体系"。该体系演剧方法推崇"离间方法"。

17. _____,英国文艺复兴时期诗人、剧作家,是"英国戏剧之父",被誉为"人类文学奥林匹克山上的宙斯"。作品有历史剧_____。他的"四大悲剧"有_____、_____、_____、_____。

18. 笛福,英国小说家,代表作_____。书中塑造了一个勇于面对自然挑战的新型人物_____。

19. 斯威夫特,英国作家,代表作童话_____。这是一部杰出的游记讽刺小说,以较为完美的艺术形式表达了作者的思想观念,剖析了当时英国的社会现实。

20. 奥斯丁,英国现实主义女作家,代表作长篇小说_____、_____。这部作品以日常生活为素材,生动地反映了18世纪末到19世纪初处于保守和闭塞状态下的英国乡镇生活和世态人情。

21. 拜伦,英国伟大的浪漫主义诗人,代表作诗体长篇小说_____。

22. _____,英国伟大的浪漫主义诗人,代表作《解放了的普罗米修斯》、政治抒情诗《西风颂》等。

23. 狄更斯,19世纪英国现实主义小说家,代表作有长篇小说《匹克威克外传》、历史小说_____、自传体小说_____。

24. 勃朗特三姐妹是英国三位著名姐妹作家,_____的作品《简·爱》,艾米莉·勃朗特的作品_____,_____的作品《艾格尼丝·格雷》。

25. _____,英国著名侦探小说家,写了几十本《福尔摩斯探案》系列小说。

26. _____,爱尔兰著名的讽刺戏剧家和评论家,代表作《华伦夫人的职业》《圣女贞德》。

27. 乔伊斯,爱尔兰作家,是"意识流"小说的代表,西方现代派小说的先驱,代表作品长篇小说_____。

28. 贝克特,爱尔兰当代小说家、剧作家,其作品_____是荒诞派戏剧的代表作,1969年获得_____。

29. _____,法国古典主义时期著名剧作家,他是法国现实主义喜剧的首创者,代表作有_____、_____、_____等,其作品严格遵循"三一律",是古典主义文学的代表。

30. 司汤达,法国作家,欧洲批判现实主义文学的奠基人,代表作长篇小说_____写平民青年于连个人奋斗的故事。

31. _____,19世纪法国伟大的批判现实主义小说家,他的作品_____,被称为"社会百科全书"。比较著名的作品还有_____、_____。

32. _____,法国浪漫主义文学的领袖和杰出代表,作品有长篇小说《巴黎圣母院》和_____。

33. 法国作家_____,作品有《基度山伯爵》、_____。法国作家小仲马的作品有_____。

34. _____,法国批判现实主义作家,代表作《包法利夫人》等。

35. 凡尔纳,法国杰出的科幻小说作家,被誉为"现代科学幻想小说之父",作品有_____、_____。

36. _____,法国作家,被誉为"短篇小说之王",代表作_____、_____、《我的叔叔于勒》。

37. 罗曼·罗兰,法国进步作家、音乐学家,代表作_____,1915年该书获诺贝尔文学奖。

38. _____,俄国现实主义诗人、作家,被称为"俄罗斯诗歌的太阳"。代表作_____,是俄国第一部现实主义作品。

39. _____,19世纪俄国最伟大的作家、思想家、艺术家。代表作《战争与和平》、_____、_____。

40. _____,俄国小说家、戏剧家。代表_____、《小公务员之死》、《套中人》。

41. 高尔基,苏联作家,他的自传体三部曲_____、_____、_____。散文诗_____。

42. _____,美国小说家,他的《老人与海》的主题思想是人要勇敢地面对失败,主人公桑提亚哥是一个失而不败的英雄。

43. 日本女作家_____的代表作长篇小说《源氏物语》被誉为日本古典文学的高峰。

44. _____,日本新感觉派作家,代表作长篇小说《伊豆的舞女》《雪国》。

45. 泰戈尔,印度诗人、作家、艺术家、社会活动家,代表作《吉檀迦利》、_____、_____。

46. 《一千零一夜》,阿拉伯民间故事集,中国又译_____,著名的作品有《阿拉丁和神灯》《阿里巴巴和四十大盗》。

47. _____,西班牙伟大的作家、戏剧家、诗人,代表作《堂吉诃德》。

48. 易卜生,挪威伟大的戏剧家,被誉为_____,代表作_____。

参考答案

1. 伊索,《伊索寓言》
2. 荷马,《伊利亚特》《奥德赛》
3. 宙斯,雅典娜,阿波罗,丘比特
4. 酒神颂
5. 埃斯库罗斯,《被缚的普罗米修斯》
6. 索福克勒斯,《俄狄浦斯王》
7. 欧里庇得斯,《美狄亚》
8. 喜剧之父,《阿卡奈人》《骑士》《和平》《鸟》《蛙》
9. 《神曲》,《地狱》《炼狱》《天堂》
10. 薄伽丘,《十日谈》
11. 莱辛,《拉奥孔》《汉堡剧评》
12. 《少年维特的烦恼》,《浮士德》
13. 《阴谋与爱情》
14. 《罗曼采罗》
15. 《格林童话》,《白雪公主》《灰姑娘》《小红帽》《睡美人》《青蛙王子》
16. 布莱希特
17. 莎士比亚,《约翰王》,《哈姆雷特》《奥赛罗》《李尔王》《麦克白》
18. 《鲁滨孙漂流记》鲁滨孙
19. 《格列佛游记》
20. 《理智与情感》《傲慢与偏见》
21. 《唐璜》
22. 雪莱
23. 《双城记》《大卫·科波菲尔》
24. 夏洛蒂·勃朗特,《呼啸山庄》,安妮·勃朗特

25. 柯南·道尔

26. 萧伯纳

27. 《尤利西斯》

28. 《等待戈多》,诺贝尔文学奖

29. 莫里哀,《无病呻吟》《吝啬鬼》《悭吝人》

30. 《红与黑》

31. 巴尔扎克,《人间喜剧》,《高老头》《欧也妮·葛朗台》

32. 雨果,《悲惨世界》

33. 大仲马,《三剑客》,《茶花女》

34. 福楼拜

35. 《海底两万里》《气球上的五星期》

36. 莫泊桑《项链》《羊脂球》

37. 《约翰·克利斯朵夫》

38. 普希金,《叶甫盖尼·奥涅金》

39. 托尔斯泰,《安娜·卡列尼娜》《复活》

40. 契诃夫,《变色龙》

41. 《童年》《在人间》《我的大学》,《海燕》

42. 海明威

43. 紫式部

44. 川端康成

45. 《飞鸟集》《园丁集》

46. 《天方夜谭》

47. 塞万提斯

48. 现代戏剧之父,《埃斯特罗的英格夫人》